新潮文庫

マルテの手記

リルケ
大山定一訳

新潮社版

533

けることができた。夏になると、どこの町も匂いはじめる。と、そんなつまらぬことを考えているうちに、奇態な内障眼《そこひ》のような家が一軒目についた。地図には出ていなかったが、ドアの上にようやく読める文字で「簡易宿泊所」と書いてあった。入口のよこに定価表が出してある。僕はそれを読んだが、むろん高価ではなかった。

今日、このほかに僕が見たのは、置きっぱなしの乳母車に乗せてあった子供である。よく太って、薔薇色《ばらいろ》の皮膚をして、額にできたおできが目だっていた。おできはもう直っているらしく、ちっとも痛まぬような様子だった。子供は眠っていた。大きく口をあけて、ヨードホルムやいためた馬鈴薯や精神的な不安などの匂いを平気で呼吸していた。僕は感心してじっと見ていた。——生きることが大切だ。とにかく、生きることが何より大切だ。

窓をあけたまま眠るのが、僕にはどうしてもやめられぬ。電車がベルをならして僕の部屋を走りぬける。自動車が僕を轢《ひ》いて疾駆する。どこかでドアの締る音がする。どこかで窓ガラスがはずれる。僕には大きなガラスの破片が哄笑《こうしょう》し、小さな砕片が忍び笑いするような気がしたりした。と、突然、別な方向で、家の内部で、鈍い、押隠したような物音が、聞えはじめる。誰かが階段を上って来るのだ。いつまでも、いつまでも、上って来る。やがてその足音が僕の部屋の前で止る。もうだいぶ長く止っている。と、やっと行き過ぎた。するとまた、外の街路にかわる。むすめが甲高い声で叫ぶ《もういいかげん黙って！》まっこうから電車がひどく興奮して突進してくる。そして、なにもかも平気で轢いてゆく。誰かが呼んでいる。大勢の人々が、われ先にと駆けつける。犬が鳴く。犬の鳴き声は僕にとってなんという心の慰めだったろう。ようやく夜明け近くなると、またどこかで鶏が鳴いた。鶏の声を聞くのはもうこの上もない僕の喜びだった。どこか遠くに鶏鳴を聞くだけで、僕はもうその瞬間、ほっとした安堵《あんど》からたわいない眠りにおちていた。

これは街上の騒音だ。しかし、もっと恐ろしいのは巷《ちまた》の静寂でなければならぬ。僕は大きな火事には極度な緊張の一瞬があるように思っている。そのとき、ポンプの水は噴出をやめるし消防夫の梯子《はしご》を上る姿一つ見えないだろう。誰一人動かない。黒々と見える屋根の飾り縁が音もなく迫《せ》り出してくる。炎々と燃える炎を包んで高い壁が静かに傾いてくる。人々はただ肩を張って、目を見つめて、恐ろしい一撃を待っているのだ。僕にはこの都会の静寂が、そんな無言の恐怖と少しも変らないのである。

僕はまずここで見ることから学んでゆくつもりだ。なんのせいか知らぬが、すべてのものが僕の心の底に深く沈んでゆく。ふだんそこが行詰りになるところで決して止らぬのだ。僕には僕の知らない奥底がある。すべてのものが、いまその知らない奥底へ流れ落ちてゆく。そこでどんなことが起るかは、僕にちっともわからない。

今日は、僕は手紙を書いた。そして、僕がここへ来てまだやっと三週間にしかならぬのに気がついた。ほかの土地の三週間、たとえばどこか田舎で暮す三週間などは、ほとんどありふれた一日と違わないのである。しかし、この都会の三週間はまるで数年のようだった。僕はもう手紙を書かぬことにしよう。僕はまるで別人になったと、誰かに告げる必要があるだろうか。別の人間になってしまえば、僕はもう昔の僕ではないのだ。以前の僕と違うのだ。僕はもはや一人の知人もない。未知の人々、僕を知らぬ人々に、どうして手紙が書けるだろう。

さっきも書いたが、僕はぼつぼつ見ることから学んでゆくつもりだ。僕はほんとうの最初の一歩を踏み出すのだ。どうもまだうまくはゆかぬ。しかし、できるだけ、極度に時間を利用して、やってみたいと考えている。

たとえば、僕は顔というものがいったいどのくらいあるかなど、意識して考えたことはなかった。大勢の人々がいるが、人間の顔はしかしいっそうそれよりも多いのだ。一人の人間は必ずいくつかの顔を持っている。長い間一つの顔を持ち続けている人もある。顔はいつのまにか使い古されて、汚なくなり、皺《しわ》だらけになってしまう。旅行にはめて出た手袋のように、たるんでしまう。それはつつましい、貧しい人々だ。彼らはいつまでも顔を変えない。垢《あか》を落すことすらしない。彼らが自分はこれで結構だと言っているのだから、誰もそうでないとほかから証明してみせることはできぬ。しかし彼らだって、やはり幾つかの顔を持つとすれば、いわば余分になった顔をどう処分するのだろう。彼らはその顔をただしまっておくのである。おそらく子供にそれを与えるつもりかも知れぬ。また、あるいは彼らの飼い犬がその顔をもって道ばたを歩いていることさえあるようだ。「まさか？」と君はいうのか。顔はやはり顔なのだ。

それと反対に、無気味なほど早く、一つ一つ、顔をつけたり、はずしたりする人々がある。自分ではいつまでも顔のかけがえがあると思っているらしい。しかし四十歳になるかならぬで、顔はもうこれが最後の一つになってしまう。むろん、悲劇である。彼らは顔を大切にすることを知らなかったものだから、最後のたった一つの顔も一週間とたたぬまにぼろぼろにしてしまう。穴ができ、ところどころ紙のように薄くはげ、やがて次第に地膚《じはだ》が出てくる。もはや、それは顔でもなんでもないのだ。そんな顔をつけて、世の中を彼らは仕方なくさまよい歩いている。

しかし、あの時の女。あの女はまるで身体を二つに折ったように腰を曲げていた。両手の中へすっぽり顔を埋めてしまっていた。僕はノートル・ダム・デ・シャン街の町角で会ったのだ。僕はその女をみると、足音をしのばせて歩き始めた。可哀そうな人間が考えごとに沈んでいる時、その邪魔をするのがいけないくらい僕だって知っていた。考えごとが、ぷっつり糸の切れたように、そのまま中断されてしまうのが気の毒だ。ところが、町はひっそりしている。もう静かさに飽き飽きしていたらしい舗道は、僕の足音を盗みとって、つい退屈さのあまり木靴のようにからからと打鳴らしたものだ。女は驚いて上半身を起した。あまり素早い、あまり急激な体の起しようだったので、女の顔は両手の中に残ってしまった。僕は手の中に残された鋳型《いがた》のように凹《へこ》んだ顔をみたのである。僕はおそろしく一所懸命になって、その手の中を見つめていた。手の中から持ちあげられた顔を見ないために、僕はひどく真剣な張りつめた気持だった。裏返しになった顔を見るのは無気味に違いないが、顔のない、のっぺらぼうな、こわれた首を見る勇気はさらになかったのだ。

僕は恐ろしい。僕はこの恐怖に対してまず何か適当な処置を考えねばならぬ。僕がこの都会で、もし病気になったら、どんなに困るだろう。誰かの手で市民病院へ送られたら、僕はきっと死ぬに違いない。この病院はたいへん立派で、出入りする人々も非常に多い。そこからカテドラルの建物の正面を見ようとして立っていると、広場を横切って非常な速力で走って来る数々の車のために危うく轢き倒されそうな気がして、おちおち見ていられぬくらいである。警笛を鳴らしづめにして小型の乗合が絶えず出たりはいったりする。どんなつまらぬ病人だって、市民病院へ駆けつけようと考えただけで、サガン公爵《こうしゃく》の自家用馬車を止めることができるのだ。死んでゆく人間は変に頑固だ。たとえばデ・マルチン街に住んでいる古物商ルグランのおかみさんだって、ここへ来る時だけは、パリ全市の交通を止めることができるだろう。これらの呪《のろ》われた小型の乗合には、よく見ると、変に人目をひく乳色ガラスをはめた窓があって、その窓の中の悲しい病人の死苦をなんとなしに想像させるようにできている。ただ玄関にぼんやり立っているポーターの想像力だけで十分想像がつくのだ。もしもっと立派な想像力を持っている人間が、ちっとばかり別な方向にそれを用いたとすれば、さらに無限な場面場面を思い描くことができるに違いない。しかし、僕がふと見ていると、幌《ほろ》のない辻《つじ》馬車で来る病人もあった。幌を後ろにたたんだ辻待ちの馬車で、規定の料金で、ややおくれがちにはいって来た。一時間が二フランの辻馬車だ。死んでゆく一時間がたった二フランという勘定である。

この有名な市民病院は非常に古いもので、すでにクロビス王の時代から、その幾つかのベッドで患者が死んでいったのである。今ではベッドの数も五百五十九にふえ、まるで工場か何かのような様子に変ってしまっている。そして、このような巨大な機構の中では、一つ一つの死などてんでものの数にならぬのだ。まるで問題にもされぬのだ。むろん、それは大衆というものがさせるわざに違いない。入念な死に方など、もう今日の時勢では一文の価値もなくなってしまっている。誰一人そんなことを考えるものもないのだ。いざ死ぬにしても、それを入念に準備するだけの十分に余裕をもった富有な人々すら、だんだん物臭《ものぐさ》になり冷淡になり始めた。自分だけの特別な死に方をしようというような望みは、いつとなしに薄れてしまった。やがて、自分だけの死に方も、自分だけの生き方と同じように、この世の中から跡を絶つだろう。何もかもがレディー・メードになってゆく。人間はどこからかやって来て、一つの生活を見つけだす。できあいの生活。ただ人間はそのできあいの服に手を通せばよいのだ。しばらくすると、やがてこの世から去らねばならぬ。否応《いやおう》なしに出てゆかねばならぬ。しかし、人々はなんの苦労もいらない。——もしもし、それが君の死ですよ。——あ、さようですか。そして、人間はやって来たと同じように無造作に立去ってゆく。人間は自分の病気が持ってきてくれる死をただ死んでゆくだけで、ちっとも怪しまぬのだ。（あらゆる病名がわかってしまってから、どんな最期《さいご》の決算もみんな疾病《しっぺい》のせいになり、その人その人の持ち味などはまるでなくなってしまった。ただ病人は手をこまぬいていて、もう何一つすることがなくなってしまったのだ。）

病院ではみんな喜んで、医者や看護婦たちに感謝しながら死んでゆく。病院にはその施設に対応した一様な死があるだけである。むしろ、それが患者には気安いのだ。しかし自分の家で死ぬとなれば、誰でも立派な家柄にふさわしい丁重な死に方を選ばねばならぬ。病気の床につくと同時に、いわばもう特等級の豪奢《ごうしゃ》な埋葬式が始まるのだ。そして、さまざまのすばらしい慣例が無数にあとからあとからと続くのだ。そういう邸宅の前には貧しい人々が集まって、いつまでも飽かずに立っている。自分らの死に方は、いうまでもなく粗雑な、造作のない死である。どうにか我慢のできる死に方で結構満足しなければならぬ。着物のように、いくらかゆるすぎても苦情はいわれない。少しぐらいは死んでからだって人間は大きくなるのだ、と無理に思っておく。ただ胸のボタンがかからなかったり、喉《のど》が苦しかったりすると、ちっとは彼らも当惑するだろう。

今はもう誰一人知るべくもない故郷のことを思い出すと、僕は昔はそうでなかったと思うのだ。昔は誰でも、果肉の中に核があるように、人間はみな死が自分の体の中に宿っているのを知っていた。(いや、ほのかに感じていただけかも知れぬ。)子供には小さな子供の死、大人には大きな大人の死。婦人たちはお腹《なか》の中にそれを持っていたし、男たちは隆起した胸の中にそれを入れていた。とにかく「死」をみんなが持っていたのだ。それが彼らに不思議な威厳と静かな誇りを与えていた。

僕の祖父、老侍従ブリッゲも、一目で、死を宿している人間に違いなかった。しかも、その「死」はなんという死であったろう。彼の「死」は二カ月も叫び続け、その大きな声は屋敷の外まで聞えたのである。

彼の「死」にとっては、古い、広大な屋敷が、小さすぎるくらいであった。侍従職の体はかえって大きくなるばかりで、そのために側翼《ウイング》を建て増さねばならぬかと思われた。病人は次々に、部屋から部屋へ、無理に自分の体を運ばせた。まだ日が暮れぬのに、次に移る部屋がないと、ひどく腹をたてた。そして、自分を取巻いた侍僕や小間使や犬どもの行列を従えて、階段を上り、家扶を先触れにして、亡《な》き母が最期の息をひきとった二階の部屋へはいっていった。この部屋は二十三年間うち捨てられ、今まで誰一人足を踏み入れる者もなかったのだ。それが今一時に、どっと猟犬どもまでいっしょに、闖《ちん》入《にゅう》したのである。カーテンが引きあけられた。夏の午後のあらあらしい光線が、ものおじした臆病《おくびょう》げな家具を一つ一つ射すくめ、おおいをはずした鏡面に突きあたり、無骨な体をひるがえして引返した。はいって来た人々の群れもそんな乱暴な夏の光とほとんど違わなかった。小間使たちは好奇心のために、どこから手をつけてよいか、ただあたりをうろうろするばかりだった。若者たちは大きな目でぼんやり部屋の中をながめていた。年輩の侍僕たちはあちらこちら歩きながら、今初めて足を踏み入れた、明かずの部屋の、いろいろ噂《うわさ》にきかされた昔ばなしを思いだそうとつとめているのだった。

しかし、すべての家具が変な匂いを拡《ひろ》げていることは、人間よりもいっそう犬を刺激したらしい。大きな、顔の細い、ボルゾイ種の犬どもは、安楽椅子《いす》の下を忙しげに往来した。そして、体をゆすぶるような、ゆるやかな舞踏の足どりで、部屋を横切ったり、楯《たて》の紋章に描かれた犬のように立ちあがり、しなやかな前趾《まえあし》をやや白みを帯びた金色の窓枠にのせて、賢そうな緊張した顔つきで、鼻を高くあげ、中庭の左右をうかがったりした。小型の、黄色い手袋のような毛なみの、ダックスフントは、ふん、これでよろしい、というとりすました顔で、窓ぎわのゆったりした絹のソーファにすわっていた。赤茶けた毛色の、不機嫌そうな顔に見えるポインターは、金色の足のついたテーブルの角でしきりに背をこすった。きれいにみがかれた鏡板の上ではセーブルの高価なコーヒー茶碗《ぢゃわん》がかちかちと震えていた。

部屋の中の、魂をうつろにした、寝ぼけた家具にとっては、思いがけぬ恐ろしい残酷な一ときであった。誰かのせかせかした手で乱暴に開かれた書物からは、薔薇の花びらが落ちて踏みにじられてしまった。小さな、ひ弱な家具が、つかみとられたと思うと、すぐこわされて、さっとまた元の場所へ捨てられた。さまざまの知らない道具類がカーテンの陰に隠されたり、煖炉《だんろ》の金色の格子《こうし》の中へ投げこまれたりした。あとからあとから何かが床にすべり落ちた。音もなく敷物の上に落ちたのもあるし、堅い床の上に落ちて大きな響きをたてたのもあった。こわれ物があすこにもここにもできた。威勢よく砕けるのもあり、音もせずくずれてしまうのもあり、ふだんが大切にされていただけに、落ちると一たまりもなくこわれてしまうのだった。

今まで大切に気をつけてきたこの部屋へ、一時《いっとき》にありとあらゆる滅亡をもたらした原因はなんだろう――と、もし誰かがそんなことを考えたとすれば、その答えはもはや確定していた。すなわち、このすべての原因が「死」であった。

ウルスゴオルの村の侍従職クリストフ・デトレフ・ブリッゲの「死」であった。この死は濃紺の制服から容赦なくはみだして、床《ゆか》の真ん中に大きく寝そべったまま、動かなかった。大きな、見覚えのない、親しみの消えうせた顔は、ひどく目が落ちくぼんでいた。彼はあたりの出来事に目もくれなかった。まず人々は寝台に寝かせてみようとしたが、彼はそれにさからった。病気が悪くなり始めたころから、彼は寝台をきらった。それに、この階上の部屋の寝台は少し彼には小さすぎるようだった。敷物の上に寝かしておくよりほかにもう仕方がなかった。階下へ行くことなど、てんで受けつけてくれないのである。

侍従職はそのまま寝ていた。どうかすると、すでに死んでしまったように思われるのだった。犬どもは日が暮れかかったので、扉のすきまから一匹ずつ外へ出ていった。あとには一匹、毛のあらい、不機嫌そうな顔つきの犬だけが、主人のそばを離れずに残っていた。犬は太い毛むくじゃらの前趾をクリストフ・デトレフの大きな灰色がかった手の上にのせていた。召使たちもほとんどみな、そっと白い壁にはさまれた廊下へ出てしまった。そこは部屋の中よりもかえってまだ明るかった。部屋に残った召使だけは、ときどき、真ん中の大きな黒い塊りをそっと遠くの方からうかがうのだった。それが腐敗した死体にかむせられた大きな着物であったなら、と彼らはひそかにそんなほしいままな空想をしていたのかも知れなかった。

けれども、彼は決して死んだのではなかった。声を出して叫ぶのであった。しかも、その声は一、二カ月前まで誰も知らない声だった。もはや、それは侍従職の声ではなかったのだ。声の主はクリストフ・デトレフではなくて、すでにクリストフ・デトレフの「死」そのものだった。

クリストフ・デトレフの「死」は、もう何日か前からウルスゴオルの村に住んでいた。誰彼をつかまえて話をし、容赦なく命令した。わしをかついで行けと言った。青い部屋へ行きたいと言った。サロンへつれて行けと命じた。今度は広間だと言いつけた。犬をつれてこいと言い、笑ってみろと言い、話をしろと言い、遊びごとをしてみせろと言い、みんな静かにしろと言いつけた。それをみんな一どきに言うのだった。友人に会いたいと言うかと思うと、婦人たちやすでにあの世の人となった人々の名まえをあげたりした。もう早く死んでしまいたいと言った。彼は容赦なく命令した。命令して、短気に怒鳴りつけた。

夜がふけて、当番でない召使たちが、疲れきって眠ろうとするころ、クリストフ・デトレフの「死」は大声で叫び出すのだ。叫び、うめき、いつまでも執拗《しつよう》にほえ続けるのだ。最初、いっしょにほえていた犬たちも黙ってしまって、もうどうしても寝つこうとしなかった。長い、細い、震える足を立てて、犬たちは何かにおびえきっていた。そして、広漠たる、銀色のデンマークの夏の夜の空気を震わせながらその声が広がってゆくと、聞きつけた村の百姓たちは嵐《あらし》の夜のように寝床から起き出し、着物をきかえ、ものもいわずにランプのまわりに集まってきて、ただそれがおさまるのをじっと待っていた。お産の近い妊婦などは、奥まった部屋に隠されて、頑丈な納戸《なんど》の仕切りの中へ寝かされた。けれども、その叫び声はやはり妊婦たちの耳について離れぬのだ。まるで自分の体の中で叫んでいるように聞えたりした。彼女たちは自分らも起き出したいと泣きながらうったえた。そして、白いゆるやかな寝間着姿のまま、ほかの人々の中に交り、涙によごれた顔をぼんやり並べていた。そんな夜、あいにく子をうんだ雌牛などは、どうしてよいかわからぬくらい不安で心細かった。一匹の雌牛は、死んだ胎児がどうしても出てこないので、それを取出そうとして、内臓まですっかり切りとられてしまったのだ。誰も彼もが仕事をいいかげんにした。大切な乾草《ほしくさ》をいれておくのをうっかり忘れたりした。昼のうちから、もうなんとなく夜が不安でたまらなかった。幾夜も幾夜も、落ち着かぬ不眠の夜が続き、心《しん》が疲れてぼんやりしてしまった。日曜日に、白い平和な礼拝堂へ集まると、百姓たちはみな、もうウルスゴオルに旦那《だんな》衆はいりませぬとお祈りをした。侍従職が恐ろしかったからだ。ひそかに百姓たちが考えたり祈ったりしたことを、牧師はあからさまに祭壇から説教した。牧師も夜は眠れなかったし、神の御心がわからなくなっていた。教会の鐘も同じことを悲しげに叫んでいた。鐘は恐るべき強敵の出現が不安でたまらなかったのだろう。競争者は夜じゅうわめき、いくら鐘が力の限り叫喚しても、もはやどうすることもできなかった。村じゅうの誰も彼もがそう考えた。村の若者の一人は、お屋敷へ忍びこんで侍従職を肥料用の熊手《くまで》でうち殺す夢を見た。若者がその夢の話をすると、村の人々は腹をたて、我慢のならぬ顔つきで、興奮してじっと聞きいっていた。そして、無意識のうちに、この若者こそそれができるのだという目つきで注視し始めた。一月ほど前までは侍従職を敬愛し同情していた村じゅうの人々が、みんなそう感じ、そう口に出して言うのだった。しかし、いくら口で言ってみても、それだけでなんの変化も起らなかった。ウルスゴオルにやって来たクリストフ・デトレフの「死」はてこでも動こうとしないのだ。彼は十週間この村に踏みとどまる考えだった。そして実際、わがままの限りを尽した十週間の間、彼はこれまでのクリストフ・デトレフとは比較を許さぬいかめしい旦那衆であった。まるで彼は国王のようであった。のちのちまで、暴君とあだ名された国王と少しも変らなかった。

この「死」は水腫《すいしゅ》病であれば誰でもが持つという「死」ではなかった。侍従職が一生かかって自分の中で育て、はぐくんできた、暴逆な支配者の「死」であった。平生使い果すことのできなかったおびただしい倨傲《きょごう》、我意、支配欲などのすべてが、その「死」

へ乗り移っていた。「死」はウルスゴオルの村に君臨して、思いきりあばれたのだ。侍従職ブリッゲは、彼からこういう死に方と全く別な死を求める人をどう見たであろうか。彼はひどく苦しんだあげく死んだのである。

僕は直接僕の見た人々や噂にきいた人々のことを思い出したが、みんなこの祖父と同じであった。彼らはいずれも自分だけの「死」を持っていた。男たちは甲冑《かっちゅう》の中に深く「死」を入れていた。死はとらわれ人のように見えた。婦人たちは老年になるにつれて体まで小さくなったが、大きな寝床の上で、芝居の舞台のように、家族や召使や犬たちを呼び集めて、しとやかに、主人らしく、息をひきとった。子供たちも、いとけない幼な子すら、ありあわせの「子供の死」を死んだのではなかった。心を必死に張りつめて――すでに成長してきた自分とこれから成長するはずだった自分を合せたような幽邃《ゆうすい》な「死」をとげたのだ。

産み月間近になった婦人のじっと立っている姿には、なんという悲しい美しさが翳《かげ》っていることだろう。ただ無意識にそっと細い手をのせている彼女のお腹の中には、子供と死と、二つの胚珠《はいしゅ》がはいっているのだ。彼女の清らかな顔に、濃い、しっとりした微笑が流れるのは、ときどき、この二つのものが育つのを自覚するほのかな安堵《あんど》からの微笑ではあるまいか？

僕は恐怖と戦ってみた。僕は夜どおし起きてペンを動かした。今はウルスゴオルの野原を遠く歩いたあとのように疲れている。しかし、すべてはもう消え去った遠い昔のことであり、古い大きな農園には無縁な人々が住んでいるのだと、どうしても思うことができなかった。今も屋根裏の白壁の部屋には女中たちが眠っているかもしれぬ。女中たちが僕の頭の上で、宵から夜明けまで、重い、寝《い》ぎたない眠りをむさぼっているような気がするのだ。

しかし僕は、今一人ぼっちで、何一つ持物もない。一個のトランクと書物を入れた箱をさげて、なんの好奇心もなく、僕は世界をほっつき歩いた。これはいったいなんという生活だろう。家もない。家に伝わる道具もなければ、犬もない。ただ、思い出だけがわずかに残されている。けれども、その思い出だって、それを持っているのは誰だろう。子供のころを思い描いてみても、それはまるで地の底の世界のようだ。思い出を生かすためには、人はまず年をとらねばならぬのかもしれぬ。僕は老年をなつかしく思うのである。

今日は美しく晴れた秋の朝だった。僕はチュイルリイを通りぬけて来た。東側にあるものはみんな太陽を受けて、まぶしく輝いていた。しかも一面の霧で、光は明るい灰色のカーテンに包まれたようだった。まだ晴れきらぬ庭のところどころの銅像が灰色の霧の中で、薄い陽光を浴びていた。長い道に沿うた花園の花々が、ようやく目をさまして、一つ一つびっくりしたような声で「紅《あか》い」と叫んでいた。と思った時、ちょうどシャンゼリゼーの方角から街かどを回って背の高い痩身《そうしん》の男が一人歩いてきた。男は松葉杖《まつばづえ》を持っていたが、脇《わき》の下へはあてず——それを軽々と前へ突きだし突きだし、ちょうど式部官の飾杖のように、ときどきかちかちと音をたてて上げ降ろしした。もう心の喜びを隠すことができぬらしかった。ほかのものには目もくれず、彼は朝の太陽と木々に向って微笑した。彼の歩みは幼な子のようにたどたどしかった。しかし、不思議な軽快さがこもっていて、かつての日の歩行の思い出にあふれていた。

　小さな月の力に、いまさら僕は驚かされた。月の夜はまわりのものが透きとおって空《くう》に浮んで見え、きらきらする空気の中に浮き出ず、しかも、はっきり見えるのだ。すぐ前にあるものが、はるかな遠方の響きに溶けあい、ただ遠くに見えるだけで決して手もとへ迫って来ない。川や橋や長く続く道や広場など、すべてが茫《ぼう》とかすんで、遠方との奇妙な関係を結んでいる。景色は何となくはるかな距離を獲得して、絵絹の上に描かれた風景のように、深い奥行の中に広げられるのだ。そのような宵には、古びたポン・ネフの橋上をゆく灯の明るい緑色の馬車や、揺れ動く何かの赤い投影や、銀鼠色《ぎんねずいろ》の一団の家々を区切っている防火壁のごくつまらぬ広告などが、いいようのない風物に変って見える。すべてが単純化され、マネーの肖像画の顔のように、少ない正確な明るい描線にまとめられるのだ。何一つ少なからず、何一つ多からず、と言えばよいだろう。河岸《かし》の古本屋が店を開いている。仮綴本《かりとじぼん》のすがすがしい黄や薄よごれた黄、背皮の紫がかった褐色、大型の画帳の緑、それらが助けあい、引きしめあい、押しあって、ほとんど何一つ欠けたもののないおびただしさに氾濫《はんらん》するのだ。

ふと窓から下を見ていると、たいへん面白い一組が目についた。一人の女が手押車をおしている。車の前方には縦に積んだオルゴール、後方にはやや斜《はす》かいに子供を入れた籠《かご》がのせてある。籠の中の幼な子はしっかり足をふんばって、帽子の中で満足そうに笑い、じっとすわっていようとはせぬらしい。ときどき、女がオルゴールを回す。すると幼な子はすぐ籠の中で立ったまま足をばたばたする。車から少し離れて、緑色の晴れ着をきた少女が踊りながら窓々に向ってしきりにタンバリンを打鳴らしていた。

僕はものを見ることを学び始めたのだから、まず何か自分の仕事にかからねばならぬと思った。僕は二十八歳だ。それだのに、僕の二十八年はほとんどからっぽなのだ。振返ってみると、僕はカルパチオ（イタリアの画家）について論文を書いたがおよそひどいものだった。「結婚」という戯曲を試みたが、間違った観念を曖昧《あいまい》な手段で証明しようとしたにすぎなかった。僕は詩も幾つか書いた。しかし年少にして詩を書くほど、およそ無意味なことはない。詩はいつまでも根気よく待たねばならぬのだ。人は一生かかって、しかもできれば七十年あるいは八十年かかって、まず蜂《はち》のように蜜《みつ》と意味を集めねばならぬ。そうしてやっと最後に、おそらくわずか十行の立派な詩が書けるだろう。詩は人の考えるように感情ではない。詩がもし感情だったら、年少にしてすでにあり余るほど持っていなければならぬ。詩はほんとうは経験なのだ。一行の詩のためには、あまたの都市、あまたの人々、あまたの書物を見なければならぬ。あまたの禽獣《きんじゅう》を知らねばならぬ。空飛ぶ鳥の翼を感じなければならぬし、朝開く小さな草花のうなだれた羞《はじ》らいを究《きわ》めねばならぬ。まだ知らぬ国々の道。思いがけぬ邂逅《かいこう》。遠くから近づいて来るのが見える別離。――まだその意味がつかめずに残されている少年の日の思い出。喜びをわざわざもたらしてくれたのに、それがよくわからぬため、むごく心を悲しませてしまった両親のこと（ほかの子供だったら、きっと夢中にそれを喜んだに違いないのだ）。さまざまの深い重大な変化をもって不思議な発作を見せる少年時代の病気。静かなしんとした部屋で過した一日。海べりの朝。海そのものの姿。あすこの海、ここの海。空にきらめく星くずとともにはかなく消え去った旅寝の夜々。それらに詩人は思いめぐらすことができなければならぬ。いや、ただすべてを思い出すだけなら、実はまだなんでもないのだ。一夜一夜が、少しも前の夜に似ぬ夜ごとの閨《ねや》の営み。産婦の叫び。白衣の中にぐったりと眠りに落ちて、ひたすら肉体の回復を待つ産後の女。詩人はそれを思い出に持たねばならぬ。死んでいく人々の枕《まくら》もとに付いていなければならぬし、明け放した窓が風にかたことと鳴る部屋で死人のお通夜《つや》もしなければならぬ。しかも、こうした追憶を持つだけなら、一向なんの足しにもならぬのだ。追憶が多くなれば、次にはそれを忘却することができねばならぬだろう。そして、再び思い出が帰るのを待つ大きな忍耐がいるのだ。思い出だけならなんの足しにもなりはせぬ。追憶が僕らの血となり、目となり、表情となり、名まえのわからぬものとなり、もはや僕ら自身と区別することができなくなって、初めてふとした偶然に、一編の詩の最初の言葉は、それら思い出の真ん中に思い出の陰からぽっかり生れて来るのだ。

しかし、僕の詩はそういうふうにできたのではなかった。結局、それは詩ではなかったのだ。戯曲を書いた僕もひどい間違いをしていた。互いに不幸をもたらす二人の人物の運命を描くために第三者というものを持って来なければならなかった僕は、模倣者で道化者でしかなかったのだ。やすやすと僕は落し穴におちていた。僕はあらゆる人生の中にいる、そしてあらゆる文学の中にいるこの第三者、しかしほんとうは決して存在したことのない第三者の「幻影」が、無意味なものであるのを知ることができなかった。こんな第三者こそ否定しなければならぬのをまだ知っていなかった。いつもいちばん深い秘密から人間の目をそらそうと、意地悪く歪《ゆが》んでいる自然の、これは虚構の一つにすぎぬのだ。ほんとうの戯曲の進行を包み隠す屛風《びょうぶ》にすぎぬのだ。ほんとうの葛藤《かっとう》というものはかえって無言な静寂であるはずだ。第三者という変に騒々しい存在はその入口にすぎない。思い切って肝心の二人だけを書くことがこれまでの作家にはむずかしかったのだと、僕は考えなければならぬ。第三者というのは決してほんとうのものではないのだから、むしろ課題としていちばんやさしいのだ。どんな作家にも造作なくできたのだ。彼らの戯曲の冒頭では、ほとんどこの第三者が登場するのを待ちきれぬ焦慮だけが動いている。すでに作家自身が待ちきれないでいるらしい。だから、第三者が現われると、やっとなめらかな段どりができる。もし第三者の登場が遅れたりすると、なんという退屈さだろう。彼が来なければほとんど何一つ起らない。あらゆるものが立止り、渋滞し、手をつかねていらいら待っている。もしこの渋滞と猶予《ゆうよ》のままが続くとしたら、いったいどういうことになるだろう。戯曲家諸君、それからまた親愛な観客諸君、君らは人生をよく知っているというが、もし合鍵《あいかぎ》のようにどの「結婚」の鍵穴にもあてはまる人づきのよい恋愛家やあるいはうぬぼれ屋の青年がいなかったら、いったい芝居はどんなことになるだろう。たとえば、こういう第三者が言葉どおり「悪魔にさらわれた」としたら、どうだろう。僕はそれを仮定して考えてみる。俄然《がぜん》、人々は劇場の芸術的な空虚に驚くに違いない。劇場は危険な穴のようにふさがれてしまい、ただ鼠《ねずみ》が桟敷《さじき》の端からがらんどうの場内をあばれまわるだけだろう。そして、戯曲家諸君は郊外の別荘地をあきらめなければならぬ。やがて彼らに代って、初めて世界のどこか片隅から、ほんとうのハンドルング(劇的行為)そのものである犯しがたい唯一者《ゆいいっしゃ》が、一般の熱心な捜査によって連れ出されてくるに違いない。

かかる時、世間の人々の間に立ちまじって生きるのは、例の第三者ではなく、ただ二人きりの人間でなければならぬ。二人だけについて、あらゆることが書かれねばならぬ。しかも、もっとも肝心なものはまだ何一つ書かれなかったのである。二人は悩み、行為し、お互いにどう生きてよいか知らぬのだから。

こんなことを書くのはどうやら滑稽《こっけい》なことに違いない。僕は僕の狭い部屋にすわっている。ブリッゲは――すでに二十八歳になった僕は、まだ誰にも知られていないのだ。僕はこんなところに一人すわっていて、全く無名だ。しかし、その無名なごくつまらぬ人間が、何かものを考えようとして、ごたごたこんなことをひねくりまわしている。五階の古ぼけた家で、パリの灰色の午後の空の下で……

果して、と僕は考えてみる、誰も真実なもの、重要なものを見なかったのだろうか。果して誰もそれを認識しなかったし、表現しなかったのだろうか。人間はすでに数千年、ものをながめ、ものを考え、ものを書いてきたのに――その数千年がバタパンと一個の林檎《りんご》をたべる小学生の昼休みの時間のように、まるで空虚に消え去ってゆくことがあってよいのだろうか。

そうだ、ひょっとすると、そんなことがあるかもしれぬ。発明や進歩、文化や宗教や聖賢の遺訓があるにもかかわらず、人間はいつまで人生の表面にだけ暢気《のんき》に暮してゆくのだろうか。しかも、ともかくなんらかの意味を持つこの人生の表面に、得体のしれぬ退屈な裂地《きれ》をはって、たとえば疎懶《そらん》な夏休みのサロンの椅《い》子《す》か何かのように、本質を包み隠してしまうようなことが、ありうるだろうか。

そうだ、そんなことがあるかもしれぬ。

世界のすべての歴史が間違って理解されている、ということがあるのだろうか。過去はすべてその時代の愚かな民衆についてだけ語ったのだから誤謬《ごびゅう》である。中心をなす一人の人間についてこそ語らねばならぬのに、それが未知でありすでに死んでしまったというだけの理由で、有象無象《うぞうむぞう》の周囲の人垣をつくって、すむのだろうか。

そうだ、そんな愚劣なことがあるかもしれぬ。

生れぬ先の事柄に一つ一つ追いついて体験せねばならぬと考えて、しかし果して、それが可能だろうか。人間はあらゆる前世から生れたものだ。それを自分でよく心得れば、かれこれ言う傍人の言葉に迷わされてはならぬ、と一々説いてまわらねばならぬだろうか。

そうだ、そんなこともあるだろう。

すると、こういう質《たち》の人間が、まだどこにもない過去をはっきり知っているということが果してあり得るのだろうか。かえってすべての現実は彼にとって無用であり、彼の現実生活は何ものとの連繫《れんけい》もなくからっぽな部屋の時計のようにただ経過してしまう、ということがあるのだろうか。

そうだ、それも結構ありうることかもしれぬ。

この世の美しい生きた娘たちについて何も知らぬ、ということがあってよいのだろうか。「女たち」といい「子供たち」といい「少年たち」といいながら、これらの言葉がもはや複数を持っておらず、ただ無数の単数の集りだということに気づかぬ(教養は十分ありながらやはり気づかぬ)ということがあってよいだろうか。

そうだ、そんなことがあるかもしれぬ。

「神」と自分でいいながら、神を何か共有物のように思いこんでいる人間があってよいのだろうか。——たとえば、二人の小学生がいるとして、一人がナイフを買う。他の一人も同じ日に、全く同じナイフを買った。さて、一週間たってから二人はそのナイフを見せあう。すると、二丁のナイフはただほんのかすかにどこかが似ているだけなのだ。別々な子供の手の中でナイフはいつのまにかまるで違ったものになってしまっている。(それぞれの子供の母親たちは、そりゃそうだわ、うちの子供の手にかかったら、どんなものだって台なしなんだから、というだろう。) さて、神を自分のものにしてしまってじっと手をつけずに飾っておく、とそう考えてよいものだろうか。

そうだ、そんなこともあるらしい。

もしこんなふうなことがそれぞれあり得るとすると、いや、どこかにそんな気配でもあるとすると——是が非でも、僕は何か書いてみせねばならぬ。一度このような不安な考えをもった人間は、それが誰であろうと、まず何かこの食い違いの一つから手をつけなければならぬ。自分がたとい最も適当な人間でなくとも、ただ人間の一人でさえあるならば。結局、自分のほかにその人はないのだ。僕はまだ年も若いし、片隅におかれた一人の異国人にすぎぬ。しかし、このブリッゲはパリの五階の下宿の一室にすわり、夜も昼も書かねばならぬのだ。僕は書かねばならぬ。書くことがすべての終結だ。

あの時、僕は十二歳、せいぜい十三歳になっていただろうか。父は僕をウルネクロースタアへ連れていった。どんな事情で父がそこの舅《しゅうと》をたずねるつもりになったか、僕は知らなかった。僕の母がなくなってから、二人は長い間会ったことがなかった。僕の父は、ブラーエ伯爵《はくしゃく》が晩年になって隠棲《いんせい》したこの古い城へまだ一度も行ったことがなかったのだ。僕はこの奇妙な建物をその後ついに見ることがなかった。伯爵がこの世を去ると、それは他人の手に帰してしまったからである。僕の子供じみた思い出の中にある城は、もはや建物とはいえなかった。僕の頭の中で、一つ一つがばらばらに分解されてしまっていた――ここに一つの部屋、あすこに一つの部屋、またそこに一つの廊下、という具合に。しかも、その廊下は二つの部屋をつなぐものではなく、廊下だけが一つぽつんと断片のように切り放されているのだ。すべてがそんなふうに散乱して――部屋部屋があり、広壮な正面階段があり、狭い螺旋《らせん》形の小階段があり、その階段は血管の中を血が流れてゆくように、神秘な薄暗がりを人々が歩いてゆくのだった。塔の部屋があった。高く築いたバルコンがあった。小さな扉を押して外に出ると、思いがけない張り出し露台があったりした。そんなものがみんな僕の頭に残っている。それは、いつが来ても僕の心の中から消え去りはしないだろう。この城の一景一景は、恐ろしい絶壁から真下の水に落下して、僕の心の底にこなごなに砕けて沈んでいるのかもしれぬ。

ただ、毎日晩餐《ばんさん》の時間に集まる広間だけが、昔のまま今もこわされず僕の頭の中に残っている。きっかりそれは晩の七時だった。僕はこの部屋を昼間見たことがなかった。僕はそこに窓があったかどうか、窓から何が見えたか、思い出すことができない。家族のものが広間にはいるときは、いつも頑丈な燭台《しょくだい》に蠟燭《ろうそく》が燃えており、知らぬまに時間を忘れてしまって、外にどんなことがあったかなどすぐ忘れてしまうのだった。この天井の高い、確か丸天井ではなかったかと覚えている広間は、不思議な力を持っていた。この部屋は暗い天井と四隅の光の届かぬ暗さとで、人々からすべて映像という映像を奪ってしまうらしかった。しかも、その代償として、なんの新しい映像も与えぬのである。

人々はただ茫然《ぼうぜん》とそこにすわっていた。意志も、知覚も、偸安《とうあん》も、あらゆる心の構えを失ってしまうのだ。人々はまるでうつろな場所のようにすわっていた。僕はこの底しれぬ無気味さのために、最初はほとんど気分が悪くなって、一種船酔いのような気持に襲われたりした。僕は足を延ばして、向い側にすわった父の膝《ひざ》へ僕の足をのせ、ようやくそれに打勝つことができた。僕たち親子の間の交渉にはいくらか冷淡なところがあって、こういう行為はどういうふうに説明したものかよくわからなかったが、父はこの珍しい子供の態度を理解してくれたらしかった——少なくもそれを好意をもって受取ってくれたらしい。僕はあとでそれに気がついた。とにかく、長い食事の時間をよく我慢できたのは、このかすかな接触が与えてくれた力づけのお陰であった。しかし、びくびくしながら、そういうふうにやっと我慢している間に何週間かがたつと、もう子供に特有なほとんど無際限とみえる順応力で、僕はこの晩餐の集りの無気味さに慣れてしまい、なんの努力もなしに二時間余りの食卓の時間が平気なものになった。かえって、僕はいっしょに食事する人たちを細かく観察し始めたので、時間が早くどんどんたつようにさえ思われだした。

祖父はみんなを家族たちと呼んでいた。ほかの人たちもやはり同じ呼び名を使っていたが、それははなはだ勝手な言葉の使い方だった。ここにいる四人のひとはお互いに遠い血縁関係によってつながっているとはいえ、決して一つ家の人々ではなかった。すぐ僕の隣にすわる伯父は、もう老齢で、こわばった日にやけた顔に黒い斑点《はんてん》があった。なんでも火薬の爆発で受けた傷だということだった。いつ見ても不機嫌な不満足そうな老人だったが、少佐の時分退役して、今はこの城の僕などの知らぬ一室で錬金術のような実験に没頭していた。召使たちの話では、彼は刑務所と連絡をつけていて、一年に一度か二度はそこから死体をもらい、夜も昼も熱心に一室に閉じこもったまま、それを切断して、死体が腐敗せぬように秘密な方法で貯蔵しているとのことだった。伯父の真向いはフロイライン・マティルデ・ブラーエの席であった。ちっとも彼女は年齢がわからなかった。僕の母の遠い従姉妹《いとこ》で、ノルデ男爵というオーストリアの神霊研究家と頻繁に文通していることだけしかわからなかった。彼女の神霊研究家への傾倒は非常なもので、一応その承諾がなければ、いな、その祝福の言葉が得られなければ、ちょっとしたつまらぬことさえ決して実行しなかった。そのころ、この婦人はひどく肥満していた。ぶくぶくもの憂《う》いまでに肥え太っていて、いわば何かを彼女のゆるやかな白っぽい着物の中へだらしなく詰めこんだような格好だった。体のこなしは変にくたびれたような、はっきりしない印象を与えていたし、目はいつも涙をためていた。しかしながら、この婦人のどこかに僕の優しい繊弱な母を思い出させるものがあった。よく見ていればいるほど、顔の微細な、あるかないかの表情のうちに、僕は母が亡《な》くなってからどうしても思い出すことのできなかった印象を再び見つけ出すことがあった。毎日、マティルデ・ブラーエと顔を合わすようになってから、僕は亡くなった母の面影を記憶することができたのだ。おそらく、僕はこの時初めて母の面影を知ったのだろう。この時、僕はやっと細かなたくさんの印象の切れはしを母の肖像画にまとめることができたらしい。そして、僕はその肖像画をどこへでも持ち歩いた。フロイライン・ブラーエの顔には、すでに僕の母の容貌《ようぼう》を定めた条件が一つ一つそなわっていることを、それから大分あとになって、僕は気がついた。ただ、この二つの顔の間をもう一つ別な人間の顔が隔てているらしく、マティルデ・ブラーエと僕の母の顔は押隔てられ、押しゆがめられ、互いに仲よく手をつなぎあうことができない、という感じがした。

この婦人のすぐ隣には、別な従姉妹の男の子がすわった。僕と同じような年格好の少年であったが、僕よりも体が小さく、ひ弱そうに見えた。細い血の気の少ない首筋が襞《ひだ》をとった折り襟からのぞき、細長い顎《あご》の下で消えるように隠れていた。少年は細い唇をいつも堅く結んでいた。小鼻の辺がひくひく動き、美しい茶褐色の眸《ひとみ》は片一方しか動かなかった。その眸はときどき静かに、悲しげに、僕の方を見たが、動かない方の眸はいつまでも同じ部屋の隅をじっと見つめていた。彼の目は誰かの手に売り渡されてしまったので、もう自分勝手に使えぬのだ、というふうに思われたりした。

食卓の上座のところに、祖父の大きな肘掛椅子《ひじかけいす》がおかれていた。その椅子には、祖父が腰をかけるときに椅子を動かすことだけを役目にした召使がついていた。祖父は大きな椅子に老齢の小さな体をのせた。耳の遠くなった老主人は、閣下と呼ばれたり、式部卿《しきぶきょう》と呼ばれたり、また一部の人々からは将軍という称号で呼ばれたりした。祖父がそういうすべての位階を持っていたのは事実であったが、官職についていた時代はよほど昔のことであるし、称号はもう無意味なものに近かった。いったいに僕の感じだけをいうと、ある瞬間にはひどく鋭い人に見えたかと思うと、すぐまた元ののんきさに返ってしまう祖父のような人間には、特定の呼び名がどうもしっくりしなかった。祖父は僕にひどく優しい時があったが、僕はどうしても自分の口から「お祖父《じい》さま」と呼ぶ決心がつかなかった。祖父は僕をそばへ呼んで、僕の名まえを面白いアクセントをつけてからかったりした。しかし、家族の者はみんな伯爵には畏敬《いけい》と恐怖の交った態度で接していた。エリクという少年だけが一種うちとけた親密さを持っていた。少年の動く方の眸がときどき素早く「そらね？」というふうな目くばせをしてみせると、それが祖父の目からまた同じ敏速さで答えられたりした。そして時には、この二人が、夏の長い午後、奥行の深い回廊の向うに姿を現わすことがあった。二人は手をひきあって、暗い古い肖像画を見て歩いた。ひとことも話をせずに、あたかも何か別な方法で心と心を通わせているかのようだった。僕はほとんど一日、広い庭園や村の山毛欅《ぶな》の森や原っぱなどで遊んでいた。ウルネクロースタアに僕のあとを慕ってくる幾匹かの犬がいたのはうれしかった。ところどころに百姓の家や農作場があった。僕はミルクやパンや果物などをそこからもらった。僕は僕の自由をなんの屈託もなく楽しんだ。おしまいの数週間だけだったかもしれぬが、晩餐の食卓の気づまりさも、ついいつとなく忘れてしまっていた。僕は誰とも話をしなかった。僕は一人ぼっちが好きだった。ただ犬たちとは、気がむくと短い話をした。犬とだけは非常な仲よしだった。言葉数が少ないのは僕の一家の癖らしかった。僕の父がそうだった。晩餐の席でほとんど話らしい話がないのも、僕は一向不思議に思わなかった。

僕たちが行ってから最初のうちは、マティルデ・ブラーエが一人おしゃべりをした。父に向って、外国の都市にいた以前の知人のことを聞いたり、遠い昔の思い出を語ったり、死んでしまった友だちのことやある青年のことを言い出して、自分から涙を誘われたりした。青年は彼女を愛していたが、彼女はその切ない愛情に答えようとはしなかった、とそんないきさつまでそれとなく言うのだった。父はおとなしく話を聞いていた。ときどきうなずいて、ただ必要なことだけを返事した。食卓の上座から祖父は絶えず微笑を送っていた。唇をへの字にまげ、顔がふだんよりも大きくみえた。それが仮面か何かをつけているようだった。ときどきは、しかし自分でも言葉をはさんだ。誰に向ってというのでもない。たいへん低い声だったが、広間のすみずみまでよく聞えた。時計が時刻をきざむような、遅速のない、平静な実体を、その声は含んでいた。彼の声を包む静寂が、特殊な、一種空虚な共鳴を作り、一つ一つの音節にすぐまた一つ一つの音節を繰返すような感じを与えた。

ブラーエ伯爵は、父に対して、亡くなった僕の母のことを話すのが一つの礼儀と思ったらしい。祖父は僕の母をジビレ夫人と呼び、何かひとこと言うごとに、語尾はいつも母のことを聞いているような余韻を残した。僕はなにゆえか、今にもこの広間へはいって来る、純白な着物をきた、若い娘の噂《うわさ》をしているように思えてならなかった。祖父はまた母の話と同じような調子で、「あのアナ・ゾフィーが」と言って話をした。僕はある日、祖父にひどくお気にいりらしいこの娘は誰のことか、聞いてみた。祖父は宰相だったコンラート・レヴェントローの娘のことを言っているのだった。故フリードリヒ四世の「左手結婚《レフトハンド・マリッジ》」の対偶者であったが、ロスキルデに埋葬されてからほとんど百五十年近くにもなろうという人だった。時代の順序など、もう祖父にとってはどうでもよかったのだ。死なんてものはごくつまらぬ偶然でしかなく、それを彼は平気で無視してしまっていた。一度記憶にとどめた人間は、そのまま実在するらしかった。たとえその人が死んでしまっても、毫末《ごうまつ》の変化もないのである。それから何年かたって、祖父が死んだあと、人々は祖父が全くそれと同じ勝手さで、未来を現在のことであるかのように考えていた話をした。祖父はある年若い夫人に向って、その夫人の息子たちの話をしたそうだ。しかも、その息子たちの一人の旅行のことをこまごまと話題にしたらしい。しかしほんとうは、その夫人は最初の妊娠のやっと三カ月目にしかならず、興にのって話しだした祖父の前で、ほとんど驚愕《きょうがく》と恐怖のために失神しそうになったというのだ。

ところが、この晩餐の席で僕が笑ったのだ。僕は大きな声を出して笑い、どうしても笑いを止めることができなかった。ある晩、どうしたことかマティルデ・ブラーエが姿を見せなかった。ほとんど目の見えなくなった年寄りの召使は、彼女の座席へ回って来ると、ふだんのように皿をさし出した。そうして、しばらくそのままじっと待っていたが、やがて満足げに、万事滞りなく済んだような手つきで、鹿爪《しかつめ》らしく次の席へ歩を移した。僕はそれを詳しく見ていた。見ている間は格別滑稽《こっけい》な気もしなかった。しかし、しばらくたって、一口食べ物を口に持ってゆくと、急に笑いがこみあげて来た。僕はあわててむせび、大声でふき出してしまったのだ。僕はこの情況が気づまりなことをよく知っていたし、できるだけ真面目《まじめ》にかえろうと努力したけれど、笑いはぐんぐんこみあげて来て、どう手のつけようもなかった。

父は僕の笑いをごまかすつもりで、幅のある押えた声で、「マティルデは病気なんですか」とたずねた。祖父はいつもの微笑をもらしながら、「いいや、クリスティーネに会いたくないのじゃろう」と答えた。僕は自分のことで一所懸命だったので、よく注意もしなかったが、だいたいそんな言葉の意味だった。すると、その言葉のせいではないはずだが、僕の隣にいた顔色のやけた少佐が立ち上がり、何か口の中でぶつぶつ挨拶《あいさつ》をすると、伯爵に向ってお辞儀をして、広間から出ていった。少佐はちょうど祖父の後ろの扉のそばまで行くと、こちらを振返って、エリクを手招きし、突然、僕にむいても、ついておいでというように手招きと点頭をした。僕はびっくりした。ひどく狼狽《ろうばい》したものだから、僕の笑いは止ってしまった。僕は少佐から目をそらした。僕は少佐がきらいだった。見るとエリクの方も知らん顔をしていた。

食事はいつものようにゆっくり進んでいった。そして、ようやくデザートになろうとする時、僕は広間の背景の薄暗がりの中に、何か動くものがあるような気がして、じっと見つめていた。そこにはいつも締っている扉が一つあった。なんでも中二階へ行く扉だと聞いていた。それがそろそろと開き、好奇心と驚きの改まった感情で、僕がなおもよく見つめていると、扉の真っ暗な入口にほっそりした白っぽい着物の婦人が現われて、僕たちの方へ歩いて来た。僕は何をしたか、何を言ったか知らなかった。あるいは、何もしなかったし、何もいわなかったかもしれない。椅子の倒れる大きな音がしたので、僕は思わず不思議な婦人の姿から目をはなして父の方を見た。父は立ち上がり、真っ蒼《まさお》な顔をして、きつく拳《こぶし》を握りしめた手を腰にあてたまま、婦人の方へ詰めよった。しかし、そんな出来事には目もくれず、婦人は一足一足僕らのそばへ寄ってきた。もう祖父のすぐ後ろまで来ていた。祖父はつと立って、父の腕を取り、もといた食卓へ押し戻してしまった。誰だかわからぬ婦人は、そろそろと、そんなことにはまるで無頓着《むとんじゃく》に、今は誰の邪魔もない広間の真ん中を通っていった。一足一足、言いようのない静寂の中を静かに通りすぎて、反対側の扉に消えてしまった。どこかで、グラスが一つ、ちりちりと鳴った。その時、婦人の出ていったあとの扉を、うやうやしげにお辞儀をして締めたのがエリクだったのに、僕はやっと気がついた。

食卓にじっとすわっていたのは僕一人だった。僕はぐったり椅子に腰をかけていた。一人では到底立ち上がれそうな気がしなかった。僕はしばらくあたりを見まわしたが、何を見ていたか覚えなかった。僕は父のことを思い出した。祖父はまだ父の腕を握っていた。父の顔は怒ったように、真っ赤に血がのぼっていた。しかし、祖父は鷹《たか》の爪のような白い指で父の腕をとらえ、仮面のような微笑を漂わしているのだ。やがて、祖父は一音節ずつきれぎれに何か言ったが、僕には言葉の意味がよくわからなかった。（しかし、その言葉はやはり僕の耳の中に深く食いいっていた。およそ二年ばかり前、僕は何年ぶりかにその言葉を思い出した。それからというもの、その言葉は一日も不思議に忘れられないのだ。）確か祖父は、「侍従職ブリッゲ、おまえさんはどうも感情が激しくて、無作法なものだ。他人のすることは、自由にさせておきなさい」と言った。父は「あれは誰ですか」と叫んだ。「あれはここを通ってもいい人だよ。よその人じゃない。クリスティーネ・ブラーエじゃないか」——するとまた、あの不思議な森閑とした静寂が返ってきた。さっきのグラスがまた、ちりちりと鳴った。父は腕をふりほどいて広間から飛び出していった。

僕は父が夜どおし部屋の中を行ったり来たりする足音を聞いた。僕も眠れなかった。いつのまにうつらうつらしたのか、夜明け近く、僕は仮睡からはっと目をさました。僕のベッドに白い着物の人がすわっているのを見て、驚きのあまり僕は胆《きも》を消した。僕はどうすることもできず、やっと力をふるって、布団《ふとん》の中へ頭を突っこんでしまった。僕は不安と困惑から泣きだした。僕は何も見えないように涙の上に布団をおしつけた。すぐ耳もとで、ぼうっと明るくなった。僕の泣いている目の上が冷たくなって、僕に話しかける声が、なま温く、甘く、頬にあたった。僕はそれがフロイライン・マティルデ・ブラーエの声であるのを悟った。たちまち、僕は安堵《あんど》した。僕はすぐ泣きやんだけれども、じっとそのまま慰められていた。この優しさは少し優しすぎるようだと思いながら、僕はそれを楽しんでいた。何かしらそうされる理由があるような気がした。「おばさん」と僕は思いきっていって、マティルデ・ブラーエの涙でよごれた顔の中に僕の母のおもざしをまとめようと試みた。「おばさん、あの女の人は誰なの？」「ああ、あれはね」とフロイライン・ブラーエは溜息《ためいき》をして言った。溜息は僕には滑稽な気がした。「かわいそうな女の人よ、たいへんかわいそうな」

この日の朝、僕は部屋の中で、荷造りに忙しく働いている数人の召使を見つけた。僕たちは帰るんだなと思った。帰るのが当然のような気がした。たぶん、それは僕の父の考えであったのだろう。僕はあんなことがあったのに、なぜ父がウルネクロースタアに逗留《とうりゅう》を続けたかわからなかった。僕たちは結局出発しなかったのだ。それからまた、この屋敷に八週間か九週間ほども滞在した。僕たちはいろいろ不思議な重苦しさに耐えた。クリスティーネ・ブラーエはそのあとも三度ばかり見た。

僕はそのころクリスティーネ・ブラーエの話を知らなかった。彼女は昔この屋敷で二人目の子供を産み、その産褥《さんじょく》の床で死んだのだ。そのとき生れた男の子も、大きくなって悲しい恐ろしい運命に出あったらしい。僕はクリスティーネ・ブラーエがすでに死んだ女であることを知らなかった。しかし、父はそれを知っていた。気の早い父は、ものごとをはっきり決めてしまいたいたちなので、覚悟を決め、意を決して、この怪異を無理に突きとめようとしたのではなかっただろうか。僕はそれとは知らないで、父が心を決しかねているのを見ていた。僕は何も知らずに、父がついにあきらめてしまったのを見たのだ。

クリスティーネ・ブラーエを見た最後の時だった。この時は、フロイライン・マティルデも食卓にすわっていた。彼女はいつもと少し違っていた。僕たちが来た初めのうちのように、絶えまなくなんの関連もないお喋《しゃべ》りを続け、何べんとなく言葉がしどろもどろになるのだ。彼女は体の落着きまでなくしてしまい、しょっちゅう髪や着物を直さずにいられぬらしかった。——と、突然、高い悲鳴をあげて、彼女は飛び出してしまった。

その瞬間、僕の目は思わず例の扉の方を見ていた。クリスティーネ・ブラーエが現われた。僕の隣の少佐は激しく細かな身震いをした。それが僕の体に伝わった。少佐は立ち上がる気力をなくしているに違いない。彼の日にやけた、年寄りじみた、斑点《はんてん》のある顔は、広間にいる人を一人一人ながめていた。口をぽかんと開き、乱れた歯の間から舌のちぢこまっているのがのぞいていた。急にその顔が見えなくなったと思うと、少佐の白髪頭は食卓の上にくっついてしまった。彼の腕は切り放されたように、食卓の上からぐったりとたれ下がっていた。しなびた、斑点のある手が、どこか着衣のすき間からのぞいて、かすかに震えた。

ちょうどその時、クリスティーネ・ブラーエは一足一足、病人のようにのろのろと、言いようのない静寂の中を通りすぎていた。おいぼれ犬のうめくような声が、一声聞えてきた。と、水仙をいっぱい活《い》けた大きな白鳥型の銀の花瓶の左手の陰から、祖父の大きな仮面みたいな顔が不景気そうな微笑を浮べて現われた。祖父は父に向って葡萄酒《ぶどうしゅ》のグラスをあげた。僕は父が自分のグラスをとって、非常に重たい物を持つように、食卓から二、三寸持ちあげるのを見た。クリスティーネ・ブラーエは父の椅子の後ろを通りすぎた。

僕たちはこの夜のうちに出発したのである。

ビブリオテク・ナシオナル（国民図書館）にて

僕はここにすわって一人の詩人を読んでいる。ホールには大勢の人々がいるが、ちっともそんな気配は感じられない。大勢の人間はみな書物の中にいるのだ。ときどき、書物のページの中で彼らは動く。眠っている人間が、二つの夢の間を寝返りするみたいだ。読書する人々の中にすわっているのは心が楽しい。なぜ人間はいつもこのようであってくれぬのだろう。誰かのそばへ行って、ちょっと肩に手をおいても、相手はそれに気づかない。椅子から立ち上がりぎわに、隣の人とぶつかって、わび言をいっても、ただ相手は声のする方をむいてうなずくだけだ。顔がこちらをむいても、目はなんにも見ていない。そんな人間の髪は眠っている人の髪のようにたいへん優しい。僕は楽しい。僕はここにすわって、一人の詩人を持っているのだ。なんという奇態な運命だろう。ホールの中には書物を読んでいる人間がおそらく三百人はいるにちがいない。たぶん一人一人が、それぞれ一人の詩人を持つことはできないかもしれぬ（大勢の人々が何を持っているかわからないが）。ほんとうの詩人は三百人もいないからだ。しかし、まことに運命は不思議なものだ。僕はここで書物をひろげている人間の中で、いちばん貧しい男に違いない。しかも外国から来た人間だ。その僕が一人の詩人を持っている！　僕は貧しい。毎日着ている着物はもう破れかけているし、僕のはいている靴は穴があいてきた。もっとも、僕のカラーだけはよごれていない。ワイシャツもきれいだ。このままどこかブウルヴァール大通りの喫茶店へはいって、僕は平気で菓子を入れた大皿へ手を延ばすことだってできるだろう。別に僕をとがめたり、罵《ののし》ったり、つかみ出したりする者は、いないに違いない。僕の手はとにかく、少なくとも家柄のよさを示している。毎日、四度か五度はきれいに洗ってあるのだから、爪《つめ》も黒くはなっていないし、ペンを持つ指だってインキなどによごれていたためしはない。中でも、この関節の美しさはどうだろう。貧しい人間がこんなところまで気を配るはずがないくらい、誰だってよくわかっているのだ。こういう体の部分的な清潔さから、人々はある一定の結論を導き出すことができる。実際、知らず知らずに、誰だってそうした結論を引きだしているのだ。ことに、実務家の目は決してそれを見のがさない。しかるに、ブウルヴァール・サン・ミシェルとかラシーヌ街などには、そんなもので決して目をごまかされぬ人間がいるのだ。指の関節がどうであろうと、彼らはそんなものにちっとも頓着はせぬ。僕を一目みて、僕の貧しさを見抜いてしまう。僕がほんとうは彼らの仲間の一人であることを十分心得ているのだ。ちょっと狂言じみた振舞をしているのだくらいに思っているのだろう。謝肉祭の変装だと思っているのかもしれぬ。だから、彼らは決してこちらの興をそぐようなことはしない。わかるかわからぬ程度ににやりと笑い、目をぱちぱちしてみせるだけだ。そばを通る人は誰も気がつかぬ。彼らは僕を紳士のように取扱ってくれる。誰か近くに人の気配がすると、おかしいぐらい慇懃《いんぎん》に僕に頭をさげたりするのだ。僕がまるで毛皮の立派な外套《がいとう》をきて、自家用の馬車をあとに従えながら歩いているような具合だ。そんなとき僕は、二スウ恵んでやる時もある。突返しはすまいか、と僕の手はかすかに震える。しかし、彼らは機嫌よくそれを受取ってくれるのだ。その時、例のわからぬ程度ににやりと笑ったり目をぱちぱち動かすことさえなかったら、誰が見ても美しい安穏な街頭風景としか映らない。いったい、彼らはどんな人間なのだろう。僕をなんだと考えているのだろう。僕をひそかに待ち伏せているのだろうか。どこから僕の正体を見抜くのだろうか。確かに、僕の髯《ひげ》は不精げにもじゃもじゃしている。それがいつも、僕の目にしみる彼らの病気じみた、老いぼれた、かさかさの髯に、どことなく似ているのかもしれぬ。しかし、髯くらい、不精に伸ばしておいたとて別になんでもないではないか。忙しい人間は大抵髯なぞに構っていられない。忙しい人が髯をもじゃもじゃにしているといって、誰もすぐ敗残者だと考える者はないはずだ。僕には彼らが、通りいっぺんの乞食《こじき》というよりは敗残者であることが最初からわかっていた。もともと、彼らは乞食なぞではないのだ。この二つの間には、非常にはっきりした区別がある。彼らは運命が吐き捨てた「人間」という果実の残皮であり、食べくずである、と言えばよいかもしれぬ。運命の唾液《だえき》にぬれて、彼らは家の壁や街灯や広告貼付《はりつ》け場などのそばに、汚なくくっついていたり――あるいはのろのろと街路を押流され、黒ずんだ汚ない残滓《ざんし》をあとに残してゆくのだ。たとえばあの老婆《ろうば》だが、いったい老婆は僕から何を求めようとしたのだろう。ナイト・

テーブルの引出しらしいものに、わずかばかりのボタンと縫い針を入れて、どこかの穴倉からそれをかかえて出て来たものらしかった。どういうつもりか、老婆は僕と並んで歩きながら、僕をじろじろ見た。しょぼしょぼのただれた目で、僕を見抜こうと一所懸命になっていた。赤く腐った眼瞼《まぶた》に包まれている目の玉が、病人が吐いた青い喀痰《かくたん》とちっとも違わない。それから、あの小柄な、白髪の老婆。なぜ彼女は、僕とならんでショーウインドーのまえに十五分間も立っていなければならなかったのだろう。彼女は僕に一本の古ぼけた長い鉛筆を出してみせた。鉛筆は握りしめた片輪の指の間から、おそろしく手間どりながら、そろそろと出てくるのだ。僕は窓の中に飾られた品々を見ているような、わざと何も気づかぬふりをしていた。しかし、女は僕がちゃんとその鉛筆を見てしまったのを知っていた。僕がぼんやりそこに立って、心では、いったい女が何をするつもりだろうと考えているのを察していた。ただ鉛筆を買ってくれというだけでないことが僕にはすぐわかった。それが一種の合図であるらしいことも僕には感ぜられたのだ。仲間だけの秘密な合図。それは敗残者だけが用いる合図らしかった。そんなところでぼんやりしていないで何かしなければいけませんよと、女は僕に告げているらしい。こういう合図を取決めた、一種の申合せのようなものがあるのだ。このような場面はいつか僕が出くわさねばならぬものだったという感じから、僕は奇態にのがれることができなかった。

それからもう二週間がたっていた。しかし、そんなことがあってから、ほとんど毎日、僕は同じような場面に出くわさねばならなかった。薄暗い夕方だけでなく、真昼間の人ごみの中で、突然小柄な男や老婆などが目の前に現われて、うなずき、何かをちらと見せると、もう必要な仕事は済んだというふうな顔つきで、姿を消した。もしかすると、何かの日には、ひょっとして僕の下宿まで押しかけて来そうだった。彼らはもうきっと僕の部屋を知っているのだ。門番なんかもきっとうまくごまかして、あがって来るに違いない。しかし、図書館にいれば、少しも彼らに押しかけられる心配はなかった。この広間へはいるには特別な閲覧券がいるのだ。閲覧券だけは、僕は持っているが彼らは持っていない。僕は道を歩く時、少しばかり人をはばかっているかもしれぬ。しかし僕は、やがてあるガラス戸の前まで行くと、自分の家へ帰ったようにそれをあけて、次の入口で閲覧券を見せる。(それは街頭の彼らが何かを見せる時の手つきとちっとも違わない。ただ、違うといえば僕の心がすぐ相手に通じる点だろう。)そして僕は書物の間に安心して隠れるのだ。僕は彼らから死んだのと同じくらい完全に逃げている。僕はここにすわって、一人の詩人を読むのだ。

君たちは詩人というものが何か、ちっともわからぬだろう。ヴェルレーヌといっても――おそらく何も知らぬ。追想も起らねば何もない。君たちは君たちの知っている人間を決して一人一人区別しなかった。君たちに区別など全く不必要なのは僕も知っている。

しかし、僕が今読んでいるのはヴェルレーヌではない。パリの詩人ではないのだ。そんな種類の詩人とすっかり別な作家なのだ。僕の詩人は山の中に静かな家を構えている。僕の詩人は清らかな大気の中に響く鐘の音のようだ。自分の家の窓について語り、悲しい孤独な遠い原っぱを映す書物戸棚のガラス扉について語った幸福な詩人（訳注　多分フランシス・ジャムのことだろうといわれる）だ。僕はこの詩人のようになりたい。この詩人はよく娘たちのことを知っている。僕は娘たちのことをよく知りたいと思う。彼は百年も前にいた娘のことを知っている。その娘がすでに死んでしまった娘だろうと、彼は少しも当惑せぬのだ。彼はなんでもすべて知り尽すのだから、知っているということがいちばん強みだ。彼は娘たちの名まえを読む。縦長い、古風な、装飾の多い文字で、つつましげに細く書かれた名まえである。彼はまた娘たちの幼な友だちの改姓した名まえを読みあげる。そういう名まえにはどこかしらかすかに運命の響きがこもり、悲しい幻滅と死が匂《にお》っているのだ。彼の黒檀《こくたん》の書きもの机の引出しには、昔の娘たちの色あせた手紙やちぎれた日記の一ページなどがしまってあるかもしれぬ。そしていろいろな人々の誕生日や夏の滞在客の名まえなんかも残っているだろう。もしかすると、彼の寝室の壁ぎわには、大きな簞笥《たんす》があって、その引出しの中には、昔の娘の春衣装が大切にしまわれているかもしれぬ。復活祭に初めて手を通した純白な衣装、それは網目のあるすがすがしい裂地《きれ》で、ほんとうは夏のものかもしれないが、娘はもう夏が待ちきれなかったのだろう。代々の祖先が住んだ家の静かな一室にいて、落着きのある時代のついた家具に取囲まれ、窓の外ののどかな明るい緑の庭に来て鳴く山雀《やまがら》のさえずりに耳を傾け、はるかな遠方に村の塔の時計をながめているのは、なんという幸福な人間の運命だろう。じっと家にすわっている。午後の暖かな太陽の縞《しま》を見ている。昔の娘たちのことをよく知っている。そして、詩や小説を書く。僕もこの世界のどこかに家を持ったら、きっとそんな詩人になったろうと考えてみる。誰も顧みぬ戸を閉じた田舎のバンガロー。僕はその家の一室だけ使うつもりだ。屋根裏の明るい部屋がよいだろう。僕は僕の古ぼけた道具類や祖先の肖像画や書物といっしょに暮す。肘掛椅子《ひじかけいす》が一脚。そして草花と犬と、石ころの多い道をさげて歩く大きなステッキが一本。そのほかにはもうなんの望みもない。ただ黄ばみがかった象牙《ぞうげ》色《いろ》の皮表紙をつけたノートが、一冊、ぜひほしいくらいだ。古風な花模様を表紙につけて、僕はその中へ書くのだ。僕はどしどし書く。僕はさまざまの詩想を豊かに持っているし、ありとあらゆるものの思い出を書くだろう。

しかし、僕の生活はその反対であった。神だけが「なぜ」を知っているのだ。僕の古ぼけた家の道具類はみんな投げこまれた納屋《なや》の中で朽ちてしまった。僕自身を入れる屋根がどこにもないのだ。雨は容赦なく僕の目にしみるのだ。

僕はよくリュウ・ド・セーヌなどの通りの小さな店先を通りすぎる。古道具屋、古本屋、銅版画屋などの店が、窓いっぱい品物を並べている。誰もはいってゆく人はない。ちょっと見ると、商売などしていそうに見えぬくらいだ。しかし、店の中をふとのぞきこんでみると、誰か彼か人間がいて、知らん顔ですわったまま本を読んでいる。明日の心配もなければ、成功にあせる心もない。犬が機嫌よさそうにそばに寝ている。でなければ、猫が店の静かさをいっそう静かにしている。猫が書物棚にくっついて歩く。猫は尻尾《しっぽ》の先で、本の背から著者の名まえを拭《ふ》き消しているかもしれない。

こういう生活もあるのだ。僕はあの店をそっくり買いたい。犬を一匹つれて、あんな店先で二十年ほど暮してみたい。ふと、そんな気持がした。

とうとう声に出して「なんでもないじゃないか」と叫んでみた。いくらか救われた気持がした。もう一度「なんでもないじゃないか」と叫んだ。しかしいまさら、どうなるというのだ。

また煖炉《だんろ》がけむりだしたので、僕は外へ逃げて行かねばならなかったが、そんなことは別に不幸でもなんでもない。僕なんか、へとへとに疲れて、体を氷のように冷たくひやしたところで、なんでもありはしない。僕が一日街路をほっつかねばならぬというのも、所詮《しょせん》は自業自得《じごうじとく》なのだ。僕はルーブルへ行って、すわっていることだってできたのだから。いや、僕はやはり、ルーブルへすわりに行かなかったかもしれぬ。あすこはあすこで、暖まっていたい人間がいるのだ。彼らは天鵞絨《ビロード》を張ったベンチに目白押しに並んで、脱いだ大きな長靴のような格好で、スティームの鉄格子《てつごうし》の上に足を出してすわっている。たいへんおとなしい人々ばかりだ。黒っぽい制服を着て勲章などぶらさげた監視人が黙過してくれるだけで、もう心から感謝しているのだ。しかし、僕が行くと、彼らは顔をしかめる。顔をしかめて、かすかにうなずくようなことをする。僕が絵の前を行ったり来たりすると、彼らはじっと僕を目で追ってくる。決して僕から目を離そうとしない。落着きのない目で、一斉にじっと僕を見守るのだ。やはりルーブルへ行かなかったのはよかった。僕はそして一日ほっつき歩いた。どんな市区を、どんな町々を、どんなに多くの墓地や橋や路地を通ったことだろう。どこかで僕は野菜の車を押している男をみた。《Chou-fleur, Chou-fleur》(花野菜)と声をはりあげていたが、語尾の eu という母音が変にもの悲しかった。男と並んで、醜いかどばった体つきの女が歩きながら、ときどき男を突いた。女が突くと男が声を出すのだ。ふと、男が自分から売り声を出す時もあったが、それはいつも無駄な骨折りであった。男はすぐまた息を続けて、もう一度叫ばなければならぬ。買ってくれそうな家の前に来るからだ。僕はこの男が盲《めくら》であることをもう書いただろうか。いや、僕はまだ書かなかったらしい。男は盲だった。盲の男が大声で叫んでいた。しかし、盲が叫んでいると言っただけでは、僕はやはり嘘《うそ》をつくことになるだろう。その男は車を押していたし、「花野菜、花野菜」と叫んでいたのだ。だが、いったいこんなことが大切だろうか？　たとえ大切だとしても、それは僕となんの関係があるだろう。僕は大声に町を叫んで歩く盲目の一老人を見たのだ。僕は見たのだ。

それから、あんな家があるといったら、果して誰が僕を信じるだろうか。きっと、人々は僕が嘘をついていると思うに違いない。しかし、これも事実あったことなのだ。何も僕は隠さないし、まして何一つ付け加えはしない。付け加えようにも、僕はどこからそれを持ってくることができるだろう。僕が貧しいことは誰だって知り尽しているのだ。果してあれが、家というものだろうか。間違いのないようにいえば、もはや家の姿を失ってしまった家である。上から下まで、まるでめちゃくちゃにこわしたあとのようであった。仮にも家と名づけられるのは、すぐ隣に並んでいる高い家々でなければならぬ。それは、壁ぎわまで容赦なく打ちくずされてしまったので、今にも倒壊しそうな危なげな家に見えた。高いペンキ塗りの柱の骨組だけが、船のマストのように、塵埃《ごみ》だめのような地盤と裸にされた外壁の間に傾きかかって立っているのだ。しかも、わずかに残されている外壁というのが、はなはだ曰《いわ》くのある壁だった。それはかつてあった家(そうとでも考えるほかに仕方がないのだ)の外側の壁ではなくて、すでに外側の部分はきれいに剝《は》げ落ちてしまっていた。家の中は見通しだった。どの階も、どの階も、部屋の壁がまる見えになっていた。やっと壁に張った布が残っているだけだ。ところどころ、床や天井などが、わずかにその残骸《ざんがい》をのこしていた。部屋を区切っている壁のすぐ横には、外壁に沿うて、汚なくよごれた白い空間がはさまり、便所のむきだしの銹《さ》びた導管が、気味悪げな、ながい虫のくねるような、動物の腹わたのような形に這《は》っている。ガス管のあとが天井の片隅に灰色の埃《ほこり》だらけな穴になって残っているし、方々のガス管がとてつもないところでくるりと輪を作り、色のはげおちた壁を突き抜いている。そして、壁の穴が黒々と、おそろしく乱暴にあけてあったりした。しかし、いちばん忘れがたい印象はやはり壁そのものだった。これら幾つかの部屋部屋のしぶとい生活は、あくまで頑固に強く持ちこたえていた。生活はいくら叩《たた》き殺しても死にそうに見えなかった。必死に、わずかに残った爪で、しがみついているらしかった。ひと塊りの残された床の上にも、まだ生活がへばりついているのだ。あるかないかわからぬような片隅の突角に生活がはいりこんでいる。壁の色にまで、そういう生活のしぶとさが現われていた。青い色は黴《かび》の生えた緑に、緑は灰色に、黄色は古ぼけた腐った白色に、壁はそうして徐々に、一年一年と変化し朽ちてきたのだ。鏡や肖像画や戸棚などの陰になって、少しはまだ新しく見えている壁にさえ、同じような年月の変化が見えた。そこには、さまざまの違った形が重なりあい、下手な絵の輪郭のように、幾度も幾度も描き直された線が残っている。道具の陰とはいえ、やはり蜘蛛《くも》の巣や埃でひどくよごれていた。急にそれが明るみへ出されたのだ。はぎとられた嵌《は》めこみの板壁。壁に張った布。床ぎわの末端が湿ってこさえたふくらみ。ずたずたに切れた襤褸《ぼろ》きれ。もうだいぶ昔にできたらしい、汚ない汚染。隔壁のこわれたあとが帯のように残っていて、一つ一つの区切られた壁。かつて青や緑や黄などの壁布が張ってあったところには、これら生活から立上る煙のようなものが漂うていた。執拗《しつよう》な、のろのろした、むせるようなこの瘴気《しょうき》は、風が吹いたくらいで容易に散ろうとしないのだ。午後の乱雑と病気と、人の吐く臭い息と何年間もたまった煙とが、一つに溶けていた。脇《わき》の下からじとじと着物にしみてゆく汗、口からもれるおくび、すえたような、よごれた臭い足にまつわるフーゼル油の悪気、なども交っていた。糞尿《ふんにょう》の目にしみる匂い。煤《すす》の焦《こ》げるような匂い。くすぶる馬鈴薯《ばれいしょ》の匂い。油脂の重苦しい濁った匂い。それらの悪臭が遠慮なく入り交った。誰もかまってやらぬ乳み児の、しつこく鼻につく、甘ったるい匂いがあり、学校通いの子供たちの心配を煮つめたような臭気があり、成年期の男の子のベッドの重くよどんだ悪臭も溶けていた。なおそのほかに、下からは絶えず蒸発して街衢《がいく》の地底から立上る悪気が這い歩き、上からは都会の空の濁りが雨に溶けて流れしたたるのだ。力なげな、弱々しい風は、家から家を吹いていたが、いつまでも同じ町から、外へ出ることはできなかった。そして、ただいろいろなものを風は持ち運ぶだけだった。すでにもう出所のほとんどわからなくなったものが多かった。——外壁という外壁は、最後の一重だけ残して、みんな打ちこわされてしまっている、と僕はすでに書いておいたはずだ。僕はこの外壁のことばかり書き続けている。きっと人々は僕がずいぶん長い間ぼんやり家の前に立っていたと思うだろう。しかし本当は、僕はそんな落ちくずれた壁をみると、足が自然に走るように急ぎ出していた。一目で、なんとも言いようのない恐ろしさを感じたのだ。僕は一度にすべてがわかってしまった。落莫《らくばく》たるすがれた風物は、一度に僕の心に飛びこんで来た。それはむしろ、そのまま僕の心の内的風景であるかもしれなかった。

そんなところを歩いてくると、僕はひどく疲れた。くたくたにすっかり参ってしまった。だから、そのうえ、またあの男と出会わねばならなかったのはたいへんだった。落し卵の焼いたのを二つばかり食べようと、小さなミルクホールにはいると、そこに彼が待ち伏せていたのだ。僕はぐうぐう腹がなっていた。一日、まだ何も食べていなかった。しかし僕は、ついにもう何を食べる気もなくなってしまった。卵ができるのも待たず、いきなり僕は外へ飛び出した。道路はいっぱいの人ごみで、みんなが僕の方へ押して来た。今日はちょうど謝肉祭だ。もう夜になっていた。人々はみんな仕事を休んで町へ飛び出したのだ。肩と肩とが押しあっていた。人々の顔は見せ物小屋から差す明りに赤く染められ、開いた傷口から膿汁《のうじゅう》が漏れ出るように、人々の口から笑いがもれていた。僕が押し分けて通りぬけようとあせればあせるほど、人々はますます笑い、肩と肩を押しつけて来る。誰か女の人のショールが、どうかしたはずみに、僕にひっかかった。僕はそれを引っぱって歩いた。人々は僕をせきとめて、笑った。僕も笑わねばならぬと思ったが、どうしても笑えなかった。誰かが一塊りの紙テープを僕の目に投げた。鞭《むち》で打たれたように痛かった。やっと街角へ出ると、人々はまるで楔《くさび》で堅くつなぎ合わされたように固まっていた。僕は全く群集の中に割り込んだみたいになってしまって、身動きができなかった。立ったまま、一つの大きな塊りになってしまったように、わずかにゆるやかな、静かな、波のような起伏と運動が起るばかりだ。群集の立ち騒いでいるわずかのすき間を、やっと僕は車道の端に見つけた。僕はそこを盲滅法に駆けぬけたつもりだった。が、事実は、ただ、群集が渦をまいて流れるそばを、僕は元の場所にじっと動かずにいるだけなのだ。いつまでたっても、それがちっとも変らない。目をあげると、片一方にはいつも同じ家々が見え、向う側には見せ物小屋があった。たぶん、何もかもじっと動かないでいて、僕や群集の目が錯乱して、すべてを渦巻のように見せるのだろう。しかし僕は、それをよく考えてみる暇さえ持たなかった。僕は汗で頭が重くなった。僕の体にはしびれるような苦痛が走った。僕の血の中に何か大きなものが交って、それが血管を押しひろげながら流れてゆくように思われだした。空気がもはやなくなってしまい、僕は僕の肺の吐き出したものを急いで吸いこんでいるような気がしてきた。

しかし、それも今はもう済んでしまった。僕はやっとそこを通りぬけて来たのだ。僕は自分の部屋のランプの前にすわっている。少しばかり膚《はだ》が寒い。僕は煖炉を焚《た》きつけてみるのが、ちょっとこわいような気がする。また煙がいっぱいになって、外へ飛び出すのはたいへんだから。僕は坐《すわ》って考えてみる――もし僕がこんなに貧乏でなかったら、もっと別の部屋を借りることもできただろう。こんなぼろぼろの家具でない部屋、以前の間借り人のさまざまの生活の残滓《ざんし》がくっついていない部屋に、僕は住めただろう。最初、僕はちょっとこの肘掛椅子の背に頭をのせることができなかった。緑色のクッションには、人々の頭を受けていたらしい脂《あぶら》にくろずんだ窪《くぼ》みがあって、僕は一々気をつけて髪の下にハンカチを敷かねばならなかったのだ。しかし、僕はもうそんなことにすっかり疲れてしまった。みんなと同じように僕はじかに頭を押しつけてしまう。小さなクッションの窪みは寸法でも計ったように、不思議に僕の頭にぴったり当てはまるのだ。

僕は貧乏でなかったら、まず何よりもよい煖炉を一つ買おう。そして、山から切り出した美しい太い薪《まき》を焚くことにしよう。こんな厄介な豆炭のようなものは今すぐやめるのだ。この煙は呼吸を苦しくするし、頭を痛めてしまう。それから、がたがたいわせないで掃除をしてくれ、僕の好きなように煖炉の火を加減してくれる召使が一人ほしい。僕は十五分も煖炉の前にかがみこんでいじくっていると、額が火にほてり、目が熱く焼かれ、それで一日の力をすっかり使い果したように、ぐったりしてしまうのだ。ぐったりして僕は街路へ出る。結局人々は、その方が気楽なのだろう。しかし僕は、人ごみの中は、車でさっさと走らせてみたい。毎日の食事も、デュバルですることにしたい……もうミルクホールなんかへ行くのはごめんだ……デュバルのような店だったら、まさかあの男もやっては来ぬだろう。そうだ、あの男が僕より先に来てすわっているなんて、決してあり得ぬことだ。あんな死にかけた人間をだいたい入れておくはずがない。死にかけた——？　僕はもう僕の部屋に帰って来た。今日、僕が見たものを、静かに振返って考えてみようとしている。何事も曖昧《あいまい》にしておかぬのはよいことに違いない。あの時、僕は最初ミルクホールへはいると、ふだん僕のすわるテーブルに、誰か別の人間が席をとっているのに気がついただけだった。僕は小さな食器棚の方をむいて挨拶《あいさつ》し、注文を言ってから、すぐそのテーブルへ腰をおろした。その時、格別その男が動いたわけでもないのに、僕は突然彼の存在を意識した。僕はかえって彼の無意味な静かさを感じ、とっさにそういう静かさの意味を了解した。僕と彼との間には急に一つの結びつきができた。彼の体が恐怖のために化石してしまったのを僕はもう知っていた。驚きが彼を麻痺《まひ》させたに違いなかった。しかも、その驚きは、自分の内部に起った事柄に対するものらしかった。体のどこかで脈管が裂けたのかもしれぬ。ふだんから恐れていた毒素が、今彼の心臓の心室へ流れこんだのかもしれぬ。あるいは、大きな腫瘍《しゅよう》が彼の脳髄にできたのかもしれぬ——全く世界の風景を一変させる新しい太陽のように。僕は、馬鹿馬鹿《ばかばか》しいほどの真剣さで、彼を見守らねばならぬと意識した。僕はそれが僕のつまらぬ幻想にすぎないことを願ったからだ。しかし、僕はやはり耐えきれなくなった。急に腰をあげると、外へ飛び出してしまった。僕は間違っていなかった。彼は厚ぼったい黒地の冬外《ふゆがい》套《とう》を着てすわっていた。彼の暗鬱《あんうつ》な引きしまった顔が毛のマフラーに深くうずまっていた。唇は重い圧力で押しひしいだように堅く結ばれていた。目は見えるのか見えないのか、もうはっきりしたことはわからなかった。曇った暗灰色の眼鏡の玉に中途をさえぎられて、眼球が少しばかり震え気味に動いている。小鼻がかなり大きく開いている。剝げ落ちたような顳顬《こめかみ》にかぶさった長い髪の毛が、ひどい炎暑に焼かれた植物のように、かさかさだった。長い黄色っぽい耳が、背後に大きな影を落していた。彼は今人間たちから離れているだけではなく、ほとんど自分があらゆるものから離れていることを意識しているらしかった。もう少しのところであらゆるものがその意味を失ってしまう瀬戸ぎわである。おそらくテーブルも、コーヒー茶碗《ぢゃわん》も、すわっている椅子も、あらゆる日常の道具と手近の品物までが、その時何かわからぬ無縁な鈍重なものに一変するだろう。彼はぽつねんとすわって、そういう奇態な一瞬間を待っていた。無抵抗に、ただその最期《さいご》を待っているのに違いなかった。彼はすっかり抵抗を放棄していた。

しかし、僕は一人抵抗を続けたかったのだ。僕は必死になってがんばった。僕の心臓はあのくずれた家のようにむき出しになっている。仮に僕を苦しめさいなむものどもが、今急に僕を許してくれたとしても、僕はもうほとんど生きることができぬだろう。それをよく知りながら、どうしても僕は抵抗せずにはいられなかった。僕はなんでもないじゃないか、とひとり言を言った。しかし、僕があの男をいくらか理解できたというのも、所詮《しょせん》僕の内部に、あらゆるものから自己を切り放し遮断するあるものがすでに芽ぐみ始めているせいでなければならぬ。僕は臨終の迫った病人のそばで、もう病人は誰も見分けがつかぬらしいと言っているのを聞くと、いつもひどく恐ろしい気持がしたのを覚えている。そんなとき、僕はわびしい一つの顔を想像した。枕《まくら》からわずかに顔をあげて、何か見知ったものはないか、何かかつてあったものは見えぬか、と捜すのに、ついに何一つ目にはいってこない寂しさを考えた。僕の恐怖がなまやさしいものだったら、僕はふと見方を変えて生きるということも不可能ではないかもしれぬ、そんな考えで、僕はいくらか僕の心を慰めるだろう。しかし、僕は恐ろしかった。このような変化に対する恐怖は、どう言ってよいかわからなかった。僕は、自分が美しい世界だと思っている現実の世界にさえ、少しも親しむことができないのだ。まして、こういう大きな異常な変化に親しめようはずがなかった。僕は僕にとって安心のできる世界の「意味」の中で暮したかった。もし何かがぜひ変化しなければならぬとすれば、せめて僕は、犬の世界でいっしょに暮す程度で容赦してもらいたかった。犬の世界だったら、いくらか類似な世界であるし、日常生活のあらゆる事物はおそらく現在のままで済むわけだからである。

僕はもう少し書こう。もう少し書いて、何もかも言ってしまいたい。いつか、僕の手が僕から切り放されて、何か書けと命令すれば、僕の考えもせぬ言葉を書くようなことがあるかもしれぬ。全く変化してしまった解釈の時間が始まるだろう。もう言葉と言葉とがまともに続かなくなってしまうのだ。一つ一つの言葉の意味は、雲のようにつかみどころがなくなり、水のように流れてしまうのだ。僕はしかし、おそろしい恐怖にもかかわらず、結局何か偉大なものの前に立たされた人間だという気がする。何か書いてみようという気持をちっとも持っていなかった時分から、僕はときどき、そんな気がしたのを覚えている。しかし、今度は、いわば僕が書かれるのだ。僕が何かを書くというより、むしろ僕が何かに書かれてしまうのだ。僕という人間は刻々に変化してゆく印象ではないのか。もう少しのところで、僕はすべてを理解し承認することができるのかもしれぬ。もう一歩踏み出すことができれば、僕の深い苦しみは幸福に変るだろう。しかし、その最後の一歩を、僕はどうしても踏み出せないのだ。僕は地底に落ち、もはや起きあがることができない。僕はこなごなにこわされてしまった。僕はそれでも、誰かが助けに来てくれるだろうと信じていた。夜ごとに僕がお祈りした言葉は、僕のつたない筆つきでここに書き残されている。僕は聖書の章の中からそれを見つけて書き抜いたのだ。僕はそれをいつも手もとに置いておきたかったし、自分の字で書いておけば、何やら自分自身の言葉のように思えそうだったからである。僕はそれをもう一度ここへ書き写してみよう。机の前にひざまずいて、僕は今それを写すのだ。読むよりは、書いてゆけばいくらか時間も長くかかるし、一つ一つの文字が手間どり、消えてゆくまでに言葉と違った相当な時間がかかる。それが、かえって僕にうれしいのだ。

「一切のものに対して不満であり、自分自身にはなおさら不満やるかたもないが、今、この真夜中の孤独と寂寞《せきばく》に一人いると、僕は気力を取戻し、いささか自己の誇りを取戻したいと思うのだ。僕の愛した人々の魂よ、僕の讃美《さんび》した人々の魂よ。僕の心を強くせよ。僕をささえてくれ。この世の虚偽と腐敗した悪気から僕を遠ざけよ。そして、爾《なんじ》、主なる神よ、ねがわくは聖寵《せいちょう》を授けたもうて、佳《よ》き数行の詩を僕の手にならしめたまえ。せめて僕が人間最末の者でなく、僕の侮蔑《ぶべつ》する人々よりもさらに劣れる者でないことを、僕自身にあかしする態《てい》の数行の佳き詩を書かしめたまえ（訳注 ボードレエル「散文詩集」の中の「夜の一時に」からの引用）」

「彼らは愚蠢《おろか》なる者の子、卑《いやし》むべき者の子にして国より撃ちいださる。しかるに今は我れ彼らの歌謡《うた》に成り、彼らの嘲哢《ひきごと》となれり……我れにむかいて滅亡《ほろび》の路《みち》を築く……彼らは自《みずか》ら便《たより》なき者なれども尚《なお》わが逕《みち》を毀《こぼ》ちわが滅亡を促す……今は我が心我れの衷《うち》に鎔《と》けて流れ、患難《なやみ》の日かたく我れを執《とら》う。夜《よ》にいれば我が骨刺されて身を離る、我が身を噬《か》む者ついに休むこと無し。我が疾病《やまい》の大なる能《ちから》によりて我が衣服《ころも》は醜き様《さま》に変り、裏衣《したぎ》の襟の如《ごと》くに我が身に堅く付く……我が腸《はらわた》沸きかえりて安からず、患難《なやみ》の日我れに追《お》い及《し》きぬ……我が琴《こと》は哀《かなしみ》の音《ね》となり、我が笛は哭《なげき》の声《ね》となれり（訳注 旧約聖書「約百記」第三十章より。原文はルーテル訳の古文を用い、用字の上に相当の異同がある）」

医者は僕を理解しなかった。まるでわかってくれなかった。事実、どう言えばわかってくれるか、ずいぶん面倒であった。一度ためしに電気をかけてみたらというので、僕はその気になり、カードをもらったのだ。僕は午後一時まで診療所《サルペトリエール》へ行かねばならなかった。僕は出かけた。僕はさまざまのバラック建てのそばを通り、幾つもの中庭を抜けて行かねばならなかった。中庭には白い帽子をかむった女たちがまるで囚人か何かのように葉の落ちた木の下に立っていたりした。ようやく、僕は細長い、暗い、廊下らしいところに行きついた。片側には、曇った、緑色をおびたガラス窓が、四つ並んでいる。窓と窓とはかなり広い黒塗りの隔壁で仕切られていた。壁によせて木製のベンチがあり、それが長く奥へ続いている。ベンチの上には僕を知っている例の一団の人々がすわって待っていた。彼らはみんなここにそろっていたのだ。しかし僕の目がこの廊下の暗さに慣れてくると、肩をおしつけて一列に長々とすわっている人々の中に、二、三ほかの種類の人間たちが交っていることに気づいた。職人や女中や荷馬車引きなどのような細民階級の人々である。奥まった廊下の狭くなったところに特別な椅子《いす》があって、よく太った女が二人でおしゃべりに夢中になっていた。たぶん、受付の女だろう。僕は時計を見た。ちょうど一時五分前だった。もう五分すれば、少なくとも十分すれば、僕の順番だ。やれやれと思った。いやな重苦しい空気が廊下によどみ、むんと着衣や呼吸の匂《にお》いがこもっていた。どこからともなく、扉のすきまから、外気の寒冷なきびしい流れが忍びこんだ。僕は所在なくぶらぶらそこらを歩きだした。わざわざこんな人ごみの一般診療時間に、ここへ来るように言われたことが、ふと心にふれてきた。これはいわば、僕が敗残者の一人であるという最初の公式な証明だったのだ。医者は僕を敗残者と見たのだろうか。しかし、僕は相当な身繕いをして医者をたずねたはずだった。僕はちゃんと名刺だって出したのである。それでも、やはり医者は、なんとなしに知ってしまったに違いない。僕が自分から素性を暴露したのかもしれぬ。そうとわかってしまえば、別に苦にやむことはなかったのだ。人々はじっとすわっていて、僕などに気をつけている様子もない。患部の痛む人々は、おそらくその痛みを耐えやすくするためか、片足を少しばかり揺り動かしていたりした。いろんな人間が頭を手のひらの中に埋めている。うなだれた顔を隠して、昏々《こんこん》と眠っている者もあった。首の赤くはれた、よく太った一人の男は、前かがみになってじっと床を見つめていた。そしてときどき、思い出したように舌をならして、ある一点めがけて唾《つば》を吐いた。彼にはその床の一点が唾を吐くのに変に適当したように思えるらしかった。隅の方で子供が泣いた。子供は泣きながら、瘦《や》せ細った長い足をベンチの上に引きあげて、手で無理やりに自分の体におしつけようとしていた。それが今別れてゆこうとする人を抱きしめるような格好にみえた。小柄な青白い一人の女は、丸っこい、黒の造花で飾った帽子を斜めにのせて、みすぼらしい唇のあたりに微笑の影を浮べていたが、傷のある目《ま》ぶたから絶えず涙を流していた。そこから少しばかり行ったところに、僕はきめの細かな、丸顔の娘がすわっているのに気がついた。娘は表情のない、ひどく飛び出た目をしている。しまりのない口から、白っぽい粘った歯齦《はぐき》やよごれた薄汚ない歯がのぞいていた。僕はまた、さまざまの繃帯《ほうたい》があるのが気になりだした。頭から顔じゅうをぐるぐる巻きにして、片一方の目だけ残しているのがあった。その目はもはや人間の目ではない感じがした。すべてを包み隠して、まるで何かわからなくしてしまった繃帯もあれば、下に包んだものをあらわに物語っている繃帯もあった。繃帯がくずれてしまって、汚ないベッドの中に手が一本だけおいてあるようなのがある。しかも、その手はすでに手か何かわからぬものになっているのだ。いっぱいに繃帯を巻いて、まるで一人前の人間のように、列から外にはみ出している足もあった。僕は行ったり来たりしながら、落着こうと精いっぱいの努力をした。僕は正面の壁をしばらくじっと見つめた。壁には幾つもの一枚扉《いちまいど》の入口がついているが、隣合せになった部屋や廊下の仕切りが完全な仕切りではなく、板が天井まで届いていないのを発見した。僕は再び時計を見あげた。すでに僕は一時間余り歩きまわっていたのだ。しばらくして、やっと医者たちがやって来た。最初はまず若い人たちで、そ知らぬ顔をしてそこを通っていった。最後に、僕のたずねる医者が来た。明るい色の手袋、つややかな帽子、すばらしい立派な外套を着ていた。僕を見ると、ちょっと帽子をとって意味のない微笑をもらした。僕はすぐ呼んでもらえると思っていた。それからまた小一時間がたった。その一時間、何をして過したか、僕はもう思い出すことができない。とにかく、一時間が過ぎた。

よごれた前掛をした老人の看護手らしいのが僕の肩をたたいた。僕は隣の部屋の一つに通された。医者と若い青年たちがテーブルのまわりにすわっていた。彼らは一斉に僕を見た。僕は椅子に腰をかけた。さて、僕はまず僕の容態から説明しなければならなかった。どうぞ手短かに、と言われた。どうもせわしくて、ゆっくり拝聴している暇がありませんからね、というのだ。僕は変な気持がした。青年たちはすわったまま、ようやくこのごろ見覚えたらしい例の優越的な専門家ぶった好奇の目で僕を見つめた。僕の知っている医者は、黒いとがった髯《ひげ》をなぜ、また意味もなく微笑した。僕は自分が大声に泣き出しそうな気がしてきた。しかし、ようやくの思いで、口だけは次のような意味のフランス語をしゃべっていたのだ——「僕は申しあげられるだけのことは、先日申してしまいました。もしここにいらっしゃる方々に一応知っていただく方がよいとお考えでしたら、どうぞあなたから簡単にあとでお話しくださいませんか。僕にはちょっとうまく言えませんから」医者は僕に対して丁重に微笑して立ち上がった。助手たちといっしょに、一度窓ぎわへ行って、しきりに水平に手を振りながら、二言三言、何ごとかをささやいた。三分ほどしたと思うと、青年たちの中から、近視眼のおっちょこちょいらしいのがテーブルまで引返して来て、僕をきつい視線でにらみながらこんなことを聞いた。「あなたはよく眠れますか」「いいえ、ちっとも眠れないのです」彼はすぐまた大急ぎで引返した。窓ぎわでしばらく評定が続いた。医者がやがて僕の方をむいて、また呼ぶからそれまで待っているようにと言った。僕は確か一時に来るようにおっしゃったではありませんかと医者にむいて答えた。彼はまた微笑し、せかせかと小さい白い手を二、三度振ってみせた。ひどく多忙だというつもりらしかった。僕は仕方なく廊下へ引返した。空気はいっそう重苦しさを加えていた。僕はひどく疲れたような気持だったが、再び行ったり来たり、絶えずそこらを歩いていなければならなかった。しめっぽい、よどみきった臭気に、僕はとうとう眩暈《めまい》を感じた。僕は入口の扉のそばに立って、そっと扉をあけてみた。外にはまだ午後の日がわずかに残っていて、僕は非常に気持がよかった。しかし、そうしているのさえ一分と許されなかった。僕はすぐ後ろから声をかけられたのだ。二歩ばかり離れたところで、小さな机にすわっている一人の女が、僕に何か言った。誰の許しで扉をあけるのですか、と叱《しか》ったらしい。僕は廊下の空気に我慢ができないのだと言った。「それはわたしがする仕事です。とにかく、扉は締めきっておいてください」「窓もあけてはいけないのですか」「窓をあけることは厳禁です」僕はまた、行ったり来たり歩くよりほかに仕方がなかった。結局ぶらぶら歩いていることだけが、僕に許された唯一《ゆいいつ》の気を紛らす方法だった。しかし、小さな机を控えた女には、とうとうこれも気に入らなかった。「あなたの席はないのですか」「ありません」「とにかく、そう歩きまわられるのは迷惑です。席はどこか一つぐらいあいていますから、捜して掛けてください」なるほど、女の人の言葉はもっともだった。僕は例の金魚のように目の飛び出た娘の横に空席を見つけた。さて、じっとそこにすわってみると、こんな状態はきっと何か恐ろしいことの起る前兆に違いないという不安な気がしてきた。左手には歯齦《はぐき》の腐った娘がいる。右手にどんな人間がいるかは、しばらくして、だんだんわかってきた。それは人間というよりか、顔と手のある、無気味な、動かぬ塊りだった。大きな、重たそうな、動かぬ手。僕から見た横顔はまるで空虚だった。生きた表情がないのはもちろん、過去の思い出すらその顔には残されていないのだ。人間の着物が、まるで棺の中の死体にかぶせた着物としか見えぬのが、ひどく気味悪かった。細い黒のネクタイもやはり生きた人間のものとは思えぬ一種変てこなだらしなさでカラーを締めていた。だから上衣《うわぎ》をみても、一目で、それが他人の手でこの意志のない肉塊の上にかぶせられたものであることがわかるのだった。手はズボンの上にのせられていたが、これがまた誰かがそこに置いたままという具合にしか見えぬ。頭の髪をみると、あたかも湯灌婆《ゆかんばばあ》の手ででつけでもしたように、剝製《はくせい》の動物の毛並みか何かのように、ぎごちなく梳《す》きつけてあった。僕は注意深く観察した。すると、かえって僕は、急にここが僕のすわる場所だという気がした。ついに僕は、僕の人生の中で、腰をおろすべき場所へ来てしまったのだと思った。運命というものは実に奇妙な行路をたどるものだ。

だしぬけに、近くで、子供のおびえたような、拒むような叫び声が、続いて起った。けたたましい叫び声は、やがて低い、押えた泣き声に変った。いったいどこから子供の叫び声がしたのだろうと、僕は本気で捜してみた。また、押えつけたような、短い叫び声が聞えた。何かその子供に向ってたずねるような声も交り、中音で命令するような声もした。それから、なんの機械か知らぬが、ひどく無関心な冷酷な音をたてて、機械が回り出した。僕はやっと仕切りの不十分な壁のことを思い出した。物音はドアの向うから聞えることがはっきりした。中には人々が立ち働いているらしかった。ときどき、よごれた前掛をした看護手が、そこから顔を出して、手招きをした。しかし僕は、まさかその男が僕を手招くだろうとは少しも思っていなかった。だって、僕を呼んでいるのではないか？　いや、やはり僕ではなかった。二人の男が歩行椅子を用意して立っていた。

そして僕の隣の肉塊が運ばれていったのだ。僕はようやくそれが半身不随の老人であり、もう一つ別の、しなびた、人生に使いふるされた半身を持っているのを見た。老人はじっと、悲しげな、かすんだ目をあけていた。老人が呼ばれてゆくと、僕の横が急に広くなった。僕はぼんやりすわって、今度は隣の白痴のような娘がどうされるかを考え始めた。娘は叫ぶかもしれない。扉の向うの機械は、工場の機械のような軽快な音をたてていた。もはや僕の心を不安がらせる音ではなかった。

急にあたりがひっそりした。どうやら僕に聞き覚えのあるらしい、取りすました、優越感のあふれた声が、静けさの中から響いた。

「笑ってみて！」沈黙。「笑ってごらんなさい！　さあ、早く笑って！」僕はそれを聞くと思わず笑ってしまった。ドアの向うの男がなぜ笑わぬかはわからない。機械が動き出したが、すぐまた止った。話し声が聞えてきた。それから、例の力のこもった声が命令した。「avantという言葉をいってごらん」そして一字ずつa-v-a-n-tと言ったりした。また沈黙。「ちっとも聞えないね。もう一度……」

するど、壁の向うで、もつれる舌で何事かふにゃふにゃ言う声がした。何十年ぶりかに、その時僕は、はっと思い出したのである。子供のころ、熱を出して寝た時、僕に最初の深い底のない恐怖を知らせたのは、あの得体のしれぬ、馬鹿《ばか》に大きなあるものだった。僕のベッドのまわりにみんなが集まって、脈搏《みゃくはく》をみたり、何が怖いのかと聞いたりすると、僕はいつも「あの大きなもの」が怖いと言った。やがて医者が迎えられ、僕の枕もとに来て何か話しかけた。僕は「あの大きなもの」を追い出してください、あれが怖い、と言ったりした。しかし、医者もやはり駄目だった。それを追っ払うことは誰にもできなかった。僕はなにしろ子供だったし、子供をすかすのは別にたいした困難でもないはずなのに、結局それが誰にもできなかったのだ。今、あの舌足らずな声を聞いていると、突然その途方もなく「大きなもの」が、僕の前に迫って来た。いつからとなく、それはどこかへ消えてしまっていた。熱のある、苦しい夜にも、決して再び現われることはなかった。だのに、少しの発熱もない現在、出しぬけに、それが戻って来たのだ。それは急に僕を襲ったのだ。僕の体の中から、それは腫《は》れものみたいに、あるいは化けものの無気味な頭みたいに、ぐんぐん大きくふくれ出した。もう僕の体の一部のようであった。それはおそろしく野放図に大きなもので、到底僕の体の一部であるわけがないのだが、やはりどこか僕の体につながっているに違いなかった。生きているうちは、たぶん僕の手か、僕の腕だったものが、死んでから急に途方もなく大きな動物になってしまったと言ってよいかもしれぬ。僕の血液は、しかし僕の体を流れるとともに、そのものの中を循環していた。同じ肉体であることは、もはや疑いがなかった。僕は僕の血液をその「大きなもの」の体に送るために、心臓を酷使しなければならないのだ。血液が足りなくて苦しかった。第一、血液は「大きなもの」の方へ流れてゆくことを嫌がったし、一度流れてゆくと、腐敗したようになって帰ってきた。しかし「大きなもの」はどんどんふくれてゆき、僕の鼻先に、なま暖かな紫色の瘤《こぶ》かなんぞのように迫り、口の上まで押しかぶさって来るのだ。僕の末期《まつご》の目には、ちらとそのものの巨大な投影が映ったと思った。

僕はどこをどう通って診療所から抜け出てきたか覚えていない。夜だった。僕は知らない土地をさまよい歩いた。僕はブウルヴァールを、どこまでも続く家々の壁面に沿って同じ方向に歩いていった。いつまで行ってもきりがないと、逆にどこかの広場まで引返して、そこからまた別な道路を歩いた。一度も見たことのない道が幾つもあった。電車がやけに明るく、激しい軋《きし》む響きを立てて、ときどき走り過ぎた。行先を知らす文字板には、僕の知らない町名が出ていた。どこの町を歩いているか、どこに僕の寝る部屋があるか、ほっつき歩くのをやめるにはどうしたらよいか、僕はわからなかった。

少しも病気はよくならない。これまでに何度かかかった僕の奇態な病気だが、ほかの人々が僕の病気をほとんど知らぬ顔で見ているのがよくわかった。それらの人々が、他のいろいろな病気を変に誇張して考えたがるのと、不思議な対照であった。この病気は別に一定の症状を持っていないのだ。病気にかかった本人の性質によって、どうやら気まぐれな勝手な症状を現わすのがこの病気の特徴のようだった。病気は一人一人別な患者から、それぞれすでに遠い昔に消えてしまったと思われる深い危険を、催眠術のような確実さで、再びどこからか引出してくるらしい。そして、すぐ目の前に、すぐ身近に、それを突きつけるのだ。たとえば小学校のころ、何か恥ずかしいいたずらをして、それを知っているのは少年の日の堅太りした細い自分の手ばかりだと思っていたのに、突然何十年ぶりかに、再び昔の自分が呼び返されたりした。あるいは子供のころすでに直ってしまったはずの病気が、ぶりかえして来たりした。たとえばずいぶん昔の癖であった、ゆっくり頭を回すようなつまらない緩慢さなど、いまではすっかり忘れてしまっている習癖が出て来たりする。しかも、そんな昔のものといっしょに、一度海の底に沈んだものにはぬらぬらした海草がくっついてくるように、かならず曖昧《あいまい》なこんがらかった追想の屑《くず》がもつれて出て来るのだ。一度も経験したことのない生活断片が、ぽかぽか浮きだして来て、本当にあった過去の事実とからみあい、今まで確実だと信じていた自分の過去をどこかへ押しのけてしまうことすらあった。今初めて頭の中に浮んでくる風景が、休息のあとのような精神の新しい力にあふれており、ふだんからなじんで来た過去には、かえって数知れぬ追想からくる重い疲労がかぶさっていた。

僕は五階の部屋のベッドの中に寝ていた。何も起らない僕の一日は、針をなくした時計の文字板みたいだった。ずっと以前になくしたものが、ある朝ふと、もと置いた場所に見つかることがある。きれいな、昔あったままの姿だ。なくした時よりもかえって新しくなったように見えたりする。誰か知らない人がそっと大切にしまっていてくれたのかもしれない――そんな品物か何かのように、僕のベッドの毛布の上には、子供のころに見失った思い出が幾つも散らばっていた。昔のままの新しさだ。長く忘れてしまっていた心のわびしい不安も、そっくりそのまま帰って来た。

毛布の端から飛び出ている小さな糸くずが、ひょっとしたら、鉄針のように堅くて危ないのではないかという不安な気持。ピジャマのボタンが、ひょっとしたら僕の頭よりも大きくて重たいのじゃないかと思ったりする恐怖。そして僕は、今僕のベッドから落ちたパンのかけらがガラスのように下で砕けるのではないかと考えたりする。するとも う、何もかもがそんなふうにこわれてしまって、取返しがつかなくなるように、何かわからぬ苦しさが胸を押しつけてくるのだ。破って捨てた手紙の一枚の端きれが、誰に見られてもならぬ極秘なもので、部屋じゅうどこに隠しても安堵《あんど》がならぬみたいに不安が襲ってくる。もし眠ってしまったら、何かのはずみで、煖炉《だんろ》の前にころがしてある石炭の塊りを知らずに飲みこみはすまいかというふうな不安が起る。頭の中で何かある数字がたちまち大きくなりだし、僕の頭の中におさまりきれなくなるような気がしてくる。花崗岩《かこうがん》が僕が寝たところだけ無気味な灰色に変色しはしまいかと思う。僕が無意識に悲鳴をあげるので、人々が部屋の前に集まり、扉を破ってはいって来るような恐怖もある。思わず何もかも言ってしまい、言ってはならぬと思っていることをかえってあけすけに言ってしまいはせぬかという不安。また、いくら言おうとしても、どういうふうに言ってよいかわからず、一言も口がきけぬのではないかという心配。そのほか、ありとあらゆる不安、心配、気がかり……

僕は少年時代を求めた。再び少年時代は帰って来た。僕はそれが昔のままに重たく陰《いん》鬱《うつ》であり、年をとることがなんの変化も与えるものでないのを感じた。

昨日から僕の熱もだいぶよくなった。今日は朝からまるで春のようだ。まるで絵に描いた春のようだ。僕は国民図書館へ行って、長らくご無沙汰《ぶさた》してしまった僕の詩人を読んでこよう。それから、ゆっくり公園を散歩してみてもよい。満々と水をたたえた池には風が吹き、赤い帆かけ舟を浮べて遊ぶ子供たちもすでに来ているかもしれない。しかし、今日僕は何も格別期待したのではなかった。僕はいちばん自然なしごく簡単なことのように、元気よく家を出た。だが僕は、また紙くずのように、何か知らぬものの手につかまれ、くちゃくちゃにもまれて、無慈悲に投げ捨てられてしまったのだ。無残なものだった。

ブウルヴァール・サン・ミシェルは人通りも少なく、道幅がひろびろとしていた。このゆるい傾斜を歩くのは、ちょっといい気持だ。二階や三階などの窓の扉がからんからんと音をたてて開かれると、その反射が白い鳥の翼の影のように道路の上を飛んだ。真っ赤に車輪を塗った馬車が通っていった。遠く向うの方で、何か明るい緑色のものを担《かつ》いでゆく人が見える。きらきら光る馬具をつけた馬が散水に黒くぬれた車道を駆けていった。車道もきれいに掃除がしてあった。風が吹いた。優しく、さわやかに。物の匂《にお》い、叫び声、鐘の音、いろいろなものが空に満ちていた。

僕は一軒のカフェの前を通りかかった。夜になると赤い服をきた似而非《にせもの》のジプシーなどが現われる家だ。あけ放した窓からは、昨夜の濁った空気が、そっと恥ずかしげに逃げてゆくように思われた。髪をきれいになでつけたボーイが数人、ちょうど戸口のたたきを掃除にかかっていた。一人のボーイがかがんで、一握り、テーブルの下へ黄色い砂をまいた。その時、通行人の一人がボーイの肩を突いて、向うの道路を指さした。赤ら顔のボーイは、一瞬、きっとそちらを見ていたが、急に笑い出した。髯《ひげ》のない頬に笑いがこぼれるように、大きく盛りあがった。彼はほかのボーイたちにも目顔で知らせた。笑っている顔を大急ぎで二、三度、左右にふりまわした。みんなに知らせたくもあり、自分はそれから目を離したくなかったのだ。ボーイはみんな集まって、向うを見ていた。笑っているのもあり、何がおかしいかまだよくわからないので、ただ気がいらだっているらしい顔つきもあった。

僕は心に少しばかり不安が頭をもたげて来たのを感じた。僕はなぜとなく、向う側の歩道へ移らないでいられなかった。僕はいつのまにか足を速めていた。僕のすぐ前を歩いてゆく二、三人の人間を、僕は無意識に注意していた。むろん、別になんの変ったことはないのである。しかし、僕はやがてその中の一人が（ご用聞きらしく紺の前掛をしてからっぽの手籠《てかご》をさげた男が）誰かをじっと見送っているのに気がついた。それが済むと、彼はその場からすぐ例の家の方を振りむいて笑っているボーイたちに、誰でもがやるように額のところで手をふってみせた。彼は黒い目を輝かしながら、満足そうに体で調子をとるような歩きつきで、僕の方へ引返して来た。

僕は僕の視野がひらかれると、きっと何か異様な奇怪な人物が、彼の陰から飛び出してくるものと期待した。しかし、僕の前を歩いてゆくのは大柄の痩《や》せた老人がたった一人いるきりだ。黒っぽい外套《がいとう》を着て、柔らかな黒い帽子の下から、短く刈った灰色がかったブロンドの髪がのぞいていた。老人の服装も、おかしいところはどこにも見あたらなかった。僕は老人から目を移して、ブウルヴァールのさらに遠方を見ようとした。と、老人はその時、何かにつまずいた。僕はもう老人のすぐ後ろに迫っていた。僕は気をつけてそこまで歩いていったが、つまずきそうなものは何一つないのだ。僕と老人とはそのまま歩いた。二人の間隔は開きも詰りもしない。少し行くと、交差路へ出た。僕の前の老人は、不平均な足どりで歩道の段を飛ぶように降りた。道を歩いている子供が何かに喜んで小おどりするみたいな足つきだった。しかし、向う側の歩道へついた時は、平気な様子で一またぎに歩道の段をまたいだ。と、思うと、老人は歩道の上で片足をちょっとちぢめ、別な方の片足で高く跳ねるような格好をした。しかも、すぐ続けさまに、そんな足つきで二度三度ちんちんをした。この突然な変化は、何かちょっとした異物、たとえば果物の核《たね》か、すべりやすい皮があったと思えば、どうやら偶然な足のつまずきとみてよいものだった。はなはだ奇妙なことに、老人は何かそうした種類の邪魔ものがあったと思いこんでいるらしかった。老人はちんちんのような格好のまま、そういう場合には誰でもがするように、半ば不愉快げな、半ばとがめだてするような目つきで、怪しいとにらんだ辺の地面を捜したりした。僕はなにゆえとなく、心の中で、僕をまた元の向う側の歩道へ呼び返すものがあるのを感じた。しかし、僕はわざとその声に従わなかった。僕は老人の足に全体の注意を集めながらあとをつけてみた。およそ二十歩ほども歩いたが、老人の跳ねるような歩き癖はもう出なかった。僕はなんとなくひどく安心な気持がしたのを覚えている。しかし、ふと僕が顔をあげてみると、老人の表情にはすでに別な不愉快さが現われているのに気がついた。老人の外套の襟がまくれていた。それを元のように折り返そうとして、彼は片手をあげたり、両手を使ったり、ひどく骨を折っているのだが、どうもそれがうまくゆかぬらしい。さっきから、しきりにそればかり繰返しているのだ。僕はそれを見てもまだ不安な気持はしなかった。しかし、僕はまもなく、老人のせわしげな手つきに二段の全く別な運動があることに気づいて、たいへんびっくりした。襟を元のように折り返そうとする、丁寧な、根気のよい、いわば緩慢に一つずつ言葉の発音を打ちのばすような動作のほかに、ひそかにまたその襟をまくれさす、実に微妙な、すばしっこい動作があるのだ。それがわかると、僕はひどく頭の中が混乱した。僕はやっと二分ばかりたって、まくれた外套の襟と神経質に動く手つきとの陰に、先ほどの足の無気味な二段ばねのちんちんみたいな痙攣《けいれん》が、首のつけねへ移動したのを知ったのだ。その瞬間、僕はこの老人から目を離すことが出来なくなってしまった。この痙攣は老人の体じゅうをぐるぐる回っていて、とんでもないところから外に飛び出してくるらしかった。とっさに僕は老人の人々を恐れる不安な気持が理解できた。すれ違ってゆく人々が何気なしに気づくかどうか、僕は注意深く観察した。突然、老人の足がちょっとした痙攣的な跳ね方をした時、僕は背筋に冷たいものが走るような気がした。しかし、誰一人老人の足に気づいたものはない。もし誰かがそれに気づけば、僕もちょっとつまずくような格好をしてみせようとさえ考えていた。そうすれば好奇心のある人々も、道に何かつまらぬ、一向気もつかぬ異物があって、偶然僕たち二人がそれを踏んだのだと思いこむに違いない。僕がそんな用もない援助方法を考えている間に、老人は自分でちょっとうまい新しいごまかしを工夫した。僕は説明するのを忘れていたが、老人は杖《つえ》を持っていたのだ。それは黒っぽい木の、握りを簡単に丸く曲げた、ありふれたステッキだ。何か方法はないかと捜している不安の中で、ふと老人が思いついたのは、まずこのステッキを片一方の手で（もう一つの手を何に使うかは差当って見当もつかなかったが）背中に回し、それを脊椎《せきつい》にあて思い切りお尻《しり》へ押えつけること、すると丸く曲った握りが襟に引っかかり、頸椎《けいつい》と第一脊椎骨の間に、堅い、何かささえのようなものを感じる——といった具合にすることだった。これがいちばん目立たない、まずちょっとした我儘《わがまま》ぐらいに見のがしてくれそうな処置だった。思いがけず急に春めいてきた陽気なので、そんな格好をしても、格別不審がる者もないだろう。うまく誰にも気づかれず、そのまま老人は歩いていった。それはとてもうまくいった。やがて、その次の交差路まで行くと、やはり老人は二足だけ小刻みに跳ねた。半ば押えたような跳ね方だったが、別にそれだけで何事もなく済んだ。一足だけ幾分目立つ跳ね方をしたが、それはちょうど道路にホースが這《は》っていたので、心配することもなくごまかしができた。そのあとも、なかなかうまくいくらしかった。ときどき、自由な手をステッキに握りそえて、いっそう強く体に押えつけた。危険はそうして免れることができるようだった。しかし、僕は不安が次第に大きくなるのを、もうどうすることもできなかった。老人が道を歩きながら、できるだけ平気なのんきそうな外観を繕うことにひどく骨折っている間に、僕は恐ろしい痙攣が老人の体の中に鬱積してゆくのがわかった。老人がそののっぴきならぬ鬱積と成長を感じる時の不安が、僕にのりうつった。老人の体の中に痙攣の発作が伝わり始めると、ステッキに両手でしがみつくのが、僕の目にはっきり映り始めた。彼の手の表情には必死な真剣さがこもっていた。僕は老人の意志の大きさを信じ、老人の意志に希望をつないだ。しかし、こうなっては意志なんていったい何ものだろう。ついに老人も力が尽き、やがて最後の瞬間が来るのだ。もうその瞬間は遠くない。心臓をどきどきさせて、僕はすぐ老人のあとに続いた。僕は小銭を集めるように貧しい僕の力をかきあつめ、老人の手を見つめながら、もう少しでも役に立てばどうぞこれを受取ってくれたまえと言いたいような切なさを感じた。どうやら老人は僕の志を受けてくれたらしい。しかし、たちまちそれが用い尽されてしまったのには、もはや僕はどうするすべもなかった。

サン・ミシェルの広場は、乗り物と往来の人々でいっぱいだった。僕たちは二つの車の間に何度もはさまれた。すると、老人は安心してほっと息をつき、いくらか張りつめた気をゆるめ、小さく足を跳ねたり首を動かしたりした。それはたぶん、体の中に閉じこめられた痙攣が、なんとかして老人を圧倒しようとする狡猾《こうかつ》な誘《いざな》いであるかもしれなかった。老人の意志は足と首と、二個所だけ突破されたのだ。このわずかな敗北は、舞踏病に冒されたすべての筋肉に、かすかな誘いとなって忍びこみ、とうとう例の二拍子の痙攣を思い出させてしまった。しかし、ステッキは依然として彼の背中にあった。老人の手は腹を立て、怒っているようにみえた。僕たちはそこから橋を渡った。そして歩いていった。しばらくすると、老人の足つきに何か不確かなものがはっきり現われて来た。老人は二足走り、そこに立止ってしまった。左の手がそっとステッキから離れ、ゆっくり頭の上に上げられた。手が宙にぶるぶる震えるのが見えた。老人はその手で帽子をちょっとあみだにして、額をなでた。老人はこころもち頭をかしげた。老人の目は空や家や水の上をすべって行ったが、もう何も見なかった。老人はぐったりしてしまった。ステッキを離し、空中を飛ぶように腕を広げた。すると、自然のほとばしる力のように、痙攣が一時に爆発した。それは老人の体を前にかがめたり、後ろに引戻したり、首をがたがた揺すぶったり、激しい舞踏を群集の中へまきちらした。すでに群集は老人のまわりに集まり、僕の視野をふさいでいた。

それからはもう僕はどこへ歩いてゆく意味も失ってしまった。僕の体は空っぽみたいだった。うつろな紙きれのように、僕はまた所在なくブウルヴァールの通りを家の影を伝って歩き始めた。

＊必然な避けることのできない訣別《けつべつ》ののちに何もないことはわかりきっているが、僕はやはり君に手紙を書いてみたい。やはり僕は君に書きたいのだ。僕はパンテオンの聖女の絵を見て、急に手紙が書きたくなった。その絵は孤独な聖女の姿と、家の屋根と、扉と、静かな光の輪を落しているランプと、遠い眠っている町と、川と、月光にかすむはるかな地平が描いてあった。聖女は眠っている町を守っていた。僕は涙が流れた。そんな絵はあまり出しぬけだった。僕は絵の前で泣いた。どうしてよいかわからなかった。

僕はパリに来ている。それを聞くと人々は喜んでくれるし、僕をうらやむ者だってあるに違いない。僕は決してそれを無理だと言わない。ここは大都会だ。奇妙な誘惑に満ちている。僕はある意味でそれらの誘いに押しつぶされているのを白状しなければならぬ。恥ずかしいが、それはそれに違いないのだ。僕は誘惑に負けている。その結果は僕の性格か、でなければ僕の世界観か、いずれにせよ僕の生活の中に一種の変化をもたらした。その影響で、僕はすっかりあらゆるものの考え方が一変したのだ。僕にはこれまでの何よりもいっそう険しく僕と周囲の人々とを隔てる壁のようなものができてしまった。すっかり変ってしまった世界。新しい意味を孕《はら》む新しい生活。しかしあらゆるものが新しすぎるので、僕は今のところかえって当惑しているのだ。僕は僕の新しい境遇の中で、最初の第一歩から始めねばならぬ。

ああ、海が見たい。

いや、僕はひょっとして君がここへ来てくれるのじゃないかと思っていたのだ。君が医者のことを教えてくれはしないかと思ったのだ。僕はそれを聞いておくのを忘れていた。しかし、僕はもう医者に用事はなくなった。

ボードレエルの「死体」という奇態な詩を君は覚えているか。僕は今あれがよくわかるのだ。おしまいの一節は別として、彼は少しの嘘《うそ》も書いておらぬ。あんな出来事が起った場合、彼はいったいどうすればよいのだ。この恐怖の中に(ただ嫌悪《けんお》としか見えぬものの中に)あらゆる存在を貫く存在を見ることが、彼にかけられた負託だったのだ。選択も拒否もないのだ。君はフロベエルが修道僧サン・ジュリアンを書いたのを偶然だと信じるか。癩者《らいじゃ》のベッドに寝て、恋人の閨《ねや》のぬくもりと同じ心の暖かみで患者を暖める――そこまで思いきれるかどうか、が最後の決着だと僕は思っている。その決意はきっとすばらしいものをもたらしてくれるのだ。

僕がパリで幻滅に悲しんでいると思ってもらっては困る。ちょうど僕はその反対だ。いくら醜悪な現実でも、僕は進んで、現実のためだったらすべての夢を葬《ほうむ》ることができるのを自分ながら驚いているくらいだ。

ああ、これが少しでも君に書いてやれるのだったら！　しかし、いったい現実というものは友達と分けあうものだろうか。いや、いや、現実は孤独の中へ閉じこめておかねばならぬ。

（＊原注 この一節は手紙の書きつぶしである）

空気の一つ一つの成分の中には確かにある恐ろしいものが潜んでいる。呼吸するたびに、それが透明な空気といっしょに吸いこまれ——吸いこまれたものは体の中に沈澱《ちんでん》し、凝固し、器官と器官の間に鋭角な幾何学的図形のようなものを作ってゆくらしい。刑場や拷問《ごうもん》部屋や癲狂院《てんきょういん》や手術室など、あるいはまた晩秋の橋桁《はしげた》の下などから醸《かも》された苦痛な恐怖感は、あくまで執拗《しつよう》にまといつき、どこまでもしみこみ、すべての存在を嫉妬《しっと》するかのように、その恐ろしい現実に執着して離れない。しかし、人間は、できるだけそんなものを早く忘れてしまいたいのだ。夜の眠りは頭の中の恐怖の傷跡を静かに削り落す。がしかし、再び悪夢は眠りを追いのけて、また恐ろしい古い傷跡の線をなぞるのだ。人々は目をさまし、あえぎ、闇《やみ》の中に一本の蠟燭《ろうそく》の灯をともして、ほのかな弱い明りにただ安堵を求めようとする。そして、甘い砂糖水のように、悲しく蠟燭の慰めを吸うのだ。いったい、人間の心の安定はどんな稜角《りょうかく》の上に立っているのだろうか。ほんの少しばかり回転しただけで、不安な恐怖が影のようにうすらぎ、日常見なれた親しい周囲が再び目に返って来、一本の蠟燭の灯が優しい輪郭を灰色の闇の中にはっきり映し出すのだ。しかし僕は、部屋の中をかえって空疎《くうそ》にするような明りをつけてはならなかった。所在なさに起きてすわっている僕の後ろに、命令する主人みたいな僕の影法師が立っているかと、いまさら振返ることはいらぬ。僕はただ暗闇の中にじっとすわって、どこまで広がってゆくかわからぬ僕の心を、むしろ暗黒の底に模糊《もこ》と沈んだあらゆる周囲のものの気がかりな不安と、一つにしようと試みるのが、おそらく幸福に違いない。僕は心を張りつめ、そこに僕の全体を投げこむ。すぐ僕の目の前から、僕の体は僕の手の中にすうっと消えてゆくようだ。ときどき、思い出したように、僕はおぼつかない記憶で僕の顔の輪郭を描いてみる。僕はもうほとんど空間というものを失ってしまったらしい。僕の心の、猫の額にもあたらぬ小さな空間に、おそろしく膨大なものが詰っていることに僕は何やら満足を覚える。僕の内部に途方もないものが生れ、四囲の事情に押しちぢめられて、余儀なく小さくなっているのが、ただ何かしら満足なのだ。しかし、その外は茫洋《ぼうよう》として、果しないものが広がっている。そして、外の気配が水嵩《みずかさ》のように高まってくると、僕の内部にも水のようなものがいっぱいたたえてくるのだ。しかし、ある程度まで僕の自由に支配する脈管や、静かに落ち着いている僕の器官の分泌物《ぶんぴつぶつ》が、どこからとなしに水位を高めてくるのとはちょっと違っている。だんだん毛細管の辺がいっぱいにふくらんで来、僕の生命の細かく分岐した先の先へ、何か得体のしれぬものが吸いあげられてゆくような気持である。そして、とどのつまりまで押しあげたものが、なお体の外へ突きあげ、僕がそれを最後の拠点としてのがれてゆく呼吸まで、とうとう押しふさいでしまう。ああ、僕はどこへ行けばよいのだろう。どこへ逃げて行けばよいのだ。僕の心が僕を押出す。ああ、僕の心が僕から取残される。僕は僕の内部から押出されてしまい、もう元へ帰ることができない。足でふみつぶされた甲虫《かぶとむし》の漿液《しょうえき》のように、僕が僕の体から流れ出てしまうのだ。そして外皮だけが、いくらか堅固に、その形骸《けいがい》を残している。もはやそれになんの意味があるだろうか。

何一つ見えない暗黒な夜。何一つ映らない窓。注意深く閉ざされた扉。昔のままの調度。ただ次々に引渡され、認知されただけで、誰にも理解されたことのない部屋の道具類。階段のひっそりした静寂。隣室のもの音もせぬ沈黙。屋根裏もしいんかんと静まり返っている。ああ、子供のころ、このような切ない静けさを救ってくれたのは、ただ一人僕の母があっただけだ。母はこの静けさをいつもか弱い自分の身に引受けて、ちっとも怖いことなんかないんだよ、しいんとしているのはお母さんだからね、と言ってくれたりした。夜ふけの静けさにおびえきって、息が詰りそうな子供のために、母は暗闇の中で、自分があのしいんとした静けさだと言ってきかせる勇気を持っていたのだ。母が明りをつける。すると、母が騒がしい物音になってしまう。母は明りを手にとって、こう言うのだ――ちっとも怖くないよ、わたしがこの明りだからね、と。母は明りをゆっくりそこに置く。なるほど、母は明りだ。なんの底意もなしに、善良に、素朴に、一筋に、ただそこらにある道具を照らしているランプの明りなのだ。もしどこか壁の向うで無気味な物音がしたり、床板の下で足音らしい響きがしたりすると、母はなんの意味もなく微笑するだけだった。もしかすると、母がそれらの隠れたものどもとひそかに結託しめしあわせているのかしらと、じっと顔を見つめる心配そうな僕に、ただ明るいランプの光の輪の中で、屈託のない明るい透明な微笑をしてみせるのだ。あたかも母がそれらのかすかな物音であるかのように。現実のどんな力が母のこの深い力に匹敵するだろう。たとえば、国王が寝室に寝て、じっと夜の闇を見つめているとしよう。どんな物語の語り上手も、もはやそれをどうすることもできないのだ。恐怖は国王たちの寵姫《ちょうき》の閨の中まで、足音もなく忍びこみ、じりじり迫り、国王をちぢみあがらせ、興ざめ顔にしてしまうだろう。しかし、母は盾となってどんな恐るべきものをも後ろに隠してしまい、あくまでその前面に屈託のない優しい姿を現わすのだ。ときどき、背後のものを見せるためにさっと引きあげられるサーカスのカーテンではない。母はただ母を求める子供の悲鳴にひかれて、真っ先にすべてを飛び越し、駆けつけてくるのだ。母は先触れのように、あとから来るあらゆるものを追いぬいて、子供の前に走りよる。そして、彼女の後ろに、すっかり恐怖の影は消え、何をおいても駆けつける母の真情と、深い愛と、永遠のはるかな道があるだけだ。

毎日僕がその前を通りすぎる石膏《せっこう》店の、入口の横に、二個のマスクがかけてあった。一つは死体収容所でとった若い溺死《できし》女の顔だが、なかなかの美人で、しかもその顔は微笑していた。自分で微笑の美しさを意識しているような虚飾の笑い方だった。そのマスクのちょうど下に、彼の英知の顔があった。強く引きしめた全身の感覚の堅い結び目のような顔。絶えず発散してゆこうとする音楽を、容赦なくつかまえ、ぎしぎしと凝結せしめたような顔。神が彼自身の内部の音だけを聞かせようと故意に耳をふさいだ音楽家の顔であった。雑音の濁りや虚弱さにわずらわされぬようにとの、特別な神の恩寵であったろう。彼の心には物音の澄みきった音色と持続だけがあったのだ。もはや音を失ってしまった彼の感覚は、無音な、おそろしく張り詰めた、ただ一つの瞬間を待っている世界――まだできあがらない、ようやく音を形作ろうとする世界だけを、彼の内部へもたらすのだ。

ベートーヴェンよ、世界の完成者よ。恵みの雨となって地面に降り、水の面《みも》にしたたり、なんの屈託もなく偶然のように降り注ぐもの――そしてまた、人の目をしのんで、自然の隠れた法則を喜びながら、あらゆる地上のものから立上り、たなびき、風に流れて大空を形作るもの。おまえの芸術からは、人間の屈辱からの決起が目に見えぬ水蒸気のように立上り、全世界を音楽の灝気《こうき》で包んでいる。おまえの音楽は世界と宇宙の耳に響くのだ。ただ僕たちを取巻いて満足するような音楽ではない。テバイス（訳注 上部エジプトの南部地方）に大きなピアノフォルテを作り、天地はおまえを、その寂寥《せきりょう》の中にぽつんと置かれた楽器の前に連れてゆくだろう。荒涼たる山、また山。そこには古代の国王や歌姫の霊が眠っている。世をのがれた隠棲者《いんせいしゃ》が隠れている。たちまち天使は高く大空に舞いあがって、おまえのそばを離れてゆく。おまえの音楽が始まるのが、なぜか天使の胸に不安なのだ。

やがて、おまえは惜しみなくおまえの音楽を注ぐのだ。誰も聞かぬ、わびしい山の頂で。ベートーヴェンよ、爾《なんじ》、注ぐものよ！ おまえは宇宙が耐える限りのものを、宇宙に向って投げ返す。砂漠に住むアラビア人は迷信的な恐怖にうたれて、地平のかなたへ逃げてゆくだろう。隊商たちはおまえの音楽の遠い響きを、激しい嵐《あらし》のように、身を伏せて恐れるだろう。ただ夜になると、一匹ずつ近づいて来るライオンが、おまえを遠く取囲んで臆病《おくびょう》げに立っているだけだ。ライオンたちも何かしら自分を恐れている。激しくえぐられる自分の血液に何かわからぬ不安を感じている。

汚れた人間の耳から、おまえを取戻すのは誰だろう。誰が音楽会のホールから彼らを追っ払ってくれるだろう。僕は金銭にしか頭の動かぬ賤民《せんみん》どもからおまえを取戻したいのだ。彼らの耳はまるで石女《うまずめ》と違わない。私窠子《しかし》の青白い肉体のように、彼らの精神は子供を産むことを知らぬのだ。音楽の美しい精気がきらきらと降り注ぐ。彼らはそれを私窠子のように受取って、ただそれと戯《たわむ》れるのだ。でなければ、彼らが自慰の楽しい夢にうつけている間に、音楽はオナンの精子のようにただ無益に注がれるのだ。しかし、どこかに無垢《むく》の耳でおまえの音楽をじっと聞いている一人の童貞者があるだろう。彼は喜びに生命が絶えるかもしれぬ。が、もしかすれば、彼はよくこの巨大なものをはらみ、神聖にふれた彼の頭脳が、ついに純潔な誕生の喜びに破れずにはおかぬだろう。

僕は決してそれが造作なくできるとは考えていない。一種の勇気がいることはよくわかっている。まず誰かがそのような勇気を出して、フランス語でいえばCourage de luxe（贅沢《ぜいたく》な勇気）というものを出して、彼らのあとをつけ、彼らが最後にどんなところへ這いこむか、日々の長い時間をどうして暮しているか、夜中に果して眠るかどうか、というようなことを調べてみるとする。こんなことは一度調べたら、もう絶対に忘れたり混同することのできないものだ。おかしなことだが、彼らが眠るかどうか、これはぜひ調べておかねばならぬ。しかし、勇気だけでは、どうやらうまくゆきそうに思えぬのだ。普通の人間のあとをつけるのだったら、ごくつまらぬやさしいことに違いないが、彼らの出没はそんな生やさしいものでないのだから。そこにいたと思うと、いつのまにかもう見えなくなっている。おもちゃの鉛の兵隊のようにそこに置いたかと思うと、もう知らぬまに取りのけられているのだ。彼らのいるのはちょっとばかり寂しいところに違いないが、格別秘密な場所というほどのところではない。木立の茂みから少しばかり離れたところ、ゆるやかに道が芝に沿うて回っているといった辺に、しばしば彼らは立っている。いつも彼らの周囲には、かなり広い透明な空間があって、あたかも人形などを入れるガラス鐘の中にいるかに見える。ちょっと見れば、何か考えながらそこらを散歩している人のようだったりするのだ。体つきも小柄で、どの点から見ても目立たないし、なんでもない人のような格好だ。しかし、それが実はそうでないのである。左手を古ぼけた外套《がいとう》の斜《はす》に切ったポケットの中に突っこんで、何か捜しているのをよく見るがよい。彼はやがてそれを探りあてると、ポケットから取出してくる。何かちょっとした小さなものだ。彼はぶきっちょな、変てこな格好で、それを空中に差出す。すると、一分とたたぬまに、二羽、三羽、雀《すずめ》などの小鳥が集まってきて、珍しそうに地面を走りながら近づいてくる。男は鳥を驚かさぬように身動きもしない。小鳥は安心してすぐそばまでやって来る。やがて一羽は飛び立って、ちょうど男の手の高さのあたりを、神経質にしばらくもつれるように飛びまわる。男のごく無造作ななんの意図もないらしい指にはさんでいるのは、おそらく屑《くず》パンの小片か何かに違いない。そろそろ人がその周囲に、むろん適当な距離をおいて、集まりだすと、ますます男は知らん顔をしている。男は蠟燭が燃え尽きた燭台《しょくだい》のようにぼんやり突立っているだけだ。蠟燭は芯《しん》だけが残ってわずかに燃えている、そしてまだ温《ぬく》もりを失っていない——そんな具合に、男はじっと立っている。多くの馬鹿《ばか》な小鳥どもには、この男の誘いと誘惑が、どんなに巧妙なものかはわからぬだろう。僕はもし誰もそばで見てさえいなければ、そしてこの男を一人そっと立たせておけば、天使だって飛んできて、しばらくじっと我慢しているかもしれぬが、やがて雀と同じようにこの男のいじけた手の中から屑パンを食べるだろうと思った。しかし、いつも大勢人がいて、それが天使の邪魔をするのだ。まるで見物人は鳥だけしかあつまらぬように手伝っているみたいだ。鳥が集まって来るのを見ただけで、結構面白いながめだと思っているのだろう。この男に何か深い考えがあろうなど、夢にも知らない。人々が簡単にそう決めてしまうのも、無理はないのだ。これはまるで古ぼけた雨ざらしの人形とちっとも違わないではないか。こんなふうに、やや斜めに、地面にささっている格好はちょうど僕たちの国の小さな家の庭でよく見る船首の装飾人形（訳注　デンマークでは古い船の船首の装飾人形を取りはずして庭などに立てる由である）のようだ。この男だってやはり一度は、どこか船の船首などのような、いちばんよく揺すぶられる場所におかれたことがあって、たぶんあんなふうな前かがみの姿勢になってしまったのだろう。初めははなやかな色どりがついていたはずだったが、それもよごれたのかもしれない。僕はじかにそれをあの人形から聞いてみたい。

たまには女が、そんなふうに鳥に餌《えさ》をやっていることがある。女の場合は、もっとおおっぴらだ。あとをつけて行くことも容易にできるかもしれぬ。彼女たちは道を歩きながらやっている。ごくなんでもない普通のことをしているつもりらしいのだ。しかし、女をつかまえて聞いたのでは、どうも駄目らしい。彼女たちはなぜ自分がそんなことをしているか、ちっとも知っていないのだ。一度にたくさんのパンを手さげの中に入れていて、うすい短外套《ハーフコート》の袖《そで》から、大きなパンのきれを出す。パンのきれは少し嚙《か》まれて、唾液《だえき》に湿っている。自分の唾液が少しずつ広い世間に広められてゆくのが、女はうれしいらしい。自分ではすぐに忘れてしまう唾液の味覚が、小さな小鳥どもによって運ばれてゆくのが満足かもしれぬ。

　おまえは実に頑固な作家（訳注　ヘンリック・イプセンのことである。「ノラ」「幽霊」「われら死者目覚める時」などにふれている）だ。僕はおまえの書物を開いていた。僕はおまえをばらばらにして、勝手に感心したり讃美《さんび》したりする世間の人々と同じように考えていた。僕は名声というものを理解していなかったのだ。名声は、むしろ一人の成長する人間を、世間一般が寄り集まって打ちこわすことであり、有《う》象無象《ぞうむぞう》のやからがその破壊のあとに蝟集《いしゅう》してそこらじゅう遠慮なくかきまわすことだ、と僕はまだ考えていなかった。

　しかし、どこかに一人の青年がいるだろう。彼の心には、何か彼自身を戦慄《せんりつ》させるようなものが生れかかっている。そのような青年にとって、おまえが無名であることはきっと大切なことに違いない。おまえには、おまえなどを虫けらのように思っている人間が、行く手に立ちふさがっているかもしれない。おまえの周囲の人々がみんなおまえを見限っているかもしれない。あるいは、おまえのいだいている思想が気にくわぬとして、頭からおまえをやっつける人々もあるだろう。しかし、それら目にみえぬ敵はかえってただおまえの決意をしっかり心の中でささえてくれるだけなのだ。そのあとからやってくる「名声」という陰険な仇敵《きゅうてき》に比べれば、まるでなんのたわいもないものだ。名声はおまえをまきちらし、おまえという詩人を毒にも薬にもならぬものに変えてしまうのだ。

僕は誰一人おまえのことを口にしてもらいたくない。むろん、悪口は絶対言ってもらいたくない。星が移り月が変って、おまえの名前は世間の口にのぼるようになるかもしれぬが、おまえはそれを、移り気な世間の人々の口の端《は》にのぼるすべてのこと以上に真剣に考えてはならぬ。むしろ、名まえはそれで汚《けが》されたと思い、なるべく早く捨ててしまう方がよいのだ。さっそく何か別の名まえと取りかえて、深夜、神さまにだけその新しい名前を呼んでもらうことを考えねばならぬ。そして、それは誰にも知らせず、そっと隠しておくのだ。

孤独な、一人ぼっちの作家。世間の人々は「名声」を持って大急ぎでおまえのあとを追っかけた。さいぜんまでは、世間は心の底からおまえを敵として軽蔑《けいべつ》していた。それだのに、彼らは今おまえを味方として喜び迎えるのだ。しかし、彼らはおまえの言葉を暗い檻《おり》の中へ入れて、広場に持ち出し、いくらか安全な檻の外からときどきからかってみたりする。恐ろしい猛獣であるおまえの言葉を。

僕は初めておまえの作品を読んだ。すると、絶望者の一群がまるで堰《せき》をきったように、寂寥の中に一人いる僕に襲いかかって来たのだ。その絶望は、おまえ自身が最後に立っていた救いのない絶望だった。しかし、どの地図を調べてみても、おまえの軌道はすっかり間違って書かれている。おまえの軌道は天空を一つの投擲《とうてき》のように横切ったのだ。極度な絶望が描く一つの双曲線なのだ。それは一度だけ僕たちの世界に近づき、たちまち恐怖を残して遠ざかってしまっているのだ。一人の女が家を出るか出ないか、誰かが卒倒するかあるいはまた誰かが発狂するか、死んだ人間が生きていてかえって生きている人間が半分死んでいるのではないか、というふうな問題はおまえにとって少しも面倒な問題でなかった。こんなことはみんななんでもないことだった。おまえは玄関を通り抜けるように、そこを通り抜けた。立ち止ることさえしなかった。そして、人間たちの現象が煮沸《しゃふつ》し、沈澱《ちんでん》し、変色する内部へはいって、おまえはいつまでもそこにかがみこんでいたのだ。今まで誰一人足を踏み入れたことのない、深い奥の部屋へ、押し入ったのだ。扉はおまえのためにのみ開かれ、おまえはその部屋で、じっと火炎の上に置かれたレトルトを見ていたのだ。懐疑的な頑固一徹の作家よ、おまえは誰一人そこへ連れてはゆかなかった。おまえは一人そこに閉じこもって、さまざまの過程を分析した。おまえの血液には「剔出《てきしゅつ》」だけがあったらしい。「造型」とか、「物語」とかは、一滴もおまえの血管の中になかったようだ。だから、おまえは自分だけでガラスを通して見た小さなものを、さっそく万人の目の前へ大きく突きつけるために拡大しようと、とんでもない、大胆な決心をしてしまったのだ。おまえの劇作はそうしてできたものだ。しかも、おまえは根気よく待とうとはしなかった。何世紀かを経てやっと水溶液の一滴に煮つめられたこの額縁のない人生が、ほかの姉妹芸術によって徐々に理解され、はなはだものわかりのおそい群集にすら近づきやすいように視覚化されるまで、どうしても待てなかった。群集の一人一人が、彼らの前に花やかに開幕される舞台の比喩《ひゆ》のうちに、作家の世間的な高名が実現されるのを喜ぶまでには、いつだって相当な時日が必要なのだ。しかし、おまえはそんなものを安閑と待つことができなかったらしい。おまえは一度、奥の奥まではいって行った。おまえはほとんど量ることのできないものを、すぐその場で決定し、自分の手に取りあげずにいられなかった。感情が寒暖計で半度だけ上昇することも、ほとんどなんの重さも持たぬ意志がわずかに天秤《てんびん》の皿を動かすような、目を押しつけなければ到底測定できぬ落差度も、憧憬《どうけい》の一滴の水溶液に起るかすかな半濁も、信頼の原子のあるかなきかの変色も、それらのすべてが記述されるのだ。今や人生は、僕たちの生活は、かかる現象の中にのみあるのだった。生活は奥深い底に沈み、内部にひっそり閉じこもって、ほとんど臆測さえも許さぬ状態だったのだから。

ひたすら「剔出」にもっぱらだったおまえは、ああ、永久の悲劇作家よ、おまえはこの毛細管のような現象を、だしぬけに最も説得力の強い大袈裟《おおげさ》なしぐさと最も確実に見える物的存在に移してこなければならなかった。かくして、おまえの作品の、ほかに比類のない暴力行為が始まるのだ。おまえの作品はますますせっかちに、ますます絶望的に、あの内部の現象の等価物を可視の世界の中で求めだした。兎《うさぎ》がそれだ。屋根裏の部屋がそれだ。誰かが行ったり来たりする広間がそれだ。隣室のガラスの鳴る音も、窓の向うの火事の炎も、やはりそれだった。太陽がそれだった。教会がそれだし、教会に似た岩のそびえる谷間がそれだった。しかし、それでもまだ何か足りない。やがてはついに、塔が持ち出され、山が持ちだされた。そして、全景をうずめてしまう雪崩《なだれ》が、可視の世界のものをいっぱい並べた舞台を埋めつくさねばならなかったのだ。不可視なものの勝利のために。おまえはもはや何をすることもできなくなってしまった。おまえが無理やりに一つに合わそうとした棒の両端は、恐ろしい勢いで元の位置へはね返ったのだ。狂気じみたおまえの力は、はね返す棒といっしょに、遠くへ跳ね飛ばされ、おまえの作品はついにどこへ行ったかわからなくなった。

あくまで頑固なおまえが、晩年、カフェの窓ぎわを離れようとしなかった心を、誰が理解するだろう。おまえはその窓ぎわにいて、ただ外を通る人々を見ていたのだ。再び新しい出発点からやり直そうと決心した時、いつかこの無意味な通行人たちから、何かが生れて来はしないか、おまえはきっとそればかり考えていたのだ。

そうだ、あのころ、僕は初めて一人の女についてすら何も書けないことがわかってきた。一人の女を書こうとすれば、かえってそこがまるで空白なのだ。人々はほかのものを持ち出して描写する。ただ周囲を書く。土地を説明する。小道具類を並べる。そして、一ところだけをあけておくのだ。すべての線はそこへ来て、すうっと消える。線は柔らかく、繊細な注意を集めて消えてゆき、女を包む軽いタッチの、決してえどることを許さぬ輪郭だけが残っている。肝心の彼女はどうだ、と僕が尋ねる。「まあ、君のようなブロンドだとしておけばよいだろう」と人々は言う。そして、なんやかや、知っているだけは物語ってくれるが、しかし、話を聞いているうちに、むしろ彼女の姿は曖昧《あいまい》になるばかりなのだ。結局、大略の想像もつかなくなってしまうのがおちだった。僕はママンにせがんでいつも同じ話をしてもらった。あの話だけが、僕に、話される女の人の姿をまざまざと見せてくれた。――

ママンはいつも犬の出てくる個所へくると、目を閉じて、冷たい両手をじっと顳顬《こめかみ》にあてて、寂しげな顔を明るく輝かしながら話すのであった。「わたしはね、マルテ、本当にそれを見たんですよ」と言った。「本当にこの目で見ました」僕がママンの話を聞いたのは、もう彼女が死ぬ少し前のことだった。彼女は誰にも会いたがらなくなっていた。どこか旅に出る時にも、小さな、目の細かな、銀の篩《ふるい》を持っていて、どんな飲み物でもそれで漉《こ》していた。固形物は何一つ食べず、わずかに少量のビスケットとパンだけが例外だった。それも、自分一人だけの時に、細かく砕いて、ちょうど小さな子供が一かけ一かけ食べるように、口に運ぶのだ。そのころ、彼女はひどくピンや針を不安がった。しかし、他人にむいては、かえっていやですよ。これで結構、何不自由なく生きていられるのですから」と弁解らしいことを言ったりした。が、突然、僕の方をむくと、(僕ももう物事のわかる年になっていた)一所懸命らしい微笑を無理に浮べながら、「そこらじゅう、ピンや針はいくらあるかわからないし、どこから出てくるかもしれぬし、ね、マルテ、ひょっとして、もしか……なぞ考えたりすると――」と、ささやいた。彼女は自分だけはそれを冗談に言っているつもりだった。しかし、不注意にさしっぱなしになっているピンや針が、いつどこで落ちかかっているかもしれぬと思うと、もう彼女は恐怖に体が震えだすのだった。

しかし、一度インゲボルクの話になると、彼女はすっかり元気づいた。そんな顧慮などはすぐどこかへ隠れてしまった。高い声でしゃべり、インゲボルクの笑い声を思い出して笑った。インゲボルクがどんなに美しかったかが、おのずから目がしらに浮んで来た。

「あの子はわたしたちをみんな楽しくしてくれたんですよ」と彼女は言い出した。「マルテ、おまえのお父さんだって、本当に楽しそうだったわ。ところが、大した病気でもなかったのに、いよいよもういけないことになってしまってね。わたしたちはみんなでベッドを取巻いて、しかし、そんな素振りはみじんも気づかれぬように隠していたんです。するとある時、インゲボルクが寝床の上に不意に起きあがって、何かもの音に耳を澄ます人のような格好で、ひとり言みたいに『そんなに無理に隠さなくてもいいわ、何もかもよくわかっているんだもの、わたしは決してみんなにご心配なんかかけないわ、なるようになるのがいちばんいいの、もうこのままでいいわ』とそう言いました。いいかね、『もうこのままでいいわ』とそう言ったんですよ。いつもみんなを楽しげに喜ばしていたインゲボルクがね。マルテ、おまえも大きくなったら、これがわかるようになるでしょう。その時、よく考えてみてごらん。きっと思い出すからね。こんなふうなことのわかる人が一人でもいることは、きっと非常によいことですからね」

ママンは一人でいると、いつも「こんなふうなこと」ばかり考えているのだった。そして、死ぬ前の数年は大抵いつも一人ですわっていた。

「わたしはいくら考えてもよくわからないんだよ、マルテ」と、彼女は特徴のある大胆な笑い方をして僕に言うことがあった。彼女はその微笑を人に見られるのをいやがった。ただ、笑っただけで、十分その目的を達したというような微笑だった。「けれど、誰もこういうことをわかろうとせぬのが、わたしはどうも不思議でね。もしわたしが男だったら、きっとうまく考えあてるつもりだけれど。まずちゃんときれいに順序をたててね、最初から、じいっと考えてみるわ。とにかく、最初がないってものはないはずだから、そこさえうまくつかまえたらもう七分どおりはわかってしまったといっていいんですよ。ね、マルテ、わたしたちはみんなうかうか暮しているのね。世間の人々は何やかに気をちらし、ただ仕事だけに忙がしそうで、ふだんの生活などにはちっとも気を配っていないのです。だから、まるで流星か何かが飛んだほどにも、気をかけぬのに違いないわ。誰一人見ようともせぬのだわ。このごろは、誰も心に願いを持つなんてことはなくなってしまいました。けれども、マルテ、おまえは心に願いを持つことを忘れてはいけませんよ。願いごとは、ぜひ持たなければなりません。それは、願いのかなうことはないかもわからないわ。けれども、本当の願いごとは、いつまでも、一生涯、持っていなければならぬものよ。かなえられるかどうかなぞ、忘れてしまうくらい、長く長く持っていなければならぬのですよ」

ママンはインゲボルクの小さな机を自分の部屋へ持ってこさせた。僕は自由に彼女の部屋へ出入りができたので、よくその机の前にママンがいるのを見たことがある。僕の足音はすっかり絨毯《じゅうたん》に吸われて、なんの音もしなかったが、彼女はいつも僕の気配を知っていて、すぐ片一方の手を肩越しに差出すのだった。そんな時、彼女の手はすっかり重さがなくなっていた。接吻《せっぷん》をすると、その手はちょうど僕が夜眠る前に接吻する象牙《ぞうげ》の十字架のようだった。蓋《ふた》になっている磨き板を引出して、たけの低い書きもの机にすわっているママンは、ちょうどピアノに向っているみたいだった。「この机の中は日の光でいっぱいですよ」と彼女は言った。言うとおり、机の内側は非常に明るかった。古風な黄色い漆塗りで、赤と青、赤と青、という具合に花の模様が描いてあった。ときには花が三つ集まっていたが、そこは例の二つの花模様の間に、もう一つ菫色《すみれいろ》の花が真ん中に描かれているのだった。これらの花の色と、細い、水平に伸びた蔓《つる》を描いた緑色が、かえって暗く沈み、それだけ地の色が光るというほどでないにしても、ほのかに浮んでみえた。不思議に落ち着いた色調の調和であった。色と色とが、互いに内的な関係で結びつき、わざとそれを黙って押隠しているという感じがした。

ママンは小さな引出しをあけたが、どれもみな中はからっぽだった。

「あら、薔薇《ばら》の匂《にお》いだわ」と言って、どことなくかすかに残っている匂いを嗅《か》ぐように、彼女は少し身をのり出した。そんな時、彼女はどこか人の気づかぬ秘密な引出しの中から、ふと何かが見つかりそうな気がするのだった。たとえば、隠れたばねの力で締っているかくしが、どこかにあるらしい気がしだすのだ。「おや、と思うと、きっと何か出てくるんですよ」と、彼女は真面目《まじめ》な、気弱そうな声で言い、せわしげに引出しを一つ一つあけたりした。しかし、引出しに残されていた紙片などはみんな丁寧に集めて、中に書いてあることは読みもせず、すでに一まとめにしまってあるのだった。「読んでもわたしなんかにわかりっこはないからね、マルテ、わたしにはむずかしすぎるようなことばかりだわ」と彼女は、何もかも非常に複雑な入りこんだものばかりだと、自分で一人決めに決めてしまっていた。「一度世の中へ出てしまうと、もう世間には一年生が行く学校なんか、どこにもないんですからね。何もかもみんなひどくむずかしいことばかりだわ」彼女は恐ろしい妹の急死を見てから、こんなふうな人に変ってしまったのだと、みんなは言っていた。エレゴール・スケール伯爵《はくしゃく》夫人は、舞踏会に出かけるまぎわ、燭《しょく》台《だい》をのせた鏡の前で、髪にさした花束をさし直そうとして焼死したのだった。しかし、晩年のママンにとって、いちばんむずかしくてわからなかったのは、やはりインゲボルクのことなのだ。

僕がしきりにせがんで話してもらったママンの犬の話というのを、僕はここへ書いておこう。

ちょうど夏も盛りのころでした。インゲボルクの埋葬が済んだ木曜日のこと、いつもお茶の時間に集まるテラスからは、先祖代々の墓所の破風《はふ》屋根が遠く楡《にれ》の巨木の梢《こずえ》を通して見えるのです。いつものテーブルにゆっくり一人ずつの席をとって、あとに一人分の空席も残らぬように用意がしてあったんです。わたしたちはゆっくり離れてすわりました。本を持ってきたものや、編物入れの籠《かご》を持ちこんだものや、誰も彼も何か持ち出したので、それでも少し窮屈なくらいだったわ。アベローネ(ママンの末の妹)がお茶を配ってくれました。みんな忙しげに、何かと皿を勧めあったりしていました。おまえのお祖父《じい》さんだけが、一人ご自分の肘掛椅子《ひじかけいす》から、家の方を振返っていらっしゃったの。ちょうど郵便の来る時間でした。いつもだとインゲボルクが、あとまで食べ物の用意などに残っていたものだから、郵便をもって来てくれる習慣だったのです。しかし、病気になってからは、いつとはなしに、そんな習慣らしいことも誰からとなく忘れてしまいました。まさか病気をおして来るわけにゆかぬのは、誰だってわかっていましたからね。ところが、どんなことがあっても、もうインゲボルクが出てくることのできなくなった、ちょうど埋葬の済んだ日の午後、インゲボルクがテラスに出て来たのです。マルテ、それはわたしたちのせいだったのかもしれません。わたしたちが彼女を呼んだのかもしれないわ。わたしはあの時のことをはっきりと思い出します。わたしは、初めてそのテーブルにすわったように、いったい、何がこんなにふだんと違った気配をかもすのだろうと、一所懸命に考えていたんです。わたしは咄嗟《とっさ》に「何が」変ったかを言うことができませんでした。ど忘れしてしまって、何も思い出せない気持でした。わたしは顔をあげました。みんなは別に変った様子もなく、しごく平穏なふだんの顔つきで、誰かが来るのを待っているような格好で、家の方を見つめているのです。わたしは何思わず――マルテ、わたしは今それを考えただけでぞっと冷たい気持がするんですよ――わたしは何思わず、危うく、「何をぐずぐずしているのでしょう――」と言おうとしました。と、もうその時にはテーブルの下からカヴァリエ（犬の名）が飛び出して、いつものとおり、インゲボルクを迎えに走りました。わたしはね、マルテ、本当にそれを見たんですよ。本当にこの目で見ました。むろん、インゲボルクの姿は見えるはずがなかったけれど、犬だけはいそいそと迎えに走っていきました。犬の目には彼女の姿が見えたのでしょう。わたしたちの中には誰一人、カヴァリエがインゲボルクを迎えに走り出したのを疑うものはありませんでした。犬は何か尋ねたそうな顔つきで二度ばかりわたしたちの方を振返った。そして、思い切って飛びついていきました。それが、マルテ、いつものとおりなんだよ。ふだんとちっとも違わないのだよ。カヴァリエはすぐ彼女の足もとに駆けこんだらしい。ぐるぐる飛び回ったり、舌でなめようとしてまっすぐに立ちあがったりするんです。マルテ、それが誰もいないところでですよ。犬がうれしそうにくんくんというのが聞えるし、何度も何度も続けさまに飛びあがったりするものだから、わたしたちには立ちあがった犬の体の向うにインゲボルクが隠れていそうな気がしました。しかし、突然、ひと声吠《ほ》えたかと思うと、カヴァリエは空中で自分で跳ねた勢いのあまりもんどり打ち、あわてて引返して来たのです。そして、おかしな格好にひらたく寝そべると、もう身動きもしませんでした。すると、その時、召使が家の反対側の方から手紙をもって出て来ました。召使はちょっとはばかるように躊躇《ちゅうちょ》していたのです。わたしたちの顔

色を見るのが、困難らしかったんですね。マルテ、おまえのお父さんがそこに止ってお
れと合図しました。マルテ、おまえのお父さんは生きものがお嫌いだったのです。それ
だのに、お父さんはわざわざ椅子を離れて、わたしの目にはひどくゆっくりと見える足
どりで、犬のそばへ行き、かがみこみました。お父さんが召使に何か言ったわ。ごく簡
単な、短い言葉らしかった。わたしは召使がすぐカヴァリエを起しに走りよるのが見え
ました。お父さんはその時もうご自分で犬を抱き起し、家の中へ連れていきました。は
っきりした目的があるような足どりで……

ある時、この話の途中から日が暮れてしまって、あたりがほとんど真っ暗になってし
まったことがあった。僕はママンに「手」の話をしようと思った。この時だったら、僕
はきっとうまく話せただろうと思う。僕はいよいよ口をきろうとして、深い息をした。
と、その瞬間、僕は人々のそばへ近づかないで遠慮げに躊躇していた召使の心が非常に
よくわかる気持がしてきた。僕は夕闇の暗さの中にいながら、ママンが僕の見たものを
見て、どんな顔つきをするだろうかと思うと、それが急に恐ろしくなった。僕は急いで
息をついだ。僕は別に何も言い出そうとしているのではないという格好をしてみせた。
それから何年かたって、あのウルネクロースタアの無気味な夜の出来事があってから、
僕はエリクにこの話を打明けようと、幾日もそればかり考えていたことがあった。しか

し彼は、一度僕と話をした夜のあとは、またすっかり元のよそよそしい態度に返り、変に僕を避けてばかりいたのだ。エリクは僕を軽蔑《けいべつ》しているらしかった。だから、僕はかえって「手」の話をしてやりたかった。この話が僕の本当の体験であることをうまくわからせたら、彼の心を一変させることができるかもしれないと僕は考えていた。なにゆえとなく、僕はしきりにそうありたいと願っているのだった。しかし、エリクが非常に巧みに僕を避けとおしたので、ついに話すことはできずにしまった。そんなわけで、たいへんおかしなことに違いないが、遠い昔の少年時代の出来事を話すのが、あとにも先にも、これが本当の最初なのだ。しかも、結局、僕は一人自分にそれを話してきかせるのだ。

机の上で絵をかくために、わざわざ肘掛椅子の上に上がらなければならなかったのをみると、僕がまだ小さな子供だったことがわかる。冬の夜だった。僕の記憶では、確か市中に引越してきた借家住まいの時だった。机は僕の部屋の、ちょうど窓と窓の間に、置かれていた。部屋にはたった一つしかランプがなく、それが僕の画用紙とマドモアゼルの読んでいる書物とを照らしていた。マドモアゼルは僕のすぐそばで、少し後ろにもたれかかるような格好で、しきりに本を読んでいた。本を読んでいると、僕は彼女がいつもどこか遠くへ行ってしまったのではないかというような気持になった。しかし、すっかり本の中へ没頭してしまったかどうかは、わからなかった。彼女は何時間も本を読み続けたが、ほとんどページをめくらなかった。僕は彼女の目にさらされている本のページがだんだんいっぱいになるのではないかと思った。彼女はじっと文字を見つめていた。彼女は自分が必要なある種の言葉を一心に見つめていたが、ひょっとするとその文字は本の中に書かれていない文字なのだ。僕は絵をかきながら、そんなことを想像した。僕は別にはっきりした目的もなく、のん気に描いた。絵の途中で次には何を描いたらいいかわからなくなったりすると、僕はこころもち頭を右にかしげて、あたりを見回した。すると、不思議に、描かねばならぬものがすぐわかるのだった。たとえば、馬を飛ばして戦いに急ぐ将校だとか、戦場で戦っている軍人だとか。そんなのは、すべてを押包む濛々《もうもう》たる土煙だけを描けばよかったので、非常にやさしかった。ママンはいつも僕の描く画を島だといった。大きな木があり、お城があり、石段があって、岸には花が咲き乱れた島の景色で、水面にその影が映っているのだと言った。しかし、それはみんなママンの勝手な想像だったと僕は思っている。あるいはずっと後になって僕が描いた絵だったのかもしれぬ。

確か、僕はその夜は騎士を描いていた。ただ一人の、たいへんくっきりした騎士の姿が、例の奇妙な装《よそお》いをした馬にまたがっているところである。いろいろな色彩が必要だったので、僕は色鉛筆を取替え取替え描いた。赤い鉛筆を使う場所が多いので、何度も何度もそれを取上げねばならなかった。僕はまたその赤鉛筆が必要になった。すると、どうしたはずみか、赤い色鉛筆はランプに照らされた白い紙の上をころがって、机の端から、はっと手を出す暇もなく、下にころげ落ちて見えなくなってしまったのだ。僕は今も、変にあざやかに赤い鉛筆が白い紙の上をころがっていった有様を覚えている。とにかく、僕は赤鉛筆がぜひとも必要だった。わざわざ下に降りて捜すのは癪《しゃく》にさわって仕方がなかった。無器用な子供の僕には、椅子から降りるだけでなかなか手間どった。自分の足が変に長すぎるみたいな感じで、その足を引っぱり出すのにも骨が折れた。長く足を折り曲げていたものだから、体は鈍くしびれてしまい、どこまでが僕の体で、どこまでが椅子なのか、判断がつきかねるような状態だった。僕はごたごたした何かよくわからない気持のまま、下に降りた。机の下には壁ぎわまで毛皮が敷いてあった。そこで、また別な困難が生じてきた。今まで机の上のランプの明るさに慣れ、しかも白い紙の上の色彩の興奮から十分さめきらない僕の瞳孔《どうこう》は、急に机の下のものを見ることができないのだ。真っ暗なものがいっぱい詰っていて、それにぶっつかりはしないかと不安な気がした。僕は自分の勘をたよりに、左手をついてかがむと、右手を延ばして冷たい毛の長い敷物を探った。毛皮はなんとなく親密な手ざわりを与えてくれたが、鉛筆は見つからなかった。だいぶ時間がたったような気がした。僕はマドモアゼルをよんで、ランプを持っていてもらおうかと思った。しかし、そのころから机の下の暗闇《くらやみ》が、無意識のうちに注意を集めた僕の目にだんだん透明になりだした。壁の末端がやや明るみをおびた飾り縁に続いているのも見えてきた。机の足のある見当もほぼわかりだした。僕の指を拡《ひろ》げた手もよく見えた。僕の手が、まるで一匹の魚か何かのように、一人寂しげに毛皮の上を泳ぎ、しきりにそこらを捜していた。僕は一種好奇心のような気持で、それをながめていたのを覚えている。僕の手は今まで僕自身がちっとも知らなかった動き方で、勝手に、そこらじゅうをかきまわしていた。僕はやがて僕の手が、僕の教えぬことをやり出しそうな気がしてならなかった。僕は僕の手の動くとおりに目で追っかけた。僕は特別な興味を持ち始めた。もうどんな不思議なことが起っても驚かないつもりだった。しかも、突然壁の中から別なもう一つの手が出て来ようとは、僕は夢にも思わなかった。それは僕の見たこともない、大きな、ひどく痩《や》せ細った手だった。その誰の手かわからぬ手は、同じような格好で向う側から捜してきた。指を拡げた二本の手が、めくら滅法に両方から進んで行った。それでもまだ僕の好奇心はそのまましばらく続いていた。しかし、急にぷつりと、好奇心が消えてしまった。いきなり僕は恐怖だけでいっぱいになった。二本の手の一つは疑いもなく僕の手で、それが取返しのつかぬ何か奇態な事態の中に巻きこまれてしまったのを、僕は感じた。僕は僕としての権威で、僕の手を押しとどめ、急に平べったくなったような手をそろそろと引戻した。僕はその間も、相手のまだ動きやめぬ手からじっと目を離さなかった。僕はその手がいつまでも動いているだろうと思った。どうしてまた元の椅子に帰って来たか、わからなかった。僕は深く椅子に体を落し、歯を堅く食いしばった。顔からはさっと血が引いてしまって、僕は自分で目の色まで白茶けてしまったような気がした。マドモアゼル――と僕は呼ぼうとしたが、唇が動かなかった。しかし、何を思ったのか、マドモアゼルは急にびっくりして、本を投げ捨て、僕の椅子のそばへ来てかがんだ。僕の名を呼んだ。僕の体をゆすぶったかもしれない。僕は意識だけはいやにはっきりしていた。僕は一、二度、続けて唾《つば》をのんだ。僕は仔細《しさい》を話そうと思った。

しかし、どう話したらよいか、僕ははたと当惑した。僕は一所懸命になって心を張りつめた。だが、人にわかってもらうには、どんなふうに話したらよいのだろう。こんな出来事を表わす言葉はあるかもしれぬが、僕のような子供にはそれを見つけることができなかった。突然、僕はまた恐怖に襲われた。そういう言葉が年齢の垣などを容赦なく飛び越えて、だしぬけに目の前へころがって来はしまいかと思ったのである。そうして、それをどうしても言わねばならぬとなったら、それほど恐ろしいことはないような気がした。机の下のさっきの出来事をもう一度繰返す、少しばかり違って、別なふうに、また最初から再現してみせる――しかも、それを自分の口からもう一度聞く、僕はそれだけの力がなかった。

この時、すでに、あるものがその後の僕の生活の中へ押入ってきたのだ。一生涯僕につきまとって離れぬあるものが、はっきり忍び入って来たのがわかった。というと、むろん、それは現在からの単なる想像といわれても仕方がない。僕は小さな鉄のベッドに寝てからも、眠れなくて、ただぼんやりと、これが人生というものだろうかと、将来の身の上を考えていた。この世の中は奇態な一種独特なものでいっぱいぎっしり詰っているのだ。それらは神のために何かある意味を言い表わそうとしているのに違いない。けれども、それがどうしてもはっきり口に出せないのだ。僕はだんだん心の中に悲しい誇りのようなものが深い根を張ってくるのを感じた。僕は隠微なものを体じゅういっぱいに詰めこんで、ただ黙々と外を歩いている人間を想像した。僕は大人に対して非常な同情を感じた。僕はつくづく大人を偉いと思い、僕のその感心の仕方を大人に告げてみたいと思った。あとで、そんな機会でもあったら、ぜひマドモアゼルにこれを話してみようと決心した。

その次にやって来たのは、例の病気の一つだった。僕は病気によって、このような奇態な体験が一度だけのものでないことを知らされた。熱は僕の体をえぐり、深いどこかわからぬ奥底から、僕の知りもせぬいろいろな経験や幻影や事実を引っぱりだして来た。僕は僕自身のそんな訳のわからぬものに押えつけられたまま、じっと寝ていた。そして、それらを一つ一つ、順序よく、さっぱりと、再び体の中へしまいこむ命令が来るのを、今か今かと待っていた。僕はとにかくそんな仕事に少しずつ取りかかることにした。しかし、僕の手の下から、それらはぐんぐん大きくふくれあがって、無理に抗《あらが》ってきたりするのだ。あんまりたくさんなので、どう手のつけようもなかった。しまいに僕はとうとう腹を立てた。僕はごちゃごちゃにそれらを投げこみ、無理やりに詰めこんでみた。しかし、どうしても僕の体はそこだけ元のようにふさがらぬのだ。そこがどうしても口のようにあいたままなのだ。僕は叫んだ。僕はむやみにただ叫んだ。しばらくして、そっと目をあけてみると、みんなが僕のベッドを取り囲んで、僕の手を握っていた。蠟燭《ろうそく》がともしてあった。人々の影法師が後ろで動いていた。父は僕にどうしたのか言ってごらん、と言った。優しい、静かな口調だったけれども、命令するような調子だった。僕が返事をしないので、父はいらいらした。

ママンは夜中には一度も来てくれなかった。いや、ただ、一遍だけ来てくれたことがあった。僕はいつものように、むやみに叫んだ。マドモアゼルが来、奥掛りのシーヴェルセンが来、御者のゲオルクまで駆けつけて来たが、彼らでも到底どうすることもできなかった。そこで、舞踏会に出かけていた両親のもとへ馬車を迎えにやることになった。たぶん、皇太子殿下の催された大舞踏会だったように思う。突然、僕は迎えにやった馬車が中庭にはいってくる音を聞いた。僕は静かになり、ベッドの上にすわって、じっと扉を見つめていた。隣の部屋で、かさこそ物音がした。そして、ママンは裾《すそ》の大きな夜会服のままはいって来た。ちっとも夜会服の裾などにかまわず、ほとんど走るような格好で、純白な毛皮の外套《がいとう》を後ろに跳ねのけて、あらわな腕に僕を抱きあげてくれた。僕はママンの髪に触れた。今までに経験したことのない驚きと喜びを感じた。僕はお化粧をした小さな顔と、耳にさげた冷たい宝石と、肩のあたりで高くなった夜会服の絹にさわった。ほのかに花の匂《にお》いがした。いつまでも僕はそうしていた。僕は二人で寂しく泣き、接吻《せっぷん》し、父がそばへ来たのを知っても離れなかった。とうとう、父が僕たちを引離した。「ひどい熱ですわ」とママンが遠慮げに言うのが聞えた。父は僕の手を取って、脈をしらべた。父は主馬頭《しゅめのかみ》の制服を着て、美しい、幅広の、波形のあや模様の上に、象を描いた帯綬《じゅ》をかけていた。「わざわざ呼ぶほどでもないのに、馬鹿馬鹿《ばかばか》しい」と、彼は僕の顔は見ないで、部屋の方へ声をかけた。大したことでなければ、すぐまた舞踏会へ引返すと約束してあったらしい。事実、別に僕の病気はなんでもなかったのだ。また一人きりになると、僕の毛布の上に僕はママンの舞踏会の番組と白い椿《つばき》の花とが落ちているのを見つけた。僕の見たことのない花だった。僕はそれを取って目を押えた。花の冷たさが強く眼瞼《まぶた》にしみた。

病気で寝ている日の午後は、変に退屈な時間の長さを感じるものだ。いやな夜がようやく明けて、暁近くやっと眠りにおちる。目がさめて朝だなと思うのは、いつも午後だった。そして、際限のない、長い午後がいつまでも続くのだ。きれいに片づけたベッドの中にいると、なんとなく関節のあたりが一夜のうちに成長したような気持がして、何か頭で考えてみようとしても、ひどく全身が疲れきってしまっていた。口の中にアップル・ソースの味が残っていて、無意識にそれをなんとかして消すのが、もう精いっぱいの努力だった。僕は何かまとまった考えなんかよりも、爽快《そうかい》な酸味を気持よく頭の中へ流しこみたいと思った。しばらくして、また体の力が出てくるころには、積み重ねたクッションにもたれて起きあがり、鉛の兵隊を出して遊ぶこともできた。しかし、傾いたベッドの台の上では、兵隊は何かすると倒れ、すると、あっと思うまに一列の兵隊がみんな将棋倒しに倒れてしまうのだ。再び最初からおんなじことを始めるには、やはりなんといってもまだ気力が足りないし、僕は急にそんな玩具《おもちゃ》までいやになり、すぐ向うへ片づけてくれなどと言いだした。そして、ただおとなしく自分の二つの手を伸ばして、からっぽな毛布の上に並べ、それをぼんやり見ているのが、不思議な慰めになるのだった。

ママンは時に半時間ほどもそばにいて、童話など読んでくれたが（本当に長い話を読んでもらうためには、シーヴェルセンがいた）、童話はほんのだしにすぎなかった。僕たちは口をそろえて、童話なんかつまらないと言っていた。不思議なものということについては、すっかり別な概念をもっていた。僕たちは自然なふだんの出来事がいつだっていちばん不思議なものだと考えていた。空をとぶこともすばらしいとは思わないし、妖精《ようせい》たちも格別心をひきつけないし、何か別のものに姿を変えてみせるのだってただつまらぬ外形の変化じゃないかと思っていた。しかし、僕たちは二人で、ただ他人に熱心らしく見せかけるために少しばかり童話を読んだ。誰かがはいって来て、今何々をしているところだからなど説明しなければならないのが、非常にいやだった。ことに父に対しては、僕たちは大袈裟《おおげさ》に何もかもご覧のとおりだというように振舞ってみせた。

もはや誰もはいって来ないという確信のある時や、外が暮れかかって薄暗くなりだしたころには、僕たちはいっしょに思い出を語ることができた。もうずっと遠い昔のように思える出来事で、僕たちはそれを微笑しながら話しあった。あのころから見ると、僕たちは非常に変っていた。ママンはかつて僕が男の子でなくて女の子だったらとひそかに考えていたような時期があった。僕はなぜとなくそれを知っていた。だから、僕はときどき、午後、ママンの部屋の扉をノックすることを思いついた。「誰？」って言うと、外にいて「ゾフィーよ」と返事をするのが楽しかった。僕は小声で喉《のど》がくすぐられるように、できるだけ優しい声を出した。ママンの部屋にはいると（僕はなんでも小さな女児服のようなものを着ていた、袖《そで》がひだになって短く折り返されていた）、僕はもうゾフィーになってしまっていた。ママンの可愛らしいゾフィーは、こまごまと娘らしく立ち働き、ママンの髪をゆったりするのだ。急に意地悪なマルテがはいって来て、せっかくのゾフィーとマルテがごっちゃにならぬよう、僕はわざとそんなことをした。なにしろ、マルテが来ては困るのだった。ゾフィーもママンも、マルテが来ないようにとお祈りした。二人の話は（ゾフィーは高低のない甲高い声で話した）いつもマルテの乱暴さを一つ一つ数えあげ、それを二人で非難することだった。「ほんとに、あのマルテには……」とママンが溜息《ためいき》をついた。ゾフィーは世間の男の子のいろんな乱暴さをよく知っていた。何もかも知り尽していた。

「あのころのゾフィーはいったいどうなったのでしょう。それが知りたいわ」と、たわいない昔の思い出を話しあっていた時、突然ママンが言いだした。マルテはなんと答えてよいかわからなかった。しかし、ママンがゾフィーは死んでしまったことにしましょうねと言うと、僕はあくまでそれに反対して、はっきり死んだという知らせがない限り死んだなんてことを考えちゃいけないよ、と言ったりした。

今からこの時分のころを振返って考えると、僕はよくあれで、あんな熱病に苦しんだ孤独な世界から引返すことができたものだと不思議な気持がする。気心を知った人々のもとにいるという感情に安堵《あんど》を覚えたり、理解できるものの中に気をつけて仲よく暮していったりする共同な社会生活へ、僕はどうして再び戻ることができたのだろう。僕たちは何か心の中で期待した。期待はやって来ることもあり、やって来ないこともあった。その間の宙ぶらりんな状態は、およそあり得ないことになっていた。またひどく悲しいことがあったり、楽しいことがあったりした。たくさんのつまらぬことがその中に交っていた。しかし、僕たちの誰か一人に喜びが与えられると、それはもはや疑う余地のない喜びなのだ。その子供は与えられた喜びに応じて、何かそういう態度を見せねばならぬ。結局、それは非常に単純なことだった。子供のそんなふうな行為は、むしろ自然に出てくるものなのだ。すべてのことが自然に、そうした約束によって決められた範囲内を流れてゆくのである。たとえば学校の窓の外に夏が来て、退屈ななんの変化もない勉強時間。フランス語で見聞を話さねばならぬ散歩の時間。お客さまだからといって呼ばれてゆくと、悲しそうな顔をしているのがおかしいと言ったり、いつも仏頂面《ぶっちょうづら》をしているなんとかいう鳥みたいなつまらぬ顔をしている、などからかう訪問客。ほとんど知りもしない子供たちが呼ばれて来て、ひどくおとなしい尻《しり》ごみした子供が僕を同じように尻ごみさせたり、とんでもない乱暴な子供が僕の顔をひっかいたり、もらったばかりの玩具をこわしたり、おもちゃ箱や引出しをひっくり返して取りちらしたまま、急にみんなが帰ってしまう誕生日。こんなふうなことはすべて、どんな子供にとっても、すでに決められた宿命なのだ。しかし、たった一人で、いつものように遊んでいると、僕は何かのはずみに、この画一的な毒にも薬にもならぬ世界を飛び越えて、全く別な予想も許さぬ境地へはいってゆくことができるのだった。

マドモアゼルはときどき、持病のひどい偏頭痛に悩まされた。そんな日、僕は家のどこを捜しても容易に見つからなかった。父が僕をたずねたが見つからないので、とうとう御者が庭園へ捜しに出されたのを僕は知っていた。僕は階上の客間の一つから、彼が走りながら長い並木道の入口まで行き、僕を呼んでいるのを見た。ウルスゴオルでは、客間は一つずつ隣あわせに並んで、破風《はふ》屋根のところに間取りがしてあった。もうそのころは来客もごくまれになり、ほとんど使われなくなっていたのだ。客間のすぐわきには、角に張り出したかなり広い部屋があった。そこがひどく僕の心をひきつけた。部屋にはただ一つ古い胸像がおかれていた。ジュエル提督の胸像らしかった。しかし、四方の壁には奥行の深い灰色をおびた作りつけの戸棚があって、窓はその戸棚の上の白く塗った壁の空地に造られていた。僕はふとその戸棚の一つの扉の鍵《かぎ》を見つけたが、それはどの戸棚にもあう合鍵だった。いつか僕は戸棚の中を全部調べてみた。十八世紀ふうな侍従職の制服がしまってあったが、銀糸がはいっているために手ざわりは変に冷たかった。きれいな刺繡《ししゅう》のチョッキもあった。ダンネブローク勲章や、例の象の模様の帯綬の正装もあった。いろんな飾りがいっぱいついている上に、裏地の手ざわりもひどく柔らかで、最初は婦人服ではないかと思われたりした。おしまいには本当のガウンが出て来た。裏をはがして、ややこわばった感じにぶらさげられているのが、ちょうどマリオネットの人形のように見えた。すっかり流行《はや》らなくなってしまった大がかりな人形芝居の、頭だけを取りはずして、何かほかへ利用した人形の悲しい残骸《ざんがい》という格好だった。その隣にまだ幾つか戸棚があって、開けると中は真っ暗だった。しかし、よく見ていると、制服や官服がいっぱいに詰めてあった。それらはほかのものに比べて着ふるされており、服の方から丁寧に保存されるのを迷惑がっているとしか思われなかった。

僕はそれらを取出して、明るい光線の中へ並べてみた。一つ一つ、自分の身に当ててみたり、わざわざ手を通してみたりした。よく似合うらしい服装だと、大急ぎで手を通して、好奇心と興奮に心を躍らせながら、隣室の客間へ走ってゆき、柱鏡の前に立った。少しずつ色の違った緑のガラスをはめて作った柱鏡である。そんな着物を着ていると、僕は細かに体が震えた。僕がすっかりそんな人間になってしまったと思うと、何かわからぬ気持にすっかり陶酔した。曇りをおびた鏡面に、何か人の姿らしいものが映り、だんだん縮まってくる本当の距離に比べて、なぜかしら、映像はもっとゆっくりした間のびで近づいてくるのだ。柱鏡はその姿をまだ信じきっていないらしかった。いくらか寝ぼけたような模糊《もこ》とした鏡面は、突然前に近づいた人の姿を、すぐ映しだすことが困難らしい。むろん、しばらくすれば、映像は輪郭正しく映し出されたが、それがぼんやり前に考えていたのと、すっかり違う、異様な、はっとするような、唐突な、単なる映像を離れてしまった独立の人間のように見えたりした。すばやくそれを一瞥《いちべつ》しただけで、瞬間に、そんな異様な自分の姿が頭にこびりついてしまうのだ。僕は一種の苦いイロニーを感じて、危うく秘密な楽しみを打ちこわしそうなことさえよくあった。しかし、そこですぐ話をしたりお辞儀をしてみたり、あるいは鏡に向って目くばせを送ったり、後ろを振返りながら遠ざかるかと思うとすぐまた心を変えて興奮した顔つきで引返して来たりなぞしていると、自分で飽きるまでは、いつまでも空想を楽しむことができた。

僕はそのころ、ある種の服装から直接流れて来るらしい影響力のようなものを知ることができた。そんな古い衣裳《いしよう》の一つを着ると、僕は容赦なくその奇怪な力に支配されるのを覚えるのだ。僕の体のこなしや顔の表情や偶然な思いつきのようなものまで、もう自分だけの自由にはならなかった。レースやカフスがいくら上げても落ちかかってくる僕の手は、もはやいつもの僕の手ではなかった。その手がまるで俳優のように動き出すのだ。いや、僕の手は自分で自分の演技に見入っているといっても、決して誇張ではなかった。しかし、こんなふうな仮装がすっかり僕自身を失わしてしまうということはできなかった。むしろ反対に、僕がいろいろな姿に変化すればするほど、かえって自分というものがはっきり意識されてくる態《てい》のものだった。僕はだんだん大胆になった。僕は日ましに思いあがってきた。僕はそうした演技の巧みさに自信をいだき始めた。僕はぐんぐんのぼりつめる自信の陰に隠された誘惑をちっとも気づかずにいた。そしてある日、とうとうたいへんなことが持ちあがってしまったのだ。僕は今まで開かないと思っていた最後の戸棚を、やっとあけることができた。そこは普通の着物ではなくて、さまざまの色あせた仮装舞踏会の衣裳がはいっていた。何かはっきりわからない空想的な曖昧《あいまい》さが、僕の頬をさっと興奮の色に染めた。どんなものが詰っていたかは、もう数えることもできない。僕はバウタ（訳注 イタリア風のガウン）があったのを思い出す。いろいろな色のドミノ（訳注 仮装舞踏会の外衣）や、金の飾りボタンを縫いつけたのがじゃらじゃらと鳴る婦人用のズボンなどがあった。ピエロの服もあったが、僕には愚劣な気がした。襞《ひだ》のあるトルコふうのズボンやペルシア型の帽子などもあった。小さな樟脳《しょうのう》の袋がすべり出たりした。つまらない光沢の鈍い石を入れた冠などが見つかった。僕はそんなものを少し軽蔑《けいべつ》したくなった。何もかも、現実性がはげかかったような、ひどく貧しげなものに見えた。剝《は》ぎとられた動物の皮のような哀れさで、明るみに引っぱり出されると、すぐ正体なくぐたりとへたばってしまうのだ。しかし、その中で僕に一種の酩酊《めいてい》を与えてくれたものがある。それは豊かなマントや肩かけやショールやベールなどだった。しなやかな、大きな、そのままの裂地《きれ》で、柔らかくくすぐるような感触のもあれば、ちょっと手では握りしめられぬほどなめらかなのもあった。微風のようにかすかに膚《はだ》をなでるのもあれば、ずしりと持ちおもりのするのもあった。僕は初めて、本当に自由な、無限の変化を含む可能性を、そこに予感することができた。これさえあれば、売られてゆく奴隷《どれい》の女だの、ジャンヌ・ダルクだの、老いた王さまだの、魔法使だの、なんにでもすぐなれそうな気がした。ことに、大きな怖そうな顔やびっくりした顔などの、髯《ひげ》をうえたのや眉《まゆ》をあげたのや太い眉をひいたマスク類がころがっていたのである。いままで一度も仮面を見たことがなかったが、たちまち僕は仮面の必要を理解することができた。僕は仮面をつけたように一匹だけひどく目立つ犬が家にいたのを思い出して、思わず笑った。僕はその犬の毛むくじゃらな顔のもう一つ奥に、いつもそれをのぞいている内部の目を想像していた。僕はそんなことを思い出して、仮装の手を動かしながら、笑っていた。僕はなんのマスクをかむったのか、つい忘れてしまった。鏡の前に出て、初めて自分の姿を知るのが、新しい緊張した興味だった。仮面は鼻の先の辺で、奇態な空洞のような匂いをさせていた。ぴったり僕の顔にくっついていたが、外は案外よく見えた。僕はマスクをかむってから、いろんな布《きれ》を捜してインド人のターバンのように頭を巻いた。マスクの端は、下は大きなクリーム色のマントまで届き、上と横はほとんど全部きれいに布で巻いてしまったのだ。もうこの上何もすることがないので、仮装はこれでできあがったことにした。僕は大きな杖《つえ》を取り、手を伸ばせるだけ伸ばして、悠々と杖を振って歩いてみた。いくらかその杖の重さは苦になったが、結構自分では、ひどく威厳をつけたつもりで、客間の鏡の前まで歩いて行った。

すべて予期以上に、それはすばらしい出来ばえだった。鏡面はたちまち僕の姿を映した。ほとんど何一つ言うことはなかった。僕はゼスチュアをすることもいらなかった。じっと立っているだけで、一見してはなはだみごとだった。とにかく、その新しい自分の姿をよく見ることがまず第一なので、僕は少しばかり体を横にねじってみた。次にはまた両腕をあげてみた。僕は大袈裟に、誓言でもするような格好をしてみせたのである。

僕は何かポーズをしてみるにしても、せいぜいそのくらいのところで我慢しなければならぬと思っていた。と、その厳粛な瞬間に、僕はすぐ間近で複雑なが、ち、ゃ、っ、という音を聞いた。仮面をかぶっているせいで、音はいくらか弱く聞えたはずだが、僕はひどくびっくりした。もはや柱鏡の中など目には映らなかった。はっきりわからぬけれども、おそらく非常にこわれやすい品物を並べた小さな円テーブルを倒したらしい。僕は気持が急にめいってしまった。僕はできるだけの努力をして身をかがめた。僕の最悪の予想のとおりだった。一目でもう何もかもこわれてしまっているのがわかった。飾り物の一対になっていた陶製の鸚鵡《おうむ》は、緑がかった美しい菫色《すみれいろ》をしていたが、むろん、それぞれ無残にこわされていた。菓子入れの小箱からはボンボンが飛びだして、ちょうど蚕の繭《まゆ》のようにそこらにころがっていた。箱のふたは遠く離れたところに投げつけられ、半分に欠けた砕片があるきり、残りの半分がどこにも見当らなかった。いちばん困ったのは香《こう》水壜《すいびん》が粉みじんに砕けて、中の使い残りのエッセンスが流れだしてしまったことだ。みがきあげた床の寄木細工の上には、いやらしい人間の顔の影絵のようなしみができていた。僕は体に巻きつけていた布の端で、すばやくそれを拭《ふ》きとってみたが、しみはかえって黒ずんで汚なくなった。僕はもうどうしてよいかわからなかった。僕は立ちあがって、何か小細工をするのに適当な道具のようなものがないか、捜してみた。だが、そこらには何も見当らない。僕はいつのまにか、体を動かしたり目で捜したりすることがひどく不自由になっていた。僕はこの出来事の馬鹿馬鹿しさに腹が立ってきた。手当り次第にそこらじゅうを引っぱって見たが、巻きつけた布はますますきつく締ってくるばかりだ。マントの紐《ひも》が喉をしめつけ、頭にのせてあったものはだんだんその数がふえてくるみたいに、重く押えつけてきた。部屋の中の空気までが重苦しくよどみ、こぼれた古い香水の匂いと一つに溶けるように思われ出した。

僕は頭ががんがんして、むしょうに腹が立って仕方がないので、鏡の前に走ってゆき、仮面の中から不自由をしのんで、僕の手をどう動かせばよいか見ようとした。しかし、柱鏡はその機会を待ちかまえていたらしかった。鏡にとって、復讐《ふくしゅう》の時間がようやく訪れたのだ。僕はますます呼吸が苦しくなり、なんとかしてこの仮装を取りはずそうともがいた。すると、どうしたわけか、鏡はいつか知らぬまに僕の顔をあげさせ、じっと鏡の中を凝視させている。鏡は不思議な力で、僕にある映像を——いや、ある奇態な現実を演出させるのだった。僕は自分の意志で極力抵抗しながら、その異様な、得体の知れぬ、怪奇な現実の中に、ずるずると引きずりこまれてしまった。今や鏡が命令者になり、僕が一種の鏡に変っていた。僕は目の前のこの偉大な恐るべき未知の存在をじっと一途《いちず》に見つめねばならなかった。僕はほとんどこのような存在と相対していることに耐えられなかった。と思った瞬間、僕は何もわからなくなり、そこにぶっ倒れてしまった。それからおよそ一秒時は、僕はしきりになくなってゆく自分というものに対して、ひどく込み入った、悲痛な、無益な憧憬《どうけい》を覚えた。しかし、その憧憬もたちまちに消えうせて、あとには奇怪な命令者だけが残っていた。もう彼のほかには、あらゆるものがなくなってしまっていた。

僕は逃げるように走った。しかし、もはや走っているのは、僕ではなくて彼だった。彼は至るところでぶっつかった。彼にはこの家の勝手がわからなかった。どこへ行くのかもわからぬのだ。彼はただ無暗《むやみ》に階段を駆け降り、廊下を通る人に襲いかかったりした。不意を襲われて人々は悲鳴をあげて逃げた。扉を押しあけて、四、五人の人があわてて飛び出して来た。僕は知った人々の顔を見て、ほっと心に安堵を覚えた。シーヴェルセンがいた。よく親切に気をつかってくれるシーヴェルセンだ。女中もいた。銀の道具類を預かっている召使頭もいる。これでやっと奇態な出来事もおしまいになるのだ、と僕は思った。しかし、彼らはすぐ飛んできて僕を救ってはくれなかった。彼らはどうしたのかおそろしく無慈悲だった。彼らはそこにつっ立ったまま笑っていた。彼らはひどくのんきそうに、肩を並べて笑っているだけだった。僕は泣きだした。しかし、マスクがあるので涙は外には見えず、ただ仮面の裏の僕の頰を伝うだけなのだ。涙はすぐかわき、また流れ、またかわいた。僕はとうとう彼らの前にひざまずいた。人間がこんなに頭をさげてひざまずいたことはないくらい、僕はおそろしく敬虔《けいけん》な気持だった。僕はひざまずき、彼らに向って手をあげ「この仮面はもう取れぬように、くっついてしまったかもしれぬ。しかしなんとかして早く取ってほしい。そしてもしうまくはずれたら、すぐどこか僕の目につかぬところへしまっておくれ」と頼んだ。しかし、この懇願が少しも彼らの耳にはいらぬのだ。僕は声がかすれ、ほとんど言葉が出せなかった。シーヴェルセンはどんなふうに僕が気絶したか、どんなに彼らが冗談だとばかり思って笑っていたか、死ぬまで語りぐさにした。彼らは僕のいたずらに慣れていた。しかし、あの時、僕は倒れたままいつまでも動かなかった。返事もしなかった。やっと僕が気を失っていることに気づいて、人々はびっくりした。僕は体じゅうに布を巻きつけて、木のきれか何かのように、いつまでも動かずに横たわっていたのだ。

時はおそろしく早く流れ去った。そして一足飛びに、牧師のドクトル・イェスペルセンが招かれてお客さまに来た日のことになる。彼が来ると、誰も彼も朝食がひどく長い厄介な食事になるのだった。彼は周囲の信心深い隣人たちの生活に慣れていた。彼のせいでみんなが悠長になった。彼はいわばのんきな田舎にいて、一人平気でぴちゃぴちゃ音をたてて食事した。僕の家では、だから、そぐわぬ客だった。彼は独特な一風変った「腮《えら》呼吸」とでも名づけたい息をしながら物を食べた。それがいかにも苦しそうで、どうかすると泡が出たりした。まれにはその泡が裂けて、とんでもない迷惑をあたり近所へふりまくことさえあった。食卓の話題なども、厳密にいうと、話題らしいものは一つもなかった。まるで、売れ残りの品を捨て値で売りさばいている棚ざらい、といった格ことになっていた。ドクトル・イェスペルセンは僕の家へ来ると、ただ一私人として取扱われることができなかった。しかし彼は、一刻も牧師以外の人間になることができなかった。彼は自分で人間の魂をつかさどる役目だと決めていた。魂はもはや彼にとっては一つの公益施設であり、彼はそれを一人で代表しているらしかった。彼は金輪際自分の神聖な役目からは離れないという顔つきをしていた。たとえ妻といっしょに寝る時も、彼は神聖な牧師であった。彼の妻といえばラファーターの言葉に出てくるとおりの「謙虚な、貞節な、子供を産むことだけに仕合せを感じるレベッカ」であった。

（さて、僕の父の神に対する態度について、ひと言書いておきたい。父の態度は非常に几帳面《きちょうめん》なもので、申し分のない丁重なものであった。いっしょに教会へ行って、父が立止ったり、じっと待ったり、お辞儀をしたりするのを見ていると、僕は父が神さまの主《しゅ》馬頭《めのかみ》でないかと考えたりした。反対に、ママンは誰か他人が神さまに向って慇懃《いんぎん》な表面的な態度を取ることができると考えただけで、心を痛める人だった。何時間もひざまずいていたり、体を神さまの前に投げ伏したり、大きな十字架を胸や肩に押しいただいたりするような、そんな具体的な親密な習俗の宗教にはいることができたら、さぞママンは幸福だったろうと思われる。彼女は僕にお祈りの仕方を教えなかった。しかし、僕が何かするとひざまずき、手を組みあわせ、その場その場の気持で、それを曲げたりまっすぐに伸ばしたりするのが、彼女には確か一つの慰めであった。子供のころからひっそり閉じこもりがちな僕は、すでに年もゆかぬ時分に一連の宗教的な体験を通って来たらしい。しかも神の姿がはっきりつかまれたと思うと、ほとんど同時にそれがすっかり打砕かれるというような激しさで。むろんそれが神の体験であったことは、ずっと後になって僕の懐疑時代に思いあたったことである。ここでも僕が、また最初の振出しから始めねばならなかったのは言うまでもない。その振出しに立って、僕は、自分一人で新しく取りかかるにしても、やはりママンがいてくれたら、と何度か思ったことだった。むろん、彼女はもうとっくに死んでしまったあとだった。

（＊原注　これは原稿の余白の書きこみである）

ドクトル・イェスペルセンの前では、ママンはちっとも気をつかわなかった。彼といっしょに話しこんでいて、相手の方ではいかにも重大な話のつもりで、得意気に自分の声に夢中で聞きほれているさなかに、「もうよくわかりましたわ」など言ったりした。そして、彼がまだそこにいるのに、すでに帰ってしまったあとのように、彼のことなどすっかり忘れてしまった。「よくあれで、そこらじゅうを回り、臨終の人たちのお見舞ができるのね」と、彼女はそんなことをときどき言ったりした。

彼はママンの臨終にもやって来た。しかし、ママンの目はもはや彼を見ることができなかったのに違いない。彼女の感覚は一つ一つ滅びていった。まず最初に目が見えなくなってしまった。ちょうど季節は秋で、みんなで町へ行くことになっていた。その時、彼女は病床に倒れたのだった。むしろ、彼女は徐々に、寂しく、体の表面から死に始めたのだった。医者たちが呼ばれた。ある日のこと、医者たちが大勢集まって、家じゅうを支配したことがあった。ほんの二、三時間の間だったけれど、家は全く勅任教授の医者とその助手たちのものになってしまい、僕たちにはひと言も言葉をさしはさむことが許されなかった。間もなく、彼らは興味をまるでなくした様子で、一人一人病室から出てきて、悠々と葉巻や葡萄酒《ぶどうしゅ》を飲んでいた。ただ儀礼としてそんなことをしているようにしか見えなかった。そうして、ママンは死んだのだ。

ママンのたった一人の弟であるクリスティアン・ブラーエ伯爵《はくしゃく》が来るのを、みんなは待っていた。以前にちょっと書いたように、彼はしばらくトルコの国に仕えていて、人々の噂《うわさ》ではたいへん偉くなっていた人である。ある日の朝、彼は一風変った召使を一人連れてやって来た。彼は僕の父より大きく、ちょっと見ると、年まで上らしく見えたのでびっくりした。二人はすぐ話を始めた。どうやら、それはママンのことらしかった。しばらく話がとぎれた。父が言った。

――「実にひどく変容していますからね」僕には変容という言葉の意味がわからなかった。しかし、それを聞くと僕はぞっとした。僕は父がそれを言うまでには、きっと思いきった決心が必要だったに違いない、という印象を受けた。しかし、ママンがひどく変容してしまったと言いながら、苦しげな苦悶《くもん》の表情を浮べたのは、単なる父のプライドだったかもしれぬ。

　それから数年たって、僕は再びクリスティアン伯爵の名まえを耳にした。ウルネクロースタアへ行った時で、マティルデ・ブラーエがよく彼のことを話してくれた。しかし、その話は彼女がいくらか勝手に個々のエピソードをつなぎあわしたものらしかった。僕の叔父であるこの伯爵の一生について、いろいろ根も葉もないことが世間に広まっていたし、それが家族の中にまで伝わっていたのだ。伯爵自身が別にそんな噂を否定しようとしないものだから、彼の生涯は気ままな想像を許す十分な余地を残していた。ウルネクロースタアは今彼の所有地になっている。しかし、彼がそこに住んでいるかどうかは誰も知らない。彼は昔からの習慣どおり、きっと一年じゅうどこかを旅行しているだろう。もしかすると、彼の死んだ知らせがどこか地球の遠い果てから故国に向って届けられてくる途中かもしれぬ。手紙はきっと例の異国人の召使の書いたもので、拙劣な英語かあるいは誰にもわからぬ異国の文字で書かれているだろう。いや、あの男は自分が一人になっても、黙って何も言ってよこさぬかもしれぬ。たぶん、二人ともうこの世にはいないだろう。おそらく遭難した汽船の船客名簿の中に、二人は名まえを変えてわずかに最後の名をとどめているだけかもしれぬ。

　もちろん、僕はウルネクロースタアに馬車が着くと、いつも伯爵が帰って来たのだろうという気がして、心臓が急にどきどきした。いつもの伯爵の癖で、そんなふうにまさかと思っているところへ突然帰ってきたりするのがふだんのことだと、マティルデ・ブラーエは言っていた。しかし、彼はやはり帰らなかった。僕の空想力は何週間もの間、一日として彼のことを想像せぬ日はなかった。しまいに僕は、何か僕と伯爵との間には切っても切れぬものがあり、はっきりしたことを知りたい、というような感情をいだくようになっていた。

しかし、僕の心はすぐそれから一変した。先に書いたような出来事があって、僕はクリスティーネ・ブラーエのことにひたすら興味を注いだ。けれども、不思議に彼女の生涯がどうだったか知りたいなど僕はちっとも思わなかった。ただ、ギャレリイに彼女の肖像画がかかっているはずだと思うと、心が不安になりだした。それを確かめてみたいという願いが、一途に苦痛なほど募ってきた。僕は四、五日、夜もよく眠れなかった。とうとう、僕はとっさに決心して、そっと夜中に寝床を出た。恐怖に震える蠟燭《ろうそく》の灯をかざして、僕は階段をそっと上がっていった。

僕はちっとも怖いなどということは考えなかった。僕は何も考えなかった。ただ、僕は歩いた。目の前に押黙っている見上げるように高い扉が造作なく開いた。通り抜けてゆく部屋部屋はしんと静まっていた。やがて、僕の頰にあたるすきま風の何かしら奥まった感じにギャレリイへ来たことが感ぜられた。右手には黒い夜に向って開いた窓があ

して思ったとおり、そこには絵が並んでいた。僕はできるだけたかく蠟燭をかざした。果

　最初、僕は女の肖像画だけを見るつもりにしていた。しかし、僕はやがてウルスゴオルにかかっていたのと同一人物らしいものを二、三発見した。それらの絵をおぼつかない光が下方から照らすので、画面は揺れ動き、灯に近づいて来ようとするかのように見えた。僕にはそれをすげなくそのままやりすごすのが、無慈悲すぎると思えてならなかったのだ。少なくとも画面がはっきり安定するまで待ってやらねばならぬような気持がした。豊かな、ゆるやかな隆起を見せた頰のあたりに、美しく髪をカデネットに編んだクリスティアン四世の肖像があった。おそらく彼の女御《にょうご》や后《きさき》らしい夫人らの肖像もあった。僕が知っていたのは、それらの中でクリスティーネ・ムンクだけだった。だしぬけにエレン・マルスヴィン夫人が、未亡人らしい黒い服の中から意地悪そうな目つきで僕を見た。高い帽子の縁に、例の真珠の飾り紐がついているのまで同じだった。クリスティアン皇帝の、次々に新しい夫人の腹から生れた、王子や王女たちの肖像もあった。「秀麗」といわれたエレオノーレの白馬にまたがった図があった。彼女が災厄に会う前の姿らしく、娘盛りの非常に美しい絵だった。ギルデンレェーヴ家の人々の中では、スペインの婦人たちから顔をいつもお化粧をしているのだなど噂されたという色つやのあざやかなハンス・ウルリクと、忘れようとしても忘れることのできないウルリク・クリ

スティアンの二人があった。ウルフェルト家の人々はほとんどみんなそろっていた。こちら側の、目の縁を薄黒く描いた人物は、おそらくヘンリク・ホルクなのだろう。彼は三十三歳で伯爵となり、元帥《げんすい》になった人だ。彼はヒレボルク・クラフセをたずねてゆく途中、ふとそこへ行けば許婚《いいなずけ》の代りに白刃《はくじん》が待っているという不思議な幻を見て、それをひどく気にやみ、ついにそのまま引返してしまった。そして急に無謀な生活の中へ飛び込んでいったが、間もなくペストにかかって死んだという噂だった。これらの人々は、僕もすでによく知っていた。ニムウェーゲンの会議に集まった使臣たちの肖像も、ウルスゴオルにかかっていた。それらはみんな同時に描かれたものらしく、どことなくお互いによく似ていた。そして、誰も彼も官能的な生きもののような唇をして、その上に細い短く刈った髯《ひげ》をのせていた。僕がウルリヒ侯爵を知っているのは言うまでもない。オッテ・ブラーエやクラウス・ダアや、この一族の最後の人だったステン・ローゼンスパレなどもよく知っていた。彼らの肖像はすでにウルスゴオルの広間で見覚えていたし、古い銅版画のマッペの中でも彼らしい人物を見たことがある。

しかし、僕の初めてみる人物もずいぶんたくさんあった。婦人たちの方では見たことのない肖像はごく少なかったが、子供の肖像がかなりたくさんあった。すでに僕の腕はくたびれて震えだしたが、僕は子供たちの絵を見るために、それを幾度もかざして見た。僕は手の上に小鳥を抱いて、もうその可憐《かれん》な小鳥のことは忘れてしまっているらしい女の子の気持がよくわかった。それらの絵には足もとに犬がいたり、毬《まり》があったり、すぐそばのテーブルに果実や花束がのせてあったりした。そして背景の円柱には、小さく、無造作に、グルベやビレやローゼンクランツなどの家々の紋章がかかれていた。何もかも集めて来さえすればいいのだというふうに、子供たちのまわりにはいろんなものが集められていた。しかし、子供たちはただ子供服を着て、じっと待っているだけだった。彼らの顔は何ものかを根気よく待っているらしかった。僕はまた婦人たちの肖像を思い出した。クリスティーネ・ブラーエの肖像を捜さねばならぬ。僕に果してそれが見つかるかどうか。

僕は大急ぎで向うの端まで行き、逆にそこから捜してみようと思った。その時、僕は何ものかにぶつつかった。僕は驚いて振りむいた。すると、例のエリク少年が向うでも飛びのいて、低い声で「明りに気をつけたまえ」とささやいた。

「君だったの？」と僕は息をころして言った。いいことか、それともひどく悪いことか、僕はちっとも見当がつかなかった。彼はただ笑っていた。僕にはそれだけしかわからなかった。僕の蠟燭が風にたなびいて、どうも彼の顔の表情はよくわからない。彼がここへやって来たのは、たぶんいいことではないのだろう。しかし、彼は僕のそばへ来て、「彼女の肖像はここにはないんだ、僕たちはいつも階上を捜すことにしているんだよ」と言った。彼は低い声でそう言うと、片一方のよく動く目でどこか階上の方を教えてくれた。僕には彼が屋根裏の物置部屋をさしているらしいことがわかった。その時、とっさに、僕の頭の中でとんでもない考えがひらめいた。

「え、今僕たちって君はいったね？」と僕はいった。

「すると、彼女も階上にいるんだね」

「そうさ」と、彼は言って僕にくっついてきた。

「クリスティーネも君といっしょに捜すんだね」

「うん、いっしょに捜しているんだ」

「肖像の方は誰かがもうあすこからはずしてしまったんだね。きっと」

「たぶん、そうだろう」と、彼は怒ったように言った。僕は彼女が自分の肖像を捜してどうするのかよくわからなかった。

「彼女は一目、自分の肖像を見たいんだよ」

と、彼は僕の耳もとでささやいた。

「そうだったの」と、僕はわかったような顔をした。すると、彼はそのとき僕の蠟燭の灯を吹き消してしまった。僕は彼が体をのり出して、明りの中へ顔を出し、眉《まゆ》をひどく吊《つ》りあげたのを見た。と思うと、あたりが真っ暗になった。僕は思わずあとずさりした。

「なにをするのさ」と、僕は押えつけた声で、からからの喉《のど》から声を出していた。彼は僕に飛びついて来て、僕の腕にぶらさがり、一人くすくす笑っていた。

「何なのさ？」と、僕は叱《しか》りつけて、彼をふり切ろうとしたが、彼は一所懸命にしがみついて離そうとしなかった。彼が僕の首に腕を巻きつけてくるのが防げなかった。

「言ってあげようか」と、彼はささやいた。唾液《だえき》が少し僕の耳にかかった。

「うん。早く言っておくれよ」

僕は何を言ったか覚えていなかった。彼は僕にすっかり抱きついて来て、体をまっすぐに伸ばしていた。

「僕ね。今夜は彼女に鏡を持ってきてやったんだ」

と言って、彼はまたくすくす笑った。

「鏡を持って来たって？」

「だって、肖像画が見つからないんだもの」

「ああ、そうだったね」と僕も言った。

彼は突然、僕を窓の方へ引っぱって行った。ひどく僕の上膊《じょうはく》をつかんだので、僕は声を出した。「彼女はそっちにはいないんだよ」と、彼は僕の耳に口をつけるようにしてまた言った。

僕は思わず彼を突き飛ばした。彼の体がぺきっ、と鳴った。僕は彼の体が折れたのではないかと思った。

「さあ、行ってみよう」と言ったが、僕はたまらなくおかしくなって来た。「そっちにはいないって、なんでいないんだ？」

「君は馬鹿《ばか》だなあ」と、彼は怒った返事をした。もう何もささやかなかった。彼は今度は、またすっかり別な新しい悪戯《いたずら》を始めるつもりらしく、急に声の調子を変えた。「あっちにいれば、こっちにはいないし」と彼はおませな厳格な口調で、ゆっくり筆記をさせるみたいな調子で言いだした。「もしこっちにいたら、あっちにはいないのさ。どっちにしろ、二つに一つだ」

「それはそうさ」と僕は何も考えずに、大急ぎで言った。彼が向うへ行ってしまって僕をほったらかしはせぬかと、心配になった。僕は彼の体をつかまえていた。

「僕たち友だちにならないか」と僕はいった。彼は黙って聞いていた。「どっちだっていいさ」と彼はふてぶてしげに返事をした。

僕は友だちらしくしようとしたが、彼を抱きよせることはあえてできなかった。「エリク君」と言っただけで、僕は彼の体のどこかにちょっとさわった。僕は急にひどく疲れてきた。僕はあたりを見まわした。どうしてこんなところまでやって来たか、僕はもう忘れてしまっていた。なぜ怖いと思わなかったのだろう。僕はどこが窓で、どこが絵か、わからなくなった。僕たちは歩き出したが、エリクは僕をささえて歩かねばならなかった。

「君に何かする人なんかいないよ」と彼は落着いて言い、またくすくすぬすみ笑いをした。

エリク、僕のエリク君。たぶん、君だけが僕の唯一《ゆいいつ》の友だちだったのだ。僕には一人の友だちもなかった。君が友情というものをまるで無視していたのは残念だった。僕は君にいろんなことを話したかもしれない。たぶん、僕たちは仲よくしただろう。むろん、結果してどうだったかは、その場にならなければわからぬことだ。あの時、君の肖像が描かれたのを僕は覚えている。祖父は君を描かせるために誰だったか画家をよんで来た。そして毎朝、一時間ずつ描いた。画家がどんな顔をしていたか僕はもう思い出せない。マティルデ・ブラーエは一日じゅう画家の名まえを繰返していたが、僕はそれも忘れてしまった。

あの画家は、やはり僕が今もありありと印象しているような君の姿を見ただろうか。君はヘリオトロープの花のような淡い紫色の天鵞絨《ビロード》の服を着ていた。マティルデ・ブラーエもこの服がたいへん好きだった。しかし、こんなことはごくつまらぬことだ。僕が知りたいのは、あの画家が君というものを見ていたかどうかということだ。彼はきっと専門の画家だったたし、あの絵ができてしまうまでに君が死ぬかもしれぬなど決して思わなかったろう。彼は変な素人《しろうと》くさい感傷癖などにとらわれはしなかったはずだ。ただ、画家として仕事をしたのだ。君の茶色の目の左右がひどく違っているのがかえって不思議な魅力となったろう。その動かない片一方の目のために理由のわからぬ羞恥《しゅうち》を感じたことなど、夢にも知らなかったに違いない。ややよりかかり気味にテーブルに手をついた君の手もとに、ごたごたしたものを並べぬだけのたしなみも、彼はおそらく持っていただろう。さて、そういうふうなすべて画家として欠くべからざるものが立派にそろっていて、一枚の肖像画ができたのだ。君の肖像が、ウルネクロースタアのギャレリイの最後の肖像が、できあがったのだ。それに間違いはないとして……

(もし今あのギャレリイへ行って一つ一つ肖像画を見てゆくと、最後に一枚、少年の肖像に行き当るだろう。一瞬、誰の肖像かなと思う。ブラーエ家の一人に違いない。黒地に銀の条線のある紋章と孔雀《くじゃく》の羽根が描いてある。そこに、エリク・ブラーエと名まえが出ている。これは刑死したエリク・ブラーエではないだろうか。むろん、この出来事は誰でもよく知っている。しかし、どう見ても、この肖像はあの人物と関係がありそうには見えないのだ。肖像に描かれた少年は、いつと決めなくてもよいが、とにかく少年の日に死んでしまったのだ。じっと絵を見ているとそれがわかってくるに違いない。)

訪問客があってエリクがよばれてゆくと、フロイライン・マティルデ・ブラーエはいつも、彼がまるでブラーエ老伯爵夫人に生き写しだというのが口癖になっていた。ブラーエ老伯爵夫人というのは僕の祖母にあたる人だった。非常に偉大な貴婦人だったらしい。僕はこの人を知らない。それとは反対に、僕は父方の祖母はよく覚えている。ウルスゴオルの「奥方」といわれた人である。ママンが主馬頭《しゅめのかみ》の夫人としてこの屋敷に迎えられたことがひどく気にいらなかったらしく、いつまでも祖母は奥の実権を握っていた。ママンが来てから、いつもうわべは隠居してしまったような格好を繕って、こまごました用件を言いつかった召使どもをみんなママンのところへ寄越しながら、重要な用件は黙って自分勝手に決めてしまった。そして誰になんの説明もしなかった。ママンも別にそれが不平でなかったと、僕は思っている。ママンは大きな屋敷を切り盛りするにはいちばん不適当な人だった。事柄を重要なことと重要でないことに振分ける才能が、全くなかった。誰かから何か聞かされると、今聞いただけのことが頭の中いっぱいに拡《ひろ》がり、ほかのまだ片づかぬ重要なことまですっかり忘れてしまった。彼女は姑《しゅうとめ》である祖母のことはちっとも嘆かなかった。それに、すがりついて泣きごとを聞いてもらうような人もなかったのだ。父は祖母に対してはたいへんおとなしい孝行な息子であったし、祖父はほとんど口をきかないたちだった。

祖母のフラウ・マルガレーテ・ブリッゲは、僕の記憶では、すでに背の高い、近づきがたい感じの年寄りだった。僕は祖父の侍従職よりも彼女がずっと老齢だったとしか考えることができない。彼女は僕たちといっしょにいても、周囲になんの顧慮もはらわず、自分勝手な生活をしていた。僕たちのうちからは誰の世話も受けず、一種の話し相手とした。もう中年を過ぎながら独身を守っているオクセという伯爵《はくしゃく》の娘といっしょにいた。何か非常な恩恵を与えて、献身的に身の回りの世話をさせているらしかった。恩恵を施すというのは、祖母の柄にないことで、これは一つの例外とみてよいらしかった。子供がひどくきらいで、犬や猫を身近に置くことも好まなかった。僕は彼女がほかにどんなものを愛していたかは知らぬ。彼女は娘のころ、フランクフルトであのような残酷な最《さい》期《ご》をとげたフェリックス・リヒノフスキイと婚約があったという噂《うわさ》であった。その噂は本当だったのだろう。彼女が死ぬと、なかなか好男子だったこの公爵の肖像が一枚出てきた。僕の記憶が間違っていなければ、それはやがて公爵の家族に送り返されたはずである。僕はこのごろになって考えるのだが、たぶん、彼女は一年一年ウルスゴオルの生活に同化してしまい、とうとうそんな田舎のわびしい生活に閉じこもってしまってからというもの、他の一面の、にぎやかな、彼女の性質にふさわしい生活は、いつとなく顧みられなくなっていったのではなかろうか。彼女がそれを悲しんでいたかどうかは、ちょっと簡単に決められない。おそらく彼女は、ついににぎやかな生活が来なかったことや、社交的な習練や才能をみせびらかして楽しい生活を送る機会がいつとなく行き過ぎてしまったことから、かえってそういう生活そのものを軽蔑《けいべつ》していたのかもしれなかった。そこで彼女はそれを胸深くしまいこみ、その上から変に取りすました、金属性の冷たい光沢をもつ外皮を、何枚も何枚も重ねていったのだ。いちばん外側の皮は、いつも新しく張り替えたばかりのように冷やかなつやを持っていた。もちろん、時には子供らしい焦燥によって、自分が十分重んぜられない不満をみせつけることもあった。そんな時、たとえば食卓などで、僕が知っているのは、突然わざとらしく非常にこみ入った噎《む》せ方をしてみせることであった。少なくとも一瞬、それは人々の注意をひきつけ、かつて社交界で彼女が求めようとしていたセンセーションと緊張のようなものの中へ巧みに自分の身をおくのだった。しかし僕は、あまり頻繁すぎるこの偶然を本当に心から気づかうのは父だけだったと思っている。父は慇懃《いんぎん》に上半身を前にのり出して、じっと祖母の顔を見守った。よそから見ていると、父は自分の満足な気管を祖母の前に差出し、自由に取替えて使ってくださいと言っている人のように見えた。侍従職もいっしょに食事の手を休めてしまうが、彼は一口葡萄酒《ぶどうしゅ》で喉をうるおすだけで、ただ一人黙って、なんの特別な態度も示さなかった。

この侍従職がただ一度だけ、やはり食事の席で、祖母に向って自己の主張を押しとおしたことがあった。もうよほど以前の出来事だ。祖父の粗相は陰口となってすぐ方々へ広まったが、まだ一度もそれを聞いたことがないという人もたまに残っていた。なんでもそれは、ふとした不注意のためにテーブルクロースを葡萄酒でよごしてしまった事件だった。祖母は腹をたてて、祖父がこしらえたしみをわざと言い立て、言葉激しく非難し、何度も何度も根気よくあばき立てるのだ。しかも一度なんかは、数人の相当名まえのあるお客さまの目の前で、またそんな気まずい場面が持ちあがってしまった。祖母は二つ三つのごくつまらぬテーブルクロースのしみをひどく大袈裟《おおげさ》に言いたてて、意地悪くその罪を責めにかかった。祖父はそっと合図をしたり冗談めかした言葉をさしはさんだりしながら、祖母をたしなめようとひどく気をつかったが、彼女はあくまで聞きいれず非難を続けていた。しかし、とうとう中途で口をつぐんでしまわなければならなかった。全く予想もできなかったたいへんなことが持ちあがってしまったからである。侍従職は食卓を一回りしていた葡萄酒をわざわざ自分の手に取りあげ、注意深くそれを自分のグラスにつぎ始めた。ところが、どうしたわけか、彼はいつまでもつぐ手をやめない。グラスはもういっぱいになってしまったのに、彼はゆっくりと注意深くついでいた。あたりが急にしんとなった。ママンがとうとう耐え切れなくなって、吹きだした。それをしおに、みんなが大笑いになって、この事件はきれいに片がついた。みんなほっとして、かえって気が楽になったくらいだった。侍従職は顔をあげ、ゆっくり召使に葡萄酒の罎《びん》を返した。

その後、祖母はまた別な奇妙な癖を出した。彼女は屋敷の中で誰かが病気をするのをひどく嫌がった。ある時、料理女が怪我《けが》をして包帯をしているのを偶然祖母が見てしまった。すると、家じゅうヨードホルムの匂《にお》いがすると言いだし、そんなことで使用人に暇をやるわけにはゆかないといっても、なかなか聞き分けようとしなかった。とにかく、病気という言葉だけでも気をつけなければならなかった。誰かがうっかり彼女の前で少し気分が悪いと言っただけで、祖母は機嫌を悪くした。そしていつまでもそんなつまらぬことを根に持った。

ママンの死んだ年の秋、祖母はゾフィー・オクセと二人で自分たちの部屋に閉じこもり、僕たちとはいっさい交通しなかった。彼女の息子である僕の父さえ行くことを許されなかった。ママンの死が迷惑な時に訪れて来たことも理由の一つであった。部屋の中は寒く、煖炉《だんろ》は一日けむっていた。野鼠《のねずみ》が家の中まではいって来て、家じゅう鼠の出没しないところはなかった。しかし、そんなことばかりが機嫌にさわったのではなく、とにかくママンが死ぬのが祖母の気にくわなかったのだ。絶対に口にするのも許されぬことが、今おおっぴらに行われているのだ。いつのことかはわからぬにしても、もういつか死なねばならぬと覚悟を決めている年寄りの自分よりも、嫁のママンが遠慮会釈《えしやく》もなしに先に死んでゆくのだ。フラウ・マルガレーテ・ブリッゲは自分の死ぬことをときどき考えていた。しかし、なにかあとがつかえているというふうに押出されるのはいやだった。いつか自分は気のむいた時に死ぬ——それが済んでから、みんな静かに死んでくれたっていいじゃないか。いくら急いでも年寄りをせき立てるって法があるものじゃない……

ママンの死を祖母はいつしか僕たちの咎《とが》にしてしまった。その年の冬は、なんとなく急に年をとった様子だった。歩く時は、やはりいつも背丈の高い老夫人に違いなかったが、肘掛椅子《ひじかけいす》にすわったりするとひどく小さく見えた。耳が遠くなった。じっと真向いにすわって一時間近く見つめていても、彼女は一向それに気づかなかったりした。祖母は心のどこか片隅にじっと閉じこもっているみたいだった。ただ思い出したように、ふと彼女の感覚の世界へ戻って来るのだが、それも今はうつろな生命の空家にすぎなかった。祖母はやがて例の伯爵の娘に向って何かいった。娘は短い外套《がいとう》を着せ直し、きれいに洗った大きな手で祖母の着衣をはたいた。水でもかかったか、または僕たちが不潔に見えたか、そんなふうな動作だった。

祖母は春先、町まで出かけて、夜中に死んでしまった。隣室にいたゾフィー・オクセは境の扉をあけてあったのに、それに気づかなかった。朝になって祖母の死を知った時、体はもうガラスのように冷たかった。

それに続いて侍従職のあの恐ろしい病気が始まったのである。なぜとなく、祖母の死を待ちかねていたように思われてならなかった。なんの思い残すこともなく、祖父は自分の「死」を死にたかったのだろう。

僕がアベローネを初めて見たのは、ママンが死んだ翌年だった。アベローネはいつも僕たちのそばにいた。それで彼女はひどく不利な立場にたたされるのだった。アベローネは感じのよくない女だった。僕は何かの機会で最初からそう思っていた。しかし、それをはっきり吟味してみる機会は来そうになかった。アベローネにどんな事情があるか尋ねてみるのも、なんとなくつまらぬことのように思われたのだ。とにかく、アベローネはすでに来ていたのだし、みんなにひどくこき使われていた。突然、僕はなぜアベローネが来たのだろうと、自分に尋ねてみた。僕たちの屋敷では誰だって何かの理由があっていっしょにいるのだ。たとえばフロイライン・オクセの地位のように、はっきりせぬものがあるにせよ、捜せば何か理由らしいものはあるのだ。アベローネはなぜ来たのだろう。一時、みんなはアベローネを少し遊ばせてやらねばならぬなどと言っていた。しかし、それもいつとなく忘れてしまった。誰一人アベローネを遊ばせてやろうとする者はなかった。彼女が一人で気晴らしをしているようなふうも少しもなかった。

しかし、アベローネは一つ彼女の慰めを持っていた。彼女は歌をうたった。ときどき彼女は一人歌をうたった。彼女の心の中には、強い、激しい音楽があった。天使を男か女かといって問うのは滑稽《こっけい》なことかもしれぬが、僕はやはり天使は男でないかと思う。もし天使が男であるとすれば、彼女の声の中にはそれと同じ男性的なものがこもっていたと言わねばならぬ。輝かしい、崇高な、男らしい音楽。僕は子供のころから音楽に対してひどく不安であった。（それは音楽が、僕を何よりも力強く宇宙の中へ高く引きあげてゆくからというのではない。音楽が僕を再び元の場所へ連れ帰さないで、さらにもっと深いどこかわからぬ混沌《こんとん》とした地底へ突き落してしまうことに気づいたからだ。）しかし、僕は彼女の音楽には耐えることができた。この音楽は僕を翼に乗せて、まっすぐに上へ上へと、ますます高く連れて行った。ここはいつかもう天上の世界なのだ、と僕は思った。アベローネが僕にまた別の天上界の扉を開いてくれようとは、むろん僕はその時まだ夢にも考えてはいなかった。

最初、僕たちの間柄は、彼女がママンの娘のころの話をしてくれることで結ばれていた。彼女はひどく真剣に、ママンがどんなに若くて元気だったかを信じさせようとした。その時分、踊りでも乗馬でもママンに及ぶ者は誰一人なかった、と彼女は誓って言うのだった。

「いちばん元気がよくて、決して疲れることなど知らぬ人だった。それが突然結婚してしまったのよ」と、何十年も昔のことを、今も不審げな調子でアベローネはそう言った。「あんまりだしぬけだったものだから、みんなあっけにとられてしまったわ」

なぜアベローネがとうとう結婚しなかったのか、僕は知りたいと思った。もう彼女は相当な年齢だと僕は思っていた。アベローネはまだ結婚ができるかもしれないと、一度も考えてみたことはなかった。

「結婚する人がなかったんだもの」と、彼女は造作なく言って、急に顔が美しく輝いた。アベローネはきれいな女だろうか、と僕はびっくりして考えてみた。やがて僕は家を離れて、華族学校へ入学した。不愉快な、いやな時代が始まった。ソレエの学校では、ほかの生徒たちから一人離れて窓ぎわに立っていると、僕はやっとうるさい喧騒《けんそう》からのがれることができた。僕は窓の外の樹木をながめた。そんなおりや、夜じっと寝床にいる時、アベローネは美しい女だという確信が僕の胸に生れてきた。僕は彼女に手紙を書き始めた。長い手紙、短い手紙、秘密な手紙を書いた。僕はウルスゴオルのことを書き、僕は不幸だと書いた。今から考えてみると、これらはおそらく恋愛の手紙だった。やがて待ち遠しかった休暇が来た。僕たちはひそかな約束でもかわしたように、人目のないところでそっと会いたいと思った。

むろん、二人の間に約束などがあるはずはなかった。しかしふと、馬車が庭にはいった時、僕はそこで降りてみたくなった。たぶん、僕はどこかの旅行者のように馬車を走らせることがいやだったのだろう。すでに真夏であった。僕は一つの横道へ走りこんで、えにしだの木のそばへ行った。そこにアベローネが立っていた。美しい、可愛いアベローネ。

おまえが目をあげて僕を見た瞬間のことを僕は忘れることができない。顔をこころもち後ろにのけぞらせて、二つの眸《ひとみ》を不安定な宝石か何かのようにじっと受けとめかねていたおまえのいじらしさ。

僕は気候が一変してしまったのではないかと思った。ウルスゴオル一帯は僕たちの息《い》吹《ぶき》で、急に温和な避暑地になったのではないかと思った。庭の薔薇《ばら》の花が十二月までも美しく咲き続ける温暖な国ではないかと空想した。

アベローネ、僕はおまえのことを書きたくない。それは僕たちが、お互いに偽っていたから書かぬというのではない。おまえは一生忘れえないただ一人のひとを、その時から愛していた。おまえは愛せられる女ではなく、「愛する女」だ。だのに、僕は女という女のすべてをおまえの中で愛していたのだった。そこには大きな埋められぬ距離があった。しかし、僕はそれはこわくない。僕はただ書けば何かしら事実をへたにゆがめるだけなのを恐れるのだ。

ここにつづれ織り（訳注　パリのクリュニ博物館の陳列品である「女と一角獣」のゴブランをさす）がある。アベローネ、有名な壁掛のゴブランだ。僕はおまえがここにいるのだと想像しよう。六枚のゴブランだ。さあ、これからいっしょに一つ一つゆっくり見てゆこう。初めは少し退《さが》って、一度に全体を見るがよい。しんと非常に静かな感じだね。ほとんど変化らしいなんの変化もない。目立たぬ紅色の地は、いっぱいに草花が咲き乱れて、小さな動物が思い思いの格好でちらばっている。そこからほのかに楕円形《だえんけい》の藍色《あいいろ》の島が浮び出ているのは、六枚ともみんな同じだ。ただ向うの端の、最後の一枚だけ、その島が少し軽くなったように、ほんのちょっと浮いている。島の中には決ったように一人の女が見える。着衣は変っているが、みんな同じ女に違いない。時に、侍女らしい幾分小柄な女の姿が、かたわらに添えられていたりする。そして必ず島の上には、そこに描かれた行為にはめこまれて、紋章をささえた動物が大きく織りだされているのだ。左側にはライオン、右側には明るい色合いの一角獣。二匹の動物は同じ旌《はた》をささえて、それが彼らの頭上高くなびき、銀色の上ろうとする弦月を三つ見せている。紅《あか》い地合いの中から旌は藍色に浮んでみえる。——もうよく見てしまったね。では最初からもう一度ゆっくり見てゆくとしよう。

女は鷹《たか》に餌《えさ》をやっているのだ。彼女の着物は美しい。鷹は彼女の袖《そで》の上に来て首を動かしている。女は鷹をじっと見守りながら、侍女のささげた皿に手を伸ばして鳥の餌をとっている。右手の方の下端には、長くひいた着物の裾《すそ》にからんで、小さな、絹のような毛なみの犬が一匹いて、女を見あげながら何か自分にも構ってもらいたげな様子である。この島の背景に、低い薔薇をまきつけた垣根がめぐらされているのをおまえはもう気づいているだろうか。紋章の動物たちは型どおりの尊大さで立ちあがっている。そして、それらの動物にかぶせたマントのように紋章が描かれているのだ。美しい、釦金《ボタン》に止められた紋章の旌は風にはたはたと鳴っている。

思わず足音をころして、僕たちは次のコブランへ歩を移すだろう。一目で、女がもの思いに沈んでいるさまがわかる。彼女は花冠を編んでいる。花を集めて、小さな、丸い冠に作るのだ。じっと差しうつむいて、女は侍女のささげた平らな盆の中から次に取ろうとするカーネーションを何色にしようかと思い惑っているらしい。手は花冠のカーネーションを一つ一つ直しながら。背景のベンチには薔薇の花を入れた籠《かご》がそっと置かれて、一匹の猿が籠のそばに立っている。今度はどうしてもカーネーションをとらねばならぬらしい。ライオンはそ知らぬ顔をしているが、右側の一角獣だけはなんとなく女の気持を理解しているふうが見える。

この静謐《せいひつ》の中にやがて音楽が始まるのは、当然のことかもしれない。もう堰《せ》ききれぬまで何かにじっと耐えて来たのだから。女はどっしり重そうな着物を着て、しとやかな姿を、パイプオルガンのそばへ運んでいった。（そのゆっくりした、静かな歩行が目に見えるようだ。）そして、女は立ったままひいているのだ。オルガンのパイプの向うには、侍女が風櫃《バルク》を動かしている。女は今までと違って、一きわ美しかった。髪の結い方がひどく変って珍しい。二つにあんだ髪を一度前に回し、それを豪奢《ごうしゃ》な髪飾りの上で組合せている。そして髪の先が、兜《かぶと》の羽飾りのように、短く髷《まげ》から飛び出ていた。ライオンはやはり不機嫌そうに、吼《たけ》り声を嚙《か》み殺して、しぶしぶ音楽を我慢しているかのように見える。しかし、一角獣は律動に揺られているかのように、美しい姿だ。

今度は島が大きくなっている。テントが張ってある。そこが藍色の紋織りになっていて、金糸が流れている。動物たちはテントを引っ掻《か》こうとしているような格好に見える。女は姫君のような着物を着て、どことなく簡素な感じで立っている。女の素膚《すはだ》に比べると、美しい真珠の飾りもなぜとなく光を失ってしまったようだ。侍女は小さな衣裳櫃《いしょうびつ》のようなものをあけて、一つの鎖を取出しているらしい。長くしまっておいた、重そうな、みごとな宝石の鎖だろう。小さな犬がそばにいて、伸びあがり、自分に与えられた場所からそれをおとなしく見守っている。テントの上の端っこに書きつけた言葉が読めるだろう。《わがいとしき一人のひとに》と書いてあるのだ。

これはどうしたというのだろう。小さな兎《うさぎ》がなぜ下の方で跳ねているのだろう。いったいどうしてこんなところに兎をはねさせておくのだろう。画面全体がなんとなく滅入《めい》ってしまっている。ライオンがぼんやり知らん顔をしている。女は自分で旌を持っているのだ。いや、女は旌にもたれているのかもしれぬ。彼女は一方の手で一角獣の角を握っている。彼女は誰かの死を悲しんでいるのかもしれぬ。このように少しも頭をうなだれないで、顔を上げたままの悲しみ方もあるのだろうか。ところどころにしおれきった、力なげな皺《しわ》を作っている、この黒みがかった緑の天鵞絨《ビロード》ほど、無言の中に沈みきった深い印象を与える喪服は、世界のどこを捜しても見当らぬかもしれぬ。

しかし、最後の一枚はまた何かの祝祭らしい。だが、誰一人外から招かれた人もない。外から来るものは何もいらぬのだ。いっさいそろっている。何もかもが、このまま永遠に円満具足なのだ。ライオンは誰も来てはならんというような顔つきで、怖そうにあたりを睨《ね》めまわしている。女は疲れたとでもいうのだろうか。しかし、女の疲れた姿はこれが初めてだ。もしかすると、彼女は何か重いものを持っているので、すわってしまったのかもしれぬ。聖餅台《モンストランツ》のような格好のものを持っているのが見える。しかし、彼女は一方の腕を一角獣の方にたらしている。そして、一角獣はあまえたように前足を上げて立ち、伸びあがって、彼女の膝《ひざ》によりかかっている。彼女が持っているのはきっと鏡に違いない。彼女は一角獣の姿を鏡に写して見せるのだ――

アベローネ、僕はおまえと今いっしょに立っているような気持がする。アベローネ、おまえはこの気持がわかってくれるだろうか。僕はぜひこれがわかってくれなければならぬと思うのだ。

第二部

これは「女と一角獣」の壁掛と呼ばれたゴブラン織りである。しかし、これも今はブウサックの城から持ち出されてしまった。すべてのものが由緒《ゆいしょ》ある家から持ち出される悲惨な時代なのだ。古い家はもう何一つ保存していることができない。今では信頼よりも危険が真実になってしまったのだ。デル・ヴィストの血統をついだ人間などただの一人も現代には残っていないし、その系譜をひそかに血の中に持っている者すら見当らぬ。みんな遠い過去の人になってしまっている。ピエール・ドオブソンよ、古い家系が生んだ偉大な人物よ、もはや誰一人おまえの名まえを口にする人がないのだ。おそらくこれらの織物はおまえの意志によって作られたのだろう。そして、六枚のゴブランはあらゆるものを美しく賛美しているのだ。少しも汚なくよごしたところはない。(かつて詩人はこのような「女」を書いたことがあったろうか。いくら言葉に忠実に書いても、詩人はつまらぬ品下《しなくだ》った仕事しかできなかった。僕たちはいくらもがいても、結局このゴブラン以上のものをつかむことができぬのかもしれぬ。)われわれは偶然な人の群れと、ふとこのゴブランの前に立って、なんとなく自分がここに招かれた人間でないことにぎくりとする。しかし、平気で無神経にどしどし素通りする人間だって、相当あるようだ。

若い人々などは立ち止ろうとする気配すらもない。何かそれが持つ一つ二つの価値について、一度よく見ておくことが専門の勉強と直接な関係でもない限り、彼らは決して目をむけようとはしないのだ。

しかし、ときどき、若い娘がこのゴブランの前に立っていることがあった。自分の家の中からそうした品物が持ち出されてしまったので、博物館に来てわずかにそれをながめているのかもしれぬ。娘はゴブランの前にじっと立ちながら、少しばかり現在の自分を忘れかかっている。このような悠長な、幾分古風な動作を包んでいる、静かな生活が、かつて存在したことを彼女たちは心のどこかに感じるらしい、そして、ある年ごろまで、これが自分の本当の生活だと考えていたのをほのかに思い出すのだ。彼女は急に思いついたように手帳を出して、なんでもいいから勝手に写し始める。一輪の花でもよいし、小さな満足そうな一匹の小動物の姿でもよい。なんでもいいから描いてごらん、と誰かに言われたような気持なのだ。本当に、気ままに何を写してもよいのだ。ただ、何か彼か手すさびに描いているだけでよい。ただ描くために、一日、家を出て来たのだから。彼女は何かを振り切る思いで家を出たのだ。このような娘は立派な家柄の娘に違いない。しかし、今絵をかきながら腕を上げ下げすると、彼女の服の背中のボタンがかかっていなかったり、少なくも一つ二つはずれているのが見える。どこかしらそんな服には、いくら自分で手を伸ばしてもかからぬボタンがあるのだ。服を作った時分には、たった一人で突然外へ出るなんて、まるで考えられなかったせいだろう。いつも家の中には誰か必ずそういうボタンをはめてくれる人手があった。しかし、このような大都会に来ると、もはやそんな余裕はどこにもないのだ。それには女の友だちでもこしらえたらよいだろう。が、お互いに同じような境遇なのだから、自分が手伝ってもらえば、あとでは友だちのボタンをかけてやらねばならぬ。そんなことはなぜかひどく億劫《おっくう》な気がするし、つい思い出してはならぬ家柄のことまで思い出すような羽目に落ちてしまうのだ。

絵をかいていると、ふとなんとなしに、やっぱり家の中でじっとしていることができないものかしら、と考えこんでしまったりする。もし心を柔順にすることができたら――ほかの人々と同じように調子を合わして、心の底からおとなしい柔順な娘になれたら、など思ってみる。しかし、無理やりにみんないっしょにいようなんてことも、やはり愚劣な気がしてならぬのだ。道はなんとなく狭苦しくなって来たらしい。一つの家族がそろって神さまのもとに行くことすらそろそろむずかしくなっているのだ。ようやく家族の者が仲よくいっしょに持っていることのできるのは、神さまを除くと、くだらぬ品物だけになってしまった。それだってごく正直にみんなが譲り合っておれば、一人一人の人間にはほとんどなんのゆかりもない道具になって、まるで何もないのと同じになるのだ。むろん、お互いにずるいことをしたのでは、いざこざのもとがふえるばかりだし……やはり、なんでもいいから、ここで絵でも描いているのがいちばん楽しい。だんだん絵もお手本に似た形が取れてくるようになった。少しずつみがかれてくる作画の技術がやはりうらやましいいいものだと思えて来るのだ。

一所懸命になってこんなことでもしていると、娘はもう顔も上げない。しきりと鉛筆を持つ手を動かしながら、このゴブランの絵模様の中から無限な秘密のように娘の目がしらのあたりに美しく繰広げられる一つの永遠な生活を、彼女は心の中で圧殺するのに余念がないのだ。だが娘は、自分でちっともそれに気がつかぬらしい。ただそんな生活を無理やりに信じまいとするのだ。現代は何もかも変ってしまったのだから、自分も潔《いさぎよ》く変ってしまおうと考えている。危うく自分の命を見限ってしまい、自分から男たちが求めている自堕落な娘になろうとする。娘心の静かな美しさを投げ捨てて、それがかえってひとかどの進歩だと思うのだ。彼女は人間はすべて享楽《きょうらく》を求める、一つまた一つ、次第に強い享楽を求めるのだ、と決めてしまった。愚かなうつけものになって人生を取り逃がさぬなら、人生はこの享受の中にあるのだ。娘はあたりを見まわして自分でそれを捜しに出かけようと、もう心を決めてしまったらしい。ただ人から見られ、人から愛せられるのを、じっとおとなしく待っている心情に、いつまでも不思議な心の強さを持ち続けてきた娘が……

そんなことになるというのも、娘たちが疲れているところに深い原因があるのだろう。彼女たちは幾世紀もの間、ただ愛だけに生きてきたのだ。いつも一人で愛の対話を、たった一人で二人分の長い愛の対話を続けてきたのだ。男はへたにただそれを口まねするだけだった。男はうかうかしていたし、ひどく物ぐさだったし、嫉妬《しっと》深かった。（嫉妬も物ぐさの一つに違いない。）男はむしろ彼女たちの真実な愛の邪魔ものにすぎなかったと言わねばならぬ。それに彼女たちは夜も昼もじっと耐えて来たのだ。愛と悲しみをじっと深めてきたのだ。無限な心の苦しみと重圧におしひしがれながら、いつのまにか彼女たちは根強い「愛する女性」になってしまった。男を呼び続けながらついに男を克服したのだ。去った男が再び帰らなければ、容赦なく心でそれを追い抜いていったのだ。ガスパラ・スタンパ（訳注 リルケの手紙から――ガスパラ・スタンパは少なくもその一部分でも翻訳したいと常に考えています。ベネチアの女で、一五五〇年ごろ、コラルティノ・コラルトオ伯爵に愛の手紙や詩を贈っているのが、彼女の名まえを純粋な永遠なものにしたのです）や有名なポルトガルの一尼僧（訳注 「ぽるとがる文」の筆者マリアナ・アルコフォラドのこと。リルケは「ぽるとがる文」をドイツ語に訳している）のように。この特異な二人の女性のあくまで耐えた姿には、ついに苦しみがきびしい氷のような美しさに変貌《へんぼう》して、もはや人間の手で触れられぬほどの清《せい》冽《れつ》さに徹したものがある。そういう女性を僕たちは、ほかにまだ二、三知っている。残るはずのない手紙がほとんど奇跡のように残っているからだ。うらんでいるような、泣いているような、悲しい詩編を収録した書物が残されているのだ。どこかのギャレリイに、泣きぬれた眸《ひとみ》でじっと僕たちを見ているそんな女性の肖像画がかかっているだろう。かえってちっとも画家には仔細《しさい》がわからぬから、あんな悲しい絵ができたのかもしれぬ。しかし、まだそのほかにだって、幾人そうした女性があったかわからない。きれいに手紙など焼き捨ててしまった人もあったし、心の中を歌うだけの才能を持っていない人もあったろう。年老いて痩《や》せちぢこまった女の体の中にも、ひそかに隠された美しい感情の思い出が宿っていたかもしれぬ。ぶくぶく肥え太ってしまった女、追いつめられた困《こん》憊《ぱい》のためにかえって太りだし、意識的に男と同じになってしまった女たちも、心だけはやはりすっかり別なものを残していて、誰も知らぬ心の奥底で純粋な愛情がひそかに深い根をはっていたかもしれぬ。産みたくもない子供を次々に産んで、とうとう八人目の子供の産褥《さんじょく》で死んでしまったという女にだって、ひそかな愛を待つ喜びに震えた昔の少女の表情と朗らかさが、そのまま失われずに隠れていたかもしれぬ。そしてまた、酒飲みや馬鹿《ばか》騒ぎするお客たちにかしずいている女なども、心の中だけは自分一人の杳《はる》かな世界を守る孤独な方法を知っているのだろう。だから人なかに出ると、かえってそのような秘密を隠すことができず、彼女らはあたかも浄福の人々の仲間入りをしたかのように、あんなにあでやかに輝いて見えるのだ。こういう女が幾人いるか、どんなところに隠れているか、誰も本当のことは知らない。何かの手がかりになりそうな言葉など、前もって彼女たちは容赦なく自分で絞め殺してしまっているのだ。

しかしながら、何もかもが変ってゆく時代なのだから、今度は僕たちが変らなければならぬ順序かもしれない。こんどは僕たちが少しばかり苦しい坂道を切り開き、だんだんに、ゆっくり、少しずつ、「愛」の仕事の一部を引取ってゆかなければならぬのかもしれぬ。僕たちは今までなんの苦労もしなかった。彼女たちはただ僕たちのわがままな享楽と勝手な気ばらしの下で、悲しい苦しみを積み重ねてきたのだ。それはちょうど、子供のおもちゃ箱の中へ、ときどき本当の立派なレースのきれが大切にしまいこまれ、最初のうちこそ珍しがられていても、やがてなんの珍しさもなくなり、とうとうこわれものやちぎれたおもちゃの端屑《はくず》などの中に投げ捨てて、屑ものの中でもいちばんつまらぬものになってしまうのに似ているかもしれぬ。僕たちはすべてのディレッタントと同じく、軽はずみな享受によってそこなわれているのだ。ただ名まえだけがひとかどの者として通っても、なんにもならぬ。僕たちは一度僕たちのかち得た地位を捨ててしまったらどうだろう。いつも受身にばかり立っていた「愛」の仕事を、本当の最初から自分の手で始めたらどうだろう。何もかも変ってしまう時代なのだから、まず振出しまで戻ってずぶの一年生から始めるのだ。

僕はママンが小さなレースのきれを一つ一つ拡《ひろ》げる時にどうしていたか、よく覚えている。彼女はいつもインゲボルクの書きもの机の引出しの一つを、レースをしまうために使っていた。

「ちょっとね、来てみない、マルテ」と言って、小さな黄色のニスを塗った引出しにしまったレースを、ママンはたった今誰かにもらったばかりのような顔をして喜んでいた。心が期待に震えて、自分の手ではよしの紙のたとうをあけることができなかった。いつも僕がそれを開く役目だった。しかし、レースが見えだすと、僕も同じような興奮にかられるのだ。レースは木の巻軸に巻いてあったが、木の部分はレースに隠れてちっとも見えない。僕たちはそれをできるだけゆっくりほどいた。拡げられるままにレースの模様をじっと見ていたが、一つがおしまいになると、いつもちょっとはっとびっくりした。何か出しぬけな感じで、突然ぽつんと切れてしまうからだ。

最初手にとったのはイタリア式の縁飾りのレースだった。なかなか丈夫そうな、糸を抜きとって加工したレースで、飾り模様は同じものがどこまでも繰返して続いている。そのはっきりした模様がちょうど農家の庭か何かのように見えた。すると次には、僕たちの目は思いがけなくベネチアふうの網目細工のレースに眼界をふさがれてしまった。自分が修道院か牢獄《ろうごく》になったような奇態な感じがした。しかし、やがてまた眼界が打ち開けると、広い庭を見渡しているような気持だった。なんとなく人工的な感じがして、あたかも温室の中にいるかのような、目がなま暖かく押えられるような予感がした。生れて初めて見る美しい植物が、大きな葉を広げていたり、蔓《つる》が目まいでも起しそうに、互いにからみあっていたり、ぱっと開いたポアン・ダランソン（訳注 ポアン・ダランソンやヴァランシエンヌやバンシュなどはそれぞれレースの名まえである）の花があたりに花粉を散らしていたりした。僕たちは突然また、ヴァランシエンヌの長い道路に出た。僕は頭が疲れて、ぼんやりしてしまった。冬の霜が美しい朝のようだった。まるで雪でも降ったようなバンシュの灌木林《かんぼくりん》をかき分けて行くと、誰もまだ通った跡のない広場に出た。木の枝々が珍しい形をしてたれていた。下には誰かの墓があるのかもしれなかったが、僕たちはわざとお互いに黙っていた。寒さがいつのまにか僕たちの体を寄せ合わしていた。小さな、非常に細かな手編みのレースが出て来た時、ママンは「あら、とうとう、睫毛《まつげ》に氷がくっついたみたいだわ」と言った。そう言われると、僕はいかにも睫毛に氷ができた時のような気持がしだした。そして、本当に寒い冬の大気の中を歩いているように、体がほかほか暖かくなって来るのだった。再びまたレースを元どおりに巻きつけるのが一苦労だった。僕たちは溜息《ためいき》をついた。ひどく手間のかかるうるさい仕事だったけれども、やはり他人に任せたくはなかった。「これをもし自分でこしらえるとしたら、どうでしょう」とママンは言って、ひどく苦労な顔つきをして見せた。僕はほとんどこれが自分の手でできようとは考えられなかった。僕は何か小さな虫がいて、それがレースを作るのだ、人々は蚕のようにそんな虫を飼っておくのだ、など勝手に空想していたが、そんなことがあり得ないことを知っていた。むろん、女の人がレースを作るに違いない。「こんなレースを作った人は、もうきっと美しい天国へ行ってるんでしょうね」と、僕は驚嘆の声を放った。その時、僕はもうずいぶん長い間天国などという言葉を使ったことがないのをふと思い出した。ママンはほっと息をした。レースはやっと元どおりに巻かれていた。

それからしばらくして僕が忘れかけたころに、ママンが低い声で返事をした。「そうね、きっと天国へ行っていると思うわ。こうしてレースを広げて見ていると、これもやはり清らかな幸福に違いないという気持がするのだから。わたしたちにはどうもよくわからないけれどね、その辺のむずかしい事情なんかは——」

ときどき、お客が来て、シューリン家はなかなか引き締めていますな、など噂話《うわさばなし》をすることがあった。大きな古い屋敷は二、三年前の火事で焼けてしまったので、今は両側の翼《ウイング》だった狭い家屋に移って、家の中を引き締めているのだった。しかし、お客を呼ぶことが古い習慣になっていたので、急にそれをやめるわけにはゆかぬらしかった。誰かが不意に僕の家へ来たりすると、たいていシューリン家からの帰り道だった。僕の家の応接間にいた人が急に時計を見て、あたふた出てゆくと、きっとリスターゲルに約束があるというのだった。

ママンはもうどこへも出かけなくなっていた。しかし、シューリン家ではそんなことなど少しも知らなかった。とうとう、一度はママンもこちらから出かけてゆかねばならぬことになった。十二月で、今年もすでに二、三度降雪があったあとだった。雪橇《ゆきぞり》は三時に来る予定になっていた。僕も連れていってもらうはずだった。しかし、僕の家ではきっかり時間どおりに行ったためしがないのだ。お車が参りましたなどわざわざ言ってもらうのがきらいで、ママンはいつも早くから階下へ降りて待っていた。そこにはまだ誰も出ていない。すると、ママンはよく何か片づけものを思いついた。そして、また二階へ引き返し、どこかをかきまわしたり片づけたりして、いくら待っても姿を見せなかった。もうすでにみんな階下に集まって、ママンだけを待っている。やっと、ママンが降りて来て、座席にすわり、荷物を積みこんでしまうと、決ったようにまた何か忘れものに気がついた。シーヴェルセンが呼ばれた。何がどこにあるかはシーヴェルセンでなければわからなかった。しかし、シーヴェルセンの帰って来ないうちに、馬車は突然動き出したりした。

いよいよ出かける日になったが、その日はとうとう明るくならなかった。木々は霧に包まれて、その奥に何があるかわからなかった。そんな深い霧の中を走ってゆくのは、何やら頑固な一徹さを思わせるのだった。やがて、静かに雪が降って来た。雪は何もかもぬぐい消してしまって、ただ真っ白な紙の上に僕たちを連れだしてゆきそうな気持がした。ただどこからかベルの音が耳に聞えてくるばかり、いったいどこを通っているのか、ちっとも見当がつかぬ。ふとベルの音が鳴りやんだ瞬間があった。最後の一音がこれでおしまいになるのではないかと思われそうにぷっつり消えて、急にあたりがひっそりした。しかし、再びまたベルの音は一つずつ集まって来て、前よりもいっそう勢いよく鳴り響いた。左手に教会の塔がある辺まで来たのだろうと、僕は思った。と、思いがけなく僕たちの頭の上に庭園の樹木などが見えてきた。僕たちは長い並木道を通っていた。ベルの音がもうすっかり消えるようなことはなかった。僕は右や左の木々の梢《こずえ》に葡萄《ぶどう》の房のようにベルが引っかかっているのではないか、という気がした。やがて、僕たちは方向を変え、ある場所をぐるりと一回りして、右手に何かがちらちらと見えたと思うと、その真ん中に橇が止った。

ゲオルクはすでにここには屋敷がなくなったのを忘れていた。しかし橇が止った瞬間、僕たちの目には、不思議にもうなくなったはずの屋敷の影が映った。僕たちは屋外に突き出した石段を上って、以前のテラスの方へ歩いて行った。変にそこらが暗いのを怪訝《けげん》に思っていた。と突然、左手の足もとで、ドアが開かれて、誰かが「こちらですよ」と呼んだ。薄暗い灯が掲げられ、さっと光がさした。父は笑って「こんなところを迷っていると、まるで幽霊みたいですな」と言った。父は僕たちが石段を降りるのを助けてくれたりした。

「だって、さっきまで確かお家があったわ」とママンは言って、親切そうに笑いながら出てきたウェラ・シューリンにすぐ親しい言葉をかけることができなかった。急いで僕たちはそこをはいらなければならなかった。家のことなどかれこれ言っていられなかったのだ。狭い玄関で外套《がいとう》を脱いだ。その部屋にランプがともされ煖炉《だんろ》があかあかと燃えていた。

このシューリン家は、きかぬ気の娘たちが生れる家らしかった。男の子供があったかどうかは思い出せない。僕が覚えているのは三人の姉妹だけだ。いちばん上の姉はナポリのある侯爵《こうしゃく》と結婚していたが、長年ごたごたと裁判沙汰《ざた》を続けたあげく、とうとう離婚してしまった。その次はツォエと言った。なんでも知らぬことはないというたちの女だった。そして最後が、この親切な、なごやかなウェラだった。ウェラがどうなったかは知らない。シューリン伯爵夫人はナリシュキン家から嫁いだ人だったが、むしろ子供たちの一人といったふうで、ある意味でいちばん年下の妹かもしれなかった。夫人は何も知らず、しょっちゅう子供たちから教わらねばならなかった。お人よしなシューリン伯爵は、四人の婦人たちのそれぞれの夫であるかのように、そこらを歩きまわって、一人一人に接吻《せっぷん》するのだった。

まず伯爵は笑って、ひどくこまごまと僕たちに挨拶《あいさつ》の言葉をのべた。僕はすぐ婦人たちに取囲まれ、体をなでられたり、いろいろなことを聞かれたりした。僕はそれが済めばなんとかしてそっと部屋から忍び出ようと、ひそかに堅い決心をしていた。僕はさっき一度確かに見たと思う屋敷を捜してみたかったのだ。今日だけは確かに焼けてなかった古い屋敷があるのに違いないと思いこんでいた。外へ出ることは思ったよりもやさしかった。外套などのかかった下を抜けて、犬のようにくぐってゆくと、廊下へ出る扉が寄せかけたままになっていた。しかし、入口の扉はなかなか開かなかった。鎖や閂《かんぬき》など、幾つも戸締りの設備があって、僕はあわてていたし、うまくはずせなかった。何かのはずみに、やっと扉があいた。大きな音がした。そして、僕は外へ出ないうちにつかまえられて、連れ戻されてしまった。

「こら待て、こっそり逃げようたって駄目よ」とウェラ・シューリンがさもおかしそうに言った。彼女は僕のそばへかがんだ。僕はこんな親切な人には何も言うまいと決心した。しかし、僕が何も言わないので、彼女は簡単におしっこがしたくて僕が扉をあけたのだと思いこんだらしい。さっそく、彼女は僕の手をとって、歩き始めた。一面はひどく親しそうに、一面はちょっと取りすまして、僕をどこかへ連れてゆこうとした。この隠微な誤解がひどく僕を困らした。僕は体を振りちぎって、怒ったように彼女をにらみつけた。「僕はお屋敷を見にゆくんだよ」と僕は言った。彼女にはその意味がわからなかった。

「石段の上の焼けてしまった大きなお屋敷さ」

「お馬鹿さんね」と言って、彼女はすばやく僕をつかまえた。「もうあすこにはお屋敷なんかないわ」それでも僕はなかなか承知しなかった。

「だったら、昼間明るい時、いっしょに行ってみましょうね」と、彼女はなだめるように言った。「もう暗いから、あすこへ行くのはよしましょう。危ない穴があったり、あの裏手にはパパの養魚池があったりするし、あすこのお池は水が凍らないから、あなたなんか落ちたらそれきりお魚になってしまうわよ」

彼女はそう言って、僕をどんどん押して、明るい部屋へ戻って来た。みんなは椅子《いす》にかけて話していた。僕は一人一人じっとその顔を見た。屋敷が焼けてなくなったら、ただなくなったで平気な顔をしているのだ、と僕は軽蔑《けいべつ》した。もしママンと僕とがここに住んでいるんだったら、ちゃんとあのお屋敷は今だって残っているんだがなあ、と思った。めいめいが思い思いな話をしている中で、ママンだけぼんやりしていた。きっとやはり焼けたお屋敷のことを考えていたのだ。

ツォエは僕のそばにすわって、いろいろなことを聞いた。彼女はよく整った顔だちをしていた。ときどき、何かをじっと見つめているような目つきが、ぱっと火が燃えるように輝いた。父はこころもち右に体をかしげてママンと伯爵夫人の間に立って、何か話しこんでいた。侯爵夫人が笑った。シューリン伯爵はママンと伯爵夫人の間に立って、何か話しこんでいた。不意に言葉の中途で伯爵夫人が夫をさえぎったのを僕は見た。

「いや、それはおまえさんの想像だよ」と伯爵は穏やかに言った。しかし、二人の婦人の上に突き出ていた彼の顔は不安そうだった。伯爵夫人もその想像を引っこめようとはしない。言葉をさしはさまれるのを嫌うように、ひどく熱心な顔色を見せた。伯爵夫人はしなやかな指輪のある手で、ちょっと話をやめるように合図をした。誰かが「しっ！」と言った。部屋が急にしんとした。人々の背後から、古い屋敷で使っていた大きな家具が、にわかに身近に押寄せて来るように思われた。先祖から代々使い慣れた重そうな銀の道具類が美しく盛りあがって光っていた。僕はそれがあたかも拡大鏡でのぞいている世界のように感じた。父がびっくりして、あたりを見まわした。

「ママが匂《にお》いを嗅《か》いでいるのですわ」と父の後ろでウェラが言った。「しいんと静かにしていなければ駄目よ、わたしたちは。ママのは耳で嗅ぐのですものね」そう言いながら、彼女も眉《まゆ》をつりあげて、注意深く、全身が鼻になってしまったように突っ立っていた。

一度火事に会ってから、シューリン家の人々は物の焦《こ》げる匂いに対して、一種独特な反応を持っていた。狭い、暖めすぎた部屋の中は、しょっちゅう何かの匂いがした。すると、それを確かめて、みんながめいめい意見をのべるのだ。ツォエは煖炉を調べていた。実際的に、良心的に、ことことつついていた。伯爵はそこらじゅうを歩きまわって、部屋の隅に立ち止り、しばらくじっと待っている。そして「ここではないようだ」と言った。伯爵夫人も立ち上がったが、どうしたらよいかわからなかった。父は自分の後ろに匂いがするとでも思ったのか、ゆっくり体をねじむけた。とっさに侯爵夫人は嫌な匂いがするのだと決めてしまい、ハンカチで鼻を押えた。一人一人の顔つきをうかがいながら一応おさまるのを待つつもりらしかった。ウェラは「ここだわ、ここだわ」と、匂いを突きとめたように、ときどき叫んだ。その言葉のたびに、一瞬、不思議な静けさが支配した。いつのまにか僕もいっしょになって一所懸命に嗅いでいた。と急に（部屋の暖かさのせいか、近くに並べたたくさんの明りのせいかわからぬけれども）僕は生れて初めて、幽霊が怖いという恐れを覚えた。今はっきり僕の目に映っている大人たちが、さっきまでなんの屈託もなく話したり笑ったりしていたのに、身をかがめて部屋じゅうを歩きまわり、何か目に見えぬものを捜している。みんなが誰にも見えぬ何かを予感している。それが僕の心にはっきり刻まれた。何かわからぬものが大勢の大人たちよりも強いのだということが、僕には非常に恐ろしかった。

僕の不安はだんだんたかぶって来た。みんなの捜しているものが、急に僕の体から吹きでもののように飛び出しそうな気がし始めた。誰かが見つけて、すぐ僕に注意するかもしれぬ、と思った。僕はたまらなくなってママンの方を見た。ママンは変に静かにすわっていた。僕を待っていてくれるのだと、僕は思った。僕は急いでママンのそばへ行ったが、彼女の体がかすかに震えているのを感じると、あのお屋敷もとうとうこれでほんとうになくなってしまったのだと思った。「マルテの臆病者《おくびょうもの》！」と、笑う声がどこかでした。ウェラの声に違いなかった。しかし、僕はママンから離れなかった。じっといっしょに耐えていた。僕とママンとは、心の中からあの家の幻がすっかり消えてしまうまで、じっと抱きあっていた。

　僕にとって、ほとんど何かわからぬさまざまな体験をもってきたのは誕生日だった。すでに僕は、世間というものが無差別平等なものに喜びを持っているのを感じていた。しかし、誕生日には朝起きるときから、自分だけの喜びに対する権利のようなものがあるのだ。これはあやふやでない、はっきりした権利である。この不思議な感情は、誰でも子供のころからすでに持っているのに違いない。なんにでも手を出して、なんでもつかみとった時代。現在手に持っているものが、ただ一筋の純粋な想像の力で、そのときどきの願いの強い原色に染められた無邪気な時代からあったのに違いない。

　しかし、このような誕生日は、いつも思いがけなく奇態な一日に変ってしまうのだ。自分だけの特別な権利だという意識はもう動かせぬものになっている。僕らはそんな日に、周囲の人々が変に腑甲斐《ふがい》なく見えて仕方がない。かつての子供のころみたいに着物を着せてもらったり、あとからあとから誕生日らしい一日のもてなしを人々のなすがままに受けてゆこうという気持はありながら、朝目をさますと、もう部屋の外で誰かが「まだお飾りの菓子が来てませんね」など大声で言ってるのが聞えたりするのだ。でなければ、誕生日の贈物をテーブルの上に並べているらしいかたわらで、何かをこわした物音が聞えてきたり、あるいは、誰かが扉をあけっぱなしにして、まだ見てはならぬうちにあっけなく何もかもすっかりわかってしまったり、つまらぬ失敗がよく起るだろう。こんな瞬間は、ちょうど何か外科的手術でも受けるような気持だと言ってよい。あっと思うまもない、ごく身近な、しかし、気が狂いそうな激痛を与える、無遠慮な所業である。けれども、その手ぎわは非常に熟練した確実なもので、あっと思うと、もう万事がきれいに済んでいるのだ。一瞬、その苦痛に耐えてしまえば、僕らはもうほとんど思い出しもしない。僕らはまず誕生日を楽しい一日にすることが大切だ。人々のすることを一つ一つ見まわったり、つまらぬことをしでかさぬように気を配ったり、めいめいが手ぎわよく立ち働いていると信じる人々をいっそう元気づけたりするのに、一所懸命になってしまわねばならぬ。それでも、すべてが気持よくはかどることはまれにしかない。人々の腑甲斐なさがつくづく嫌になったり、気のきかぬ愚図な行為が我慢できなくなるのだ。間違ってほかの人のために用意した品物の包みを持って来たりするものだから、こちらはそれを受取りにそばへ行こうとして、途中で本当の事情がわかり、なんの当てもなくただ運動のために部屋をぶらぶら歩いているような格好でもつけなければ、うまく引っこみさえつかぬことがある。彼らは僕たちをびっくりさせ、喜ばせようと考える。しかし、型どおりのさも大袈裟《おおげさ》な格好をして、おもちゃのボール箱を開いてみせると、生憎《あいにく》それがさかさまだったりして、いっぱい鉋屑《かんなくず》が詰っているだけなのだ。そんな時も、僕らは彼らの当惑した気持をなんとかして慰めなければならぬ。ぜんまい仕掛けのおもちゃなどをもらうと、せっかくの贈物を最初の一巻きでぜんまいを捩《ね》じ切ってしまうようなこともあった。だから、ぜんまいの切れてしまった鼠《ねずみ》のおもちゃや何かを、少しもそれと気づかれぬよう、すばやく上手に自分の足でそっと動かしたりするのも、そんな場合にはずいぶん必要な心づかいに違いない。そのようにしてなんとかその場がつくろえれば、親しい人の顔だってあからめさせずに済むというものだ。

だんだん慣れてくると、人間はいつとなしにそんなことが上手にできるようになる。特別な才能など、格別必要はない。元来、才能が必要だなどというのは、無理な努力のいる場合に限られた話だ。だから、そんなところからもたらされる喜びは、たとえちょっとすばらしそうな無邪気そうなものであっても、やはり遠く一目見ただけで、僕はそれが自分の喜びでないこと、全く無縁な別な喜びでしかないことがわかった。そのようなものがいったいどんな子供の喜びになるのか、いくら考えてもわからぬほど、僕にはひどく異様なつまらぬものとしか思われなかった。

物語。人々が本当に物語をしたというのは、まだ僕などの生れぬ先の遠い昔のことだろう。僕は人の物語るのを聞いたことがない。アベローネがママンの少女時代の話をしてくれたときも、彼女はもはや物語ができそうもなかった。ブラーエ老伯爵あたりがあるいは物語のできた最後の人だったかもしれぬ。彼女から聞いたその話を、僕はここに書きとめておこう。

アベローネは娘のころ、ひどく物事に感じやすい一時期を過したことがあった。ブラーエ家はちょうど市内の大通りに住んでいて、社交的なつきあいも、なかなかにぎやかだった時代だ。夜がふけて、やっと二階の居間にはいると、彼女はほかの人たちと同じように体の疲れを感じた。しかし、不意に彼女は一つの窓が心にとまった。そして、僕の聞き違いでなければ、彼女は夜の窓ぎわに何時間も立っていたというのだ。何か自分の身には深い連関の紐《ひも》が結ばれているのだ、と彼女はそんなことを空想した。「わたしは虜《とりこ》になった人のようにじっとそこに立っていたわ」と彼女は言った。「すると、お星さまが自由の光に見えるの」そのころは寝床に寝ると、うとうとと夢路に誘われてゆく感じに、少しも体の重さが交っていなかった。眠りに落ちるという言い方は、あの時分の娘心には少しも当てはまらなかった。むしろ、眠りが体を押し上げてくるのだった。ときどき、彼女は大きく目をあけたまま、すがすがしい水面に体を浮べているような気持がした。その水面が上へ上へふくれあがって来るようだった。朝はまだほの暗いうちに目がさめた。人々がみんな眠そうな顔つきをして、朝のおそい食事に出てくる真冬でも、ちっともそれが変らないのだ。夜、日が暮れてとぼす明りは、いつも家族全体が額を寄せ集める灯だった。しかし、冬の朝の、明けきらぬ暗闇《くらやみ》にとぼされた二本の蠟燭《ろうそく》の灯は、孤独を照らす寂しいともしびである。また再び繰広げられる一日を孕《はら》んだ暗い闇が、その灯を包んでいた。ふたまたに分れた低い燭台《しょくだい》にとぼされている蠟燭は、小型の、楕円形《だえんけい》の、薔薇《ばら》の花模様をちらした、紗《しゃ》の笠《かさ》から、静かにあたりを照らすのだ。ときどき、蠟燭が減ってくると、笠を下げなければならぬ。しかし、それもちっともわずらわしくはなかった。気持がじっくり落着いていたし、手紙や日記などを書いている彼女は、ときどき目をあげて考えをまとめなければならなかったからだ。彼女の日記帳はいつも書き出しのあたりが、後半とはすっかり違った筆跡で、注意深いきれいな文字で書かれていた。

ブラーエ伯爵は娘たちの生活からすっかり離れていた。誰かといっしょの生活をしているなど、そんな言い方をする人たちがあると、伯爵はそれを一種の妄想だと信じていた。(ふん、いっしょの生活か、と彼は言った。) しかし、人々が彼の娘たちのことを話すのは、悪い気持がしなかった。まるで伯爵は娘たちがどこか別の町に住んでいるかのように、心を張りつめて人々の言葉に耳を傾けていた。

そんなわけだから、ある日、朝食のあとで、伯爵がアベローネに向ってそばへ来るように目くばせし、「どうやら、わしとおまえとは同じような習癖を持っているらしい。わしも朝早く書きものをするたちだから、どうだ、よかったら手伝いをしてくれぬか」と言ったのは、非常に珍しい出来事に違いなかった。アベローネはそのことを、まるで昨日のように覚えていた。

すぐ翌日の朝、彼女は父親の居間へ連れてゆかれた。そこは誰もはいってはならぬ部屋になっていた。しかし、その珍しい居間の中を見まわしている暇は与えられなかったのだ。彼女はさっそく伯爵の真向いの書きもの机にすわらされた。大きな机が、彼女にはまるで広漠たる平野のように見え、机の上の書物や積み重ねた書類が、ところどころに散在する村落のように思われた。

伯爵は口授して書き取らせた。ブラーエ伯爵はもっぱら回想録を著述しているという噂《うわさ》だったが、それは全くの虚構ではなかったのだ。しかし、世間の人々が期待した政治や軍事に関係する回想録とは違っていた。誰かがそんなふうな問題のことで伯爵に話しかけると、老人はただ無愛想に「そんなことは、まるきりもう忘れてしまった」と言うのだった。しかし、子供のころの思い出だけは忘れることができなかった。彼はそれをひどく大切にした。昔の遠く離れた一時期が、彼の心のなかでいちばん大切なものになったのを、彼はむしろ当然のことと考えていた。自分の目をそっと心の内部に注ぐと、子供のころの追憶が明るいデンマークの夏の夜の空気に包まれて、ちょうど眠りを忘れたかのように、浮びあがって来るのだ。

ときどき、伯爵は椅子から急に立ち上がって、蠟燭の灯に、興奮した言葉の息を吐きかけた。蠟燭の炎がゆらいだ。と思うと、またせっかく書かせた言葉を全部消させてしまい、部屋の中をあちらこちら足音荒く歩きまわった。焦茶色の絹のピジャマの裾《すそ》がひるがえった。そばにはもう一人、いつもステンというジュットランド生れの老家扶がついていた。伯爵が立ち上がると同時に、書きこみをした一枚一枚の、まだ綴《と》じてない紙片が机の上に散らばっているのを、あわてて押えるのが彼の役目だった。閣下はどうやら今日の書きものがなんの役にも立たぬと考えているらしい。こんな片々たる紙きれは、たちまちどこかへ飛んでいってしまうかわからぬ、やくざな仕事だ、と思っているのだ。こちらから見るとただ身丈《みたけ》の高い痩《や》せ気味な上半身しか見えぬステンは、そういう主人の心持がすぐ体に伝わってくるらしかった。彼の姿は強いていうと、両手で机の上に止っている鳥かなんぞのように見えた。そして、まるで梟《ふくろう》のような、真剣な、灯に眩惑《げんわく》された目を光らしていた。

ステンという家扶は、日曜の午後は、決ったようにスウェーデンボルクを読むことになっていた。ほかの召使たちが彼の部屋にはいることは許されなかった。彼は精霊を呼び出すという噂もあった。元来、ステン一家の者は昔から霊界との交通に深い因縁を持っていたのである。ことにステンは霊界交通に生れつき選ばれたような男だった。彼の母親がステンを産んだ夜、すでに何か精霊の現われがあったそうだ。彼はくるくるした大きな目をしていた。その目で見られたものは、自分の後ろにもう一つ目がじっと食いいっているような無気味な気がした。アベローネの父は彼に向って、ふだん誰か家族のことでも尋ねるような口調で、精霊の様子を尋ねるのだった。たいへん機嫌のよい声で

「まだやはりときどきはやって来るかね。ステン？　そうか、それはいい」など伯爵は言った。

二、三日、口授筆記は続いた。ある日、アベローネは「エッケルンフェルデ」という字が書けなかった。それは固有名詞に違いなかったが、今までに一度も聞かされたことのない名まえだった。伯爵《はくしゃく》は自分の回想の速度に比べて筆記がおそすぎるのをもどかしがり、すでにそれを中止する口実を捜していたものだから、急に不機嫌な顔をした。

「おまえはそれくらいが書けないのか」と鋭い声で言った。「それでは、読む人の身になったって、すらすら読めるわけがないじゃないか。まして、わしの言ったことがありのまま目の前に浮んでくるなど、到底思いもよらぬ」と意地悪げに言葉を続けながら、じっとアベローネをにらんだ。

「このサン・ジェルマン（訳注　十八世紀全ヨーロッパを股にかけた有名な大詐欺師。冒険家。多くの宮廷や貴族の家に出入した。本名不詳）という人物だって、どうして眼底に浮んでくるか」と彼は怒鳴った。「わしの家では誰もサン・ジェルマンなどと言わなかった。それは今すぐ消しておくれ。そしてフォン・ベルマーレ侯爵と書きなさい」

アベローネは言われるままに消して書き直した。しかし、伯爵はとてもついてゆけそうもない早口で口授を続けるのだ。

「この立派なベルマーレ侯爵は子供がきらいだったが、わしを膝《ひざ》の上に抱きあげてくれた。わしはまだほんの子供だった。そこでふと、侯爵のダイヤモンドのボタンに嚙《か》みついてみたくてたまらなくなったのだ。侯爵はそれを非常に喜んだ。彼は笑いながら、わしの顔を上げさせて、じっと目と目を見合せた。《おまえはなかなかいい歯をしとる、ちょっと隅におけぬ歯じゃ……》と言った。――いつまでもわしは侯爵の目をじっと見守っていた。わしはその後、所々方々を歩いて、いろいろな人の目を見てきたが、あのような目はあとにも先にも見たことがない。あのような目にとっては、どんなものも外界で平気に存在していることができぬのだ。侯爵の目は、なんでも容赦なく、その目の中へ引入れてしまう目だった。おまえはベニスのことを話に聞いたことがあるだろう。よろしい、たとえばそのベニスだが、侯爵の目はそれをすぐこの部屋の中へ持ってくることができたのだ。あすこにある机か何かのように、造作なくそっくり持って来るのだ。わしはある時、部屋の隅っこにいて、侯爵が父にペルシアの話をしているのを聞いたことがある。すると今でも、わしはときどき、わしの手がペルシアの匂いをにおわしているような気がするのだ。父は侯爵を尊敬していた。州長官の宮殿下などはほとんど侯爵に師事していたありさまだった。むろん、侯爵がさまざまの過去を持っていて、ただそれだけを信じきっているのを、心よからず思った人々も相当あったことは争えない。そんな人々には、どんなつまらぬ思い出話も、本当にそれが身につけば深い意味が生じる、ということがまるでわからないのだ」

「書物なんてものは、元来からっぽなものだ」と伯爵は激怒したような身ぶりで壁の方にむいて叫んだ、「大切なのは書物ではなくて血だ。血を読まねばならぬ。ベルマーレ侯爵は不思議な物語や珍しい挿画《さしえ》を自分の血の中に持っていた。彼は気ままにどのページを開いてもよかった。そこにはきっと何か面白い事件が書かれていた。彼の血のどの一ページだって、読み飛ばすことはできないのだ。ときどき、彼は引きこもって、自分一人で一枚一枚ページをめくるのだった。すると彼は練金術や宝石や色彩学などの稀有《けう》なページにゆきあたった。彼の血の中には、きっとそのような珍しい話が書かれていたに違いない。わしはそれがきっとどこかのページに書かれていたと思っている」

「侯爵はもし自分一人きりでいられたら、きっと仕合せに真実な生涯を送ることができたかもしれぬ。しかし、このような真実と一つ屋根の下で暮すことは、よほどのことに違いない。また侯爵は、人々をわざわざ招いて、真実といっしょに暮している自分の生活を見せるほど、気のきかぬ、野暮な人物ではなかった。真実という生涯の伴侶《はんりょ》を人々の噂のたねにすることは、あまり好まなかった。彼にはその点、ひどく東洋ふうなところがあったのだ。彼は真実に向ってこんなことをあけすけに言ったのだ――『じゃ、さようなら。いずれまたお目にかかるおりもございましょう。まあ千年くらいもたてば、われわれだって、ちっとは力のある、周囲に気をかねずにすむ人間になるかもしれません。あなたの美貌《びぼう》もちょうどそれからが本当の花ですね。では、マダム』彼はそれを単なるお世辞のつもりで言ったのではない。侯爵はそれを言ってしまうと、家を飛び出した。人々のためにおおっぴらな動物園を造って見せた。すばらしい虚偽に人間たちを慣らしてゆくためのJardin d'Acclimation（動物や植物を一応風土に慣れさせてから動物園や植物園へ送るところ）のようなものを造ったのだ。こんなものはこれが本当に世界最初のものだった。彼はまた大袈裟な誇張を植えならべて『熱帯植物の温室』を造ったり、偽りの秘密を植えつけた、小ぎれいに手入れの行届いた『無花果《いちじく》の樹園』をこしらえて見せたりした。人々がもの珍しげに方々から集まって来た。彼は靴の締め金にダイヤモンドをはめて、得意そうに歩きまわった。侯爵は自分を取巻く客人たちのために生きたのだ」

「これを果して外面だけの虚飾生活だと言いきることができるだろうか。いや、侯爵の心の底には、たった一人の女性ともいうべき真実への騎士的な誠実が、やはり残されていたのを承認しなければならぬ。そこだけは、梃子《てこ》でも動かぬ真正直さがあったのだ」

　さいぜんから、もう老人はアベローネを相手に話しているのではなかった。彼はアベローネをすっかり忘れてしまっていた。興奮してそこらじゅうを歩きまわった。ある瞬間には、自分の話している侯爵に強いて変身させたいというような激しい目つきで、彼はステンに挑みかかった。がしかし、ステンは単なる一家扶でしかなかった。

「自分で一度、侯爵を眼のあたり見ればよいのだ」とブラーエ伯爵は憑《つ》かれた人のように言葉をついだ。「彼が方々の市で受取った手紙には、ただ封筒に所書きがあるばかりでそのほかの文字はただの一字もなく、あて名さえなかったといわれているが、彼の姿を生きたこの目で見ることができた時代があったのだ。わしは侯爵の姿を自分の目でみたのだ」

「彼は好男子ではなかった」と言って、伯爵は急に独特な笑い方をして見せた。「世間で上品だとか気品があるとかいうのとも違っていた。侯爵のそばには、いつも彼より上品な人々が集まっていた。彼は金持だった。しかし、彼の場合、金があるというのはほんのつまらぬ偶然でしかないのだ。金などはちっとも問題にならなかった。ほかの人々の方が元気そうに見えたが、彼もなかなかよい体格をしていた。わしはなにぶん子供のころだったから、彼が頭の鋭い人物だったのなんのと、むずかしい判断はできなかった。しかし、わしはとにかく侯爵をこの目で見たのだ」

伯爵は体を震わして立っていた。そして、何かを空間に置くような手つきをした。すると、置かれたものが、いつまでも不可思議にそんな空間に残っているらしかった。

その瞬間、彼はアベローネに気がついた。

「おまえは見たか」と伯爵は彼女に怒鳴りつけた。不意に銀の燭台を取って、彼女の顔をまぶしく照らしつけた。

なぜかアベローネは不意にベルマーレ侯爵を見たことを思い出したのである。

それからあと、また毎日アベローネは呼ばれていった。こんな一挿話があってから、かえって口授筆記は非常に楽に続けられた。いろいろと口授が済んだあと、伯爵はベルンストルフの団体に関する幼年時代の追想をまとめることになった。その団体では彼の父がなかなか重要な役割を持っていたのだ。アベローネもこのごろは自分の仕事の特別な役目をよくのみこんでいた。よそ目に二人の姿を見ると、いっしょにせっせと仕事を片づけている様子が、本当に親子が心を一つに合せているとしか思われなかった。

ある時、アベローネが部屋を出てゆこうとしていると、老伯爵は彼女のそばへ寄ってきた。伯爵は両手を後ろに回して、何か子供を喜ばせる贈物でも隠しているような様子をしていた。「あしたはジュリ・レヴェントロオのことを書いてみよう」と彼は言った。それから、自分の言葉を舌で味わうように、「あれは確かに聖女だった」と言った。

おそらくちょっとアベローネは不審げな顔つきをしたのだろう。

「本当なんだ。今の世にだって聖女はあるのだ」と命令するような口調で彼は言った。「ちゃんとその確証だって見たのだ、アベローネ」

彼はアベローネの手を取って、書物を広げるようにそれを開けた。

「彼女は聖斑《シュティグマ》があった、ちょうど、ここところと」と彼は言った。そして、冷たい老人の指が彼女の両方の手のひらを強くとんとんとたたいた。

アベローネは聖斑という言葉を知らなかった。しかし、ほどなくわかるだろうと思った。彼女は父の見たというその聖女の話が早く聞きたくてならなかった。一日も早く聞きたかった。しかし、それっきり、彼女は伯爵の部屋へ呼ばれなくなったのだ。次の日も、またその次の日も——

僕がもっとその話を続けてくださいとねだると、アベローネは「レヴェントロオ伯爵夫人のことは、その後ここで何度も話題になったわ」と言って、ぽつんと話をやめた。彼女は疲れているらしかった。ほかのことはもうみんな忘れてしまったと言った。「けれどもその指でさされた個所だけはね、ときどき今でも、あの冷たい指の感触を思い出すことがあるわ」と言って微笑した。微笑しながら彼女は自分の手のひらをもの珍しそうにじっと見ていた。

父が死ぬ前から、僕の家では何もかも変ってしまっていた。ウルスゴオルはすでに僕たちの土地ではなかった。父は市内のアパートメントハウスへ移って死んだのだ。この市内の住居は、僕には何か敵意ありげに、無愛想に見えて仕方がなかった。僕はそのころすでに国を出ていた。急いで帰ったが、父の臨終には間に合わなかった。

父の柩《ひつぎ》は中庭にむいた部屋に置かれて、その左右に高い蠟燭が二列に並べてあった。花の匂《にお》いが、ちょうど大勢の人々がいっしょに何かをいっている言葉のように混乱していた。目をつぶった美しい父の顔には、どことなく細やかな思い出のようなものが漂うていた。主馬頭《しゅめのかみ》の制服が着せてあったが、何かの理由で、青色の章綬《しょうじゅ》が純白なものに取替えられていた。両手は組み合わされず、ただ胸の上に斜めに重ねたままになっていた。それが何かこしらえもののように、ことだったけれども、そういう苦痛のあとは残っていなかった。父は非常に苦しんだという逗留客《とうりゅう》が帰ったあとの客間の家具のように、さも所在なげな表情に変っていた。彼の顔は、このような父の死顔を見たことがある気がしてならなかった。僕はすでに何度かこのような父の死顔を見たことがある気がしてならなかった。僕は父の死顔にすぐ心から親しさを覚えた。

ただ周囲の目にはいるものだけが変に改まった嫌な感じがした。部屋はなんとなく僕の心を押しつけてきた。すぐ向い側に、おそらくほかの家族の住んでいるらしい窓が見えた。ときどき、シーヴェルセンが部屋にはいって来て、ぼんやり何もしないで立っているのも、何かしら変った異常な感じを与えた。シーヴェルセンがひどく老《ふ》けて見えた。僕は朝の食事をしていなかった。何度も用意ができましたからと言われたが、僕はとてもこんな日に朝食を食べる気がしなかった。人々が僕にこの部屋を出てもらいたがっているのが、僕はまだわからなかったのだ。僕が知らん顔をしているので、とうとうシーヴェルセンは医者が来ていることをほのめかした。なんのためにわざわざ医者が来たのか、僕にはやはり見当がつかない。シーヴェルセンは何かまだお仕事がおありなのでしょうと言って、赤く充血した目でじっと僕の顔を見つめていた。その時である。やや急ぎ足に、二人の紳士がはいって来た。それが医者だった。先に立ってはいって来た医者は急に頭を下げた。牛が角でつきかかって来るような感じであった。そして眼鏡の上から、まずシーヴェルセン、それから僕、という順序で一人一人の顔をにらんだ。彼は学生のように堅くなってお辞儀をした。そして、はいって来た時の足どりと同じような調子で、「主馬頭さまのお言いつけがありましたので……」と言った。それはひどくもどかしい焦慮にかられたような様子だった。僕はいろいろ試みて、医者の目がまっすぐ眼鏡の中からこちらを見るように骨を折ってみた。もう一人の医者は、よく太った、皮膚の薄い、ブロンドの髪の男だった。こういうたちの男はすぐ顔を真赤に充血させるのだ、と僕は思った。しばらく沈黙が続いた。この期《ご》になって主馬頭のお言いつけというのが、ひどく異様に思われてならなかった。

僕は思わず、再び美しい均斉のとれた父の顔をのぞいた。と、僕は父が安堵《あんど》を求めようとしたのが急に理解できた。父はいつも心の底で安堵を求めていたのだ。僕はそれに同意しなければならなかった。

「心臓に最後の処置をしてくださるためにいらっしゃったのですね、あ、それではどうぞ――」

僕はお辞儀を返して、二、三歩あとにさがった。二人の医者もほとんど同時に頭を下げ、さっそく仕事の相談にかかった。誰かがすでに蠟燭を片寄せてあった。年配の方の医者がまた僕のそばへ二、三歩寄って来た。ある近距離まで来ると、彼は最後の数歩の苦労を避けるために、体を前かがみにして、意地悪げな目つきでまた僕をにらんだ。「別に……」と彼は言った。「ええと、なんですね——わたしは、その、あなたがここにいらっしゃるのは——ええ、なんですから……」

そのせかせかした、物ぐさな態度から、僕はずぼらな疲労した人間のような気がしてならなかった。僕はそこでお辞儀をした。そして、すぐ続けさまに、もう一度頭を下げた。

「そうですか」と僕は無愛想に言った。「しかし、僕は別にお邪魔はいたしませんから」

僕はじっと医者の処置を見ていることに十分耐えられると思った。別に席をはずさねばならぬ理由はないのだ。当り前のことに違いないし、たぶんそれが人間の「死」の最後の意味かもしれぬ。僕は人間が胸を一突きに刺されたらどうなるか、一度も見たことがなかった。強いて求めずとも与えられたこの機会に、そうした得がたい経験を取逃がしてしまうのはつまらなかった。僕は幻滅の寂しさはむろん考えてもいなかった。何も恐ろしいことはないとだけ思っていた。

この世の中には、何一つ想像だけで済ますことのできるものはない。どんなにつまぬことでも、想像だけで済むものなんか一つもないのだ。僕たちの予想も許さぬ一つ一つの細かなことが無数に存在し、それが集まって、あらゆるものができているのだ。想像だけだと、ただ大急ぎでどしどし走りすぎるばかりだから、つい一つ一つ細かなことは迂闊《うかつ》に見過されて、見過したことにさえ気づかぬことがある。しかし、現実そのものはたいへんゆっくりした流れで、おそろしく多様なものをいっぱい詰めこんでいるのだ。たとえば、このような肉体の反抗を誰が考えてみただろうか。幅の広い、高く隆起した胸が広げられたと思うと、せっかちな小柄の医者はもうすでに狙《ねら》いの場所を決めていた。しかし、手早く刺しこんだメスは、なかなか容易にはいってゆこうとしなかった。突然、僕はすべての時間がこの部屋から消えてなくなったような気がした。僕たちは何か絵に描かれた人物のように思われた。すると、すぐまた一時《いっとき》に時間が流れこんで来た。時間がかすかな、すべるような音をたてた。そして、必要以上にそれが凝集したらしかった。不意に、どこかでたたくような音がした。僕はそのような、なま暖かい、蓋《ふた》をしたような、二重に響く音を聞いたことがなかった。僕の聴覚が伝導した。と、僕は突然、医者がとうとう中心へ打当てたのを感じた。しかし、この二つの印象が心の中で一つに溶けあうまでには、なお若干の時間が必要だったのだ。なるほど、これでやっとおしまいだな、と僕は思った。たたくような物音は、そのテンポから考えると、ほとんど相手の不幸を意地悪気に嘲笑《ちょうしょう》する響きを含んでいた。

さっきから態度を見守っていた医者を、僕は改めてじっと見つめた。彼は実に平静であった。彼らは手早く事務的に一つ一つ仕事を片づけて、すぐまた次の仕事にとりかかる紳士のようであった。微塵《みじん》も愉快らしい、満足らしい表情はなかった。ただ左の顳顬《こめかみ》のあたりに二、三本、髪の毛がたれさがっているのが見えた。それは何かしら人間の古い昔の本能のようなものを暗示した。医者はメスを注意深く抜きとった。傷口はちょうど人間の口のように開き、とろとろと、少しの間をおいてそこから血が二滴流れ出た。唇から何かわからぬ言葉が二言漏れ出るのと少しも変らなかった。年の若いブロンドの医者ははなはだ巧妙な手つきで血を綿でふきとった。傷口はそのまま静かにじっとしていた。今度はそれが眠った人間のように見えだした。

どうやらそこで僕はまたお辞儀をしたらしかった。確かに必要のないよけいなお辞儀だった。僕は自分一人になっているのにびっくりした。誰が直したのか、父の制服は元どおりにきちんとなっていた。純白の章綬がその上にかかっているのも、以前と少しも変らなかった。主馬頭は本当に死んでしまったのだ。主馬頭ばかりでなく、その心臓が死んでしまったのだ。僕たちの心臓、僕たちの一家の心臓がここに滅びたのだ。これが最期だった。文字どおりこのとどめは、僕たち一家の兜《かぶと》の金を断ったというべきだろう。「ブリッゲは今日滅びた」と、僕は心で叫んだ。

僕は自分の心臓のことはちっとも考えなかった。あとでふとそれに気づいた時、僕は初めて僕の心臓などいまさら問題になりようがないのを知った。僕の心臓はただ一個だけ切り離されているのだ。いよいよ本当に振出しから始める、その時が来たのだ。

すぐまた旅に出ることはできないと僕は思った。いろいろ片づけものをしなければならぬ、と僕は僕に言いきかせた。しかし何を片づけておくのか、僕は少しも当てがないのだ。考えてみると、ほとんど何もすることがない。僕は町の中を歩きまわり、市街がひどく変ってしまったのを見た。僕は滞在していたホテルから、一歩外へ出るのが楽しかった。町はまるで僕を異国人のように取扱ってくれ、いつのまにか大人の町に変化していた。すべてのものがいくらか小さくなったような感じだ。僕は灯台の下まで、遠い道を散歩に出かけて、引返した。アマリエンガーデという町まで行くと、ようやくずっと昔に馴染《なじみ》だったものを思い出すことができた。思い出はどこからか目の前に立ち現われてきて、再び昔の親密さを取戻そうとするかのようだった。とある家の角の窓や入口や軒灯などが、やはり僕を見知っていた。そして、互いに秘密を知っているもの同士の嚇《おど》し方で迫ってきた。僕はそれらを一つ一つじっと打守り、落着いて、僕が「フェニクス・ホテル」の滞在客で、いつここを立つかわからぬ旅の人間だと知らせてやるのだった。しかし、僕の心は、やはり少しばかり疚《やま》しい良心の曇りを残していた。昔の思い出の数々がどうしてそのように造作なく拭《ふ》きさることができようかと、僕は不安な気持を消しかねていた。それらのものからひそかに迫ってくる力、それらのものとの親密な結びつき――僕は過去の思い出に一種の未練を残しながら、ある日、そっと逃げるようにしてこの町を去った。もし少年時代を取り返そうと思えば、僕はある程度まで僕の少年時代をここに再現してみることができたかもしれなかった。僕はわざと目をつむって、僕の少年時代を投げ捨ててしまったのだ。それと同時に、もはや心のよりどころとすべき貴重なものが、永久に失われたのを僕は感ぜずにいられなかった。

僕は毎日ドロニング通りの狭苦しい部屋で一、二時間を過すことにしていた。誰か人の死んだアパートメントハウスの部屋というものがだいたいそうだが、ここもやはりどことなくみすぼらしげな感じが漂うていた。僕は書きもの机と大きな白煉瓦《れんが》の煖炉《だんろ》との間を行き来して、主馬頭が残した書類を灰にした。僕はまず真っ先に一まとめにしてあった手紙類を火に投じた。ところが、この小さな包みはあまりきつく縛りすぎたために、端の方が焦《こ》げるだけでなかなか燃えなかった。僕は思いきってそれを解いてしまった。包みはそれぞれ燻《いぶ》って、きつい匂いをまきちらした。それが僕の鼻先に迫って来て、遠い追憶を呼びさまそうとするかのように、執拗《しつよう》にもつれつくのだ。しかし、僕にはなんの追想もなかった。しばらくすると、燃えさしの包みの中から写真がすべり出した。おそらくほかのものに比べて重かったせいだろう。写真はひどく手間どって燃えた。われながらどんな連想かわからなかったが、僕はふと突然、インゲボルクの写真がこの中にあるはずだと気がついた。しかし、燃えている写真はどれを見ても、女盛りの、すばらしい、たいへん美しい婦人たちばかりだった。僕は今度はそれから別なことを考えついた。僕は全くこれらの思い出がないわけではなかったのだ。まだ僕が子供のころ、父に連れられて町を歩いていると、ちょうどこのような眸《ひとみ》が僕をじっと見つめたことがあった。また、このような眸が馬車の奥から僕をじっとのぞいていて、どうしてもその視線の圏から出られなかったことも覚えている。あるいはこのような眸が僕と父とをしげしげ見比べながら、僕にむいて何か言ったことも忘れていなかった。僕は確かちょっと辛《しん》辣《らつ》な批評を受けたらしかった。もっとも父の主馬頭は、誰と見比べられても、めったにひけをとらぬ美男子だったのだ。

父が恐れていたものを、僕はやっと今知ることができたかもしれない、なぜ僕が急にそんなことを言い出したか、それも隠さずに書いてしまおう。父の紙入れの奥深くから、一枚の紙きれが出たのだ。ずいぶん長く折ったまましまってあったらしく、ぼろぼろになって、折り目が破れていた。僕はそれを燃やす前に読んでみた。なかなかしっかりした筆跡で、きれいな文字がそろえて書いてあった。しかし僕はすぐ、それが何かから写し取ったものなのに気がついた。

「死ぬ三時間前」という書き出しで、そこにはクリスティアン四世（訳注 デンマーク王（一五七七―一六四八））のことが書いてあった。僕はむろん、その文章を元のままここへ書き写すことができない。死ぬ三時間前、クリスティアン四世は起き上がろうとした。侍医とお付きのウォルミウスの二人が助け起した。彼はふらふらしながら、どうにかやっと立つことができた。

二人が急いで綴《と》じ縫いの寝間着を着せかけた。すると、突然彼はベッドの前端に腰をおろして何か言った。しかし、その言葉はよく聞きとれなかった。侍医は彼の体が再びベッドの上に倒れぬよう、左手をつかまえていた。そんな具合にすわったまま、彼はときどき苦しそうな元気のない声で、何かわからぬことをつぶやくのだ。とうとう侍医はたまりかねて自分の方から話しかけてみた。クリスティアン四世が何を言いたいか、根気よく少しずつ臆測《おくそく》してゆこうと考えたからだった。しばらくすると、彼は侍医の言葉をさえぎって不意に非常にはっきりした声でいった――「ドクトル、おまえはなんという名まえだったか?」侍医はしばらく一所懸命に考えてから返事をした。「シュペルリングと申します、陛下」

しかし、彼が考えていたのはシュペルリングのことではなかったのだ。クリスティアン四世は自分の言葉が侍医にわかったのをみると、片一方だけ残っていた右の目を大きくあけて、顔じゅうの力をこめ、一言、たった一言いった。「死」と彼は言ったのである。「死」――彼の唇が三時間も前から言おうとしていた、ただ一つ最後に残された、これが言葉だった。

紙きれにはそれだけしか書かれていなかった。僕はそれを燃やす前に、何度も繰返して読んだ。僕は父が最期にひどく苦しんだということを、再び思い出した。みんなは僕に、父が苦しんで死んだと告げたのである。

　このことがあってから、僕はいろいろ死の恐怖について考えてみた。むろん、自分の二つ三つの乏しい経験も、いっしょに考え合せてみたのである。僕は確かに死の恐怖を感じたことがあった。なんの素因もなしに、恐怖は人ごみの市街の中で群集にもまれている僕を襲ったりした。むろん、またいろいろな原因が幾つも幾つも重なりあっていたこともある。たとえばベンチの上で誰かが気を失った。大勢の人々がそれを取巻いて見ていた。すでに意識を失った男はもう死の恐怖など、とっくに通りこしてしまったらしい。と思うと、僕は不意に恐怖に襲われたのだ。また、そのころナポリの町で、僕は一つの事件に出くわした。市街電車の中で僕の真向いに乗っていた若い娘が死んだのである。最初はただ気が遠くなったとしか思えなかった。電車はそのまま、しばらく走り続けていた。しかし、停車しなければならぬことがやがて明瞭《めいりょう》になった。僕たちの電車の後ろに、すでに数台の電車が立ち往生して、数珠《じゅず》つなぎになった。もうこの方向へは、たとえどんな力をもってしても一尺だって進めないという不思議な一徹な感じであった。顔色の青ざめた太った娘は、隣にいた女の人にもたれかかったまま、静かに息をひきとったのだろう。しかし、娘の母親だけはそれを信ずることができなかった。母親は一所懸命になって、あらゆる手段を尽した。洋服をだらしなくはだけてみたり、無理に動かない口に何か液体を含ませてみたりした。誰かが持ってきてくれた薬らしいものを母親は娘の額に塗りつけたりした。その時、かすかに目が動いたかと思うと、母親は急に娘の体をやけにゆすぶり始めた。つりあがった瞳孔《どうこう》が、また元のように、真ん中に戻ってくるかもしれぬと思ったのだろう。母親は動かない眸に大声で叫び、娘の体をまるで人形のように引っぱったりゆすったりした。しまいには手を振上げて、死なせてはならぬ一心から、力任せに娘の顔を打ったりした。この時僕は、底知れぬ恐怖におののいたのである。

しかし、僕はそれよりも前、すでに恐怖を感じたのを知っている。たとえば、僕の犬が死んだ時だ。犬は自分の死をあくまで僕のせいだと信じこんでしまったのだ。犬の病気は非常に重かった。僕はその日一日、犬のそばに付ききりにしゃがんでいた。突然、犬が短くきれぎれに吠《ほ》えた。知らぬ人間が部屋にはいって来た時に吠える吠え方だった。僕と犬とはそのような場合、いつもこんな吠え方で知らせあうことに決めていた。だから、僕は思わずドアの方を振りむいた。しかし、「死」はすでにもう内部へ忍びこんでしまったのだった。僕は不安になって犬の目を求めた。犬も僕の目を求めてきた。しかし、犬の目は、最後の別れを告げる目とは違っていた。犬は僕を情けなさそうな、激しい目でにらんだのである。その目は僕が黙って「死」を内部へはいらせてしまったことを非難していた。僕だったらそれを追い返すことができると、あくまで犬は主人を信じきっていたのだろう。しかし、今僕を過信していたことがわかったのだ。僕はもう犬に事情を説明してやる暇がなかった。犬は僕を情けなそうに、寂しく見ながら、死んでしまった。

もう一つ、僕は死の恐怖におびえたことを覚えている。秋が深くなって、幾日か最初の夜さむの日が続くと、蠅《はえ》はみんな部屋の中に集まってきて、やっと部屋のぬくもりで生きているようになる。蠅は体がひどくかさかさになって、自分の羽音にもおびえた。一目でもう、彼らはどうして生きてよいか見当さえつかなくなってしまったのがわかるのだった。何時間もじっと止ったまま、ぼんやり身動きもしないでいるかと思うと、急にまだ生きているのを思い出したかのように彼らは騒ぎ出した。そんな時、彼らは盲滅《めくらめっ》法《ぽう》にどこかへ身を投げつけるように飛んでいったが、そこで何をしてよいかわからぬのだ。やがて、そこでもここでも、ぼたぼた蠅の落ちる音がした。そのようにして何日かたつと、彼らはそこらじゅうを這《は》いまわり、いつとなく目立たぬうちに、部屋じゅう蠅の死体がころがるのだった。

僕は一人でいても、やはり死の恐怖を感じた。僕は恥を忘れて告白しなければならぬが、無気味な死の恐怖のために夜半ベッドの上に起き上がったことも一度や二度ではなかったのだ。少なくとも起きてすわっていることが何か生きているしるしであり、死んだ人間はすわることもできぬだろうと、僕は真面目《まじめ》にそんなはかない言い訳を考えていた。そのころの僕は、いつも異境のただ偶然に与えられた部屋の中で起き伏ししていたのだ。病気にでもなると、異境の冷酷な部屋は、かかりあいになったり巻添えをくったりするのを恐れるかのように、容赦なく僕を孤独へ突き放した。僕は一人すわっていた。おそらく、僕はひどくおっかない顔をしていたのに違いない。僕に親しく話しかける勇気が、部屋の家具や道具類にはどうしても出てこぬらしかった。わざわざ僕がともした黄ばんだ明りさえ、僕にむいてわざと知らん顔をした。人けのない部屋のランプか何かのように、ただぼんやりあたりを薄黄色に照らすだけなのだ。僕の最後の希望は、もうこうなってくると、窓が一つ残っているばかりだった。あの窓の外にはきっと僕の味方になってくれるものがあるだろう、不意に襲いかかった死の窮乏の中から僕を救ってくれるものがあるだろう、と僕はそれだけを念じた。しかし、やがて僕の目が窓にむいた瞬間、僕はなぜか窓がふさがれていて壁のように塗りつぶされていることを願ったのだ。僕は窓の向うへ行っても、やはり同じように救いがないこと、窓の外にもやはりただ僕の無限な孤独が続いているだけなことが、はっきりわかるのだった。僕は自分でこのような孤独をわれとわが身におおいかぶせてしまったのだ。僕の心は孤独の絶対な広がりに対して、もはや比較の対象にすらならぬ、ちっぽけなものだった。僕は別れてきた人々のことを思い浮べた。なぜあんなよい人々を捨てて来たのか、今はもうまるでわからなかった。

これから先、またこのような苦しい夜が訪れて来るだろう。僕はせんかたなく、そんな恐ろしい夜のために、ときどきこんなつまらぬことを考えてみるのだ。が、神よ、どうかこれだけは不憫《ふびん》な僕のために許してください。僕の願いは、ひどく大それたものではないのです。僕はこれが恐怖から生れて来たのを知っている。僕の恐怖が大きければ大きいほど、こんな考えが出てくるのだと思っている。子供のころ僕はよく横顔を打たれて、臆病者とののしられた。僕はつまらぬことを恐れていた。しかし、それから少しずつ僕は本当の恐怖を知ってきたのだ。本当の恐怖というのは、それを産み出す内部の力が強ければ、恐怖もまたかえって強くなる態《てい》のものに違いない。そして僕たちは恐怖よりほかに、人間内部の力を見ることができぬのかもしれぬ。この力は到底僕たちにわかりっこない力なのだ。無理にそれを考えようとすれば、すぐ僕たちの脳髄が粉砕されてしまうような恐ろしい力である。しかし、やっと僕はこのごろになって、それが僕たちの力であることを信じ始めた。僕たちにとって、死の恐怖は強すぎるに違いないが、それでも本当は僕たちの最後の力だと、僕はそんなふうに考えている。むろん、僕たちはその力がなんであるかちっとも知らない。しかし、僕たちがいちばん知らないのは僕たち自身のものでなかったろうか。僕はときどき、天国はどうしてできたか、死はどうしてできたかを考えてみる。それはきっと、僕たちがいちばん大きなものを天国や死のそばへ大切にしまっておいたからにほかならぬ。ほかに差しあたってしなければならぬ雑事が多かったし、大切なものをせわしい僕たちの身辺におくことは不安でならなかったのだ。それから思わず長い歳月が流れ過ぎた。僕たちは毎日つまらぬ雑事に追われていた。僕たちは自分のものをいつのまにか見忘れてしまった。そして、その想像もつかぬ大きさを今はただ恐怖するだけなのだ。と、こんなふうに「死」を考えることを、神よ、あなたは不憫な僕に許してくださるだろうか。

僕はここまできて、紙入れのいちばん奥にこんな悲痛な臨終の情景を書いた紙きれをしまい、何年間もそれを大切にしていた人間の気持が非常によくわかった。別に風変りな特別な臨終でなくともよいのだ。とにかく、臨終というものは、すべていくらか不思議なものを隠しているのだから。たとえば、フェリクス・アルヴェールが死んだ時の事情を書き写して、それを身につけている人間だってあるだろう。彼は病院で死んだ。静かに眠るように死んでいった。尼僧《にそう》は彼がもう息をひきとったと思ったが、まだかすかな生命の火が残っていたらしい。彼女は大きな声で、どこそこに何々があるから持ってきてください、と部屋の外へ叫んだのだ。少し教育の足りない尼僧だった。彼女はそのときKorridor（廊下）という言葉を使わねばならなかったが、まだ一度もその文字を見たことがなかった。彼女は廊下というつもりでKollidorと言ってしまった。すると、ふとそれを聞いたアルヴェールは自分が死ぬのをしばらく見合せたのだ。そしておそらくこの言葉を説明してやらねばならぬと考えたのだろう。彼は急に意識を取戻して

Korridor というのが本当だと彼女に教えて、それから死んだのである。彼は作家だったので、あやふやな言葉が嫌いだった。もしかすると、彼はただ本当のことはあくまで本当のことでなければならぬと思っただけかもしれぬし、あるいは、最後の記憶として世間の人々がこんなにまでだらしないのかと思わねばならないのが気づまりだったのかもしれぬ。その理由を決めることは不可能に近いが、これをありふれたペダントリイだとするのは、いちばん間違った解釈であろう。もしそんなことにしてしまうと、僕たちは同じ非難を聖者ジャン・ド・ジュウに向ってさえ向けなければならぬかもしれぬ。断末魔の苦しみの中で、ほとんど耳も目もふさがってしまった聖者が、どうしてわかったのか、庭で首をくくったものがあると聞くと、急にはね起きてその縄を切りに行ったというのだ。彼もただしなければならぬ正しいことをしただけだったかもしれぬ。

目で見ただけなら、本当に毒にも薬にもならぬと言ってよいだろう、ちらっと見ただけでもうすぐ忘れてしまうのである。しかし、それが目で見るのではなく、ふとどこからか耳の中にはいって来ると、急に大きくなりだし、いわば繭《まゆ》を破って出て来る昆虫のように、耳の中を縦横に這いまわったりするものだ。やがて、それが脳の中へ這いこみ、犬の鼻から忍びこむといわれるプノイモコクス（犬の肺炎菌）のように脳髄の中で猖獗《しょうけつ》をきわめる場合が少なくない。

隣人というのが、確かにそのような一例だ。

僕は孤独な漂泊を続けながら、いろいろな隣人と巡り合わした。たとえば階上の部屋や階下の部屋には必ず誰かがいたし、右側の部屋や左側の部屋にもきっと誰かが住んでいた。むろん、同時にこの四つの部屋に、隣人が住んでいたこともある。僕はこれら隣人たちの物語を書けばよいのだが、それは生涯かかっても書ききれぬかもしれぬ。かえって、それを書いているうちに、どうやら、結局僕の心に食いいったさまざまの病気の物語ができてしまいそうだ。病気といい隣人といい、それらはいずれも、ある組織体へもたらす障害によってのみ自己の実体を示すものにほかならぬ。

隣人には、でたらめな、行動の決らない人があるかと思うと、その一方に、全く反対な時計の針のように正確な人もあった。僕はじっと僕の部屋にすわって、さまざまな隣人たちの法則を考えていた。やはり彼らにだって何かしら法則があることだけは、言うまでもないのだ。しかし、時計のように正確な人が、いつか夜になっても帰ってこなかったりすると、僕はどんな不慮の出来事があったのかしらと、雑多な空想にふけるのだった。明りをつけたまま、いくら夜がふけても眠らずに、僕は年若い彼の細君のように心配をした。人を憎みきっている人があるかと思うと、激しい愛情の嵐《あらし》の中に立っているような人もあった。ところが、真夜中に、手の裏を返すように突然それが入れ代ってしまうことさえあるのだ。むろん僕は、そんな時など、まんじりともできなかった。それでみても、人間の睡眠というものは、思ったよりいいかげんな、どうでもよいものらしい。たとえば、僕がペテルスブルクにいた時分の隣人は、ほとんど睡眠などを問題にしなかった。一人の方はいつまでも起きてバイオリンを弾いていた。きっと彼は、朔北《さくほく》の八月の異様な明るさの夜に包まれて朝まで眠らずにいる町の家々をながめながら、自分もバイオリンを鳴らしているに違いなかった。するとまた、右側の部屋の男は、いつもベッドの中にころがっているのだ。僕の起きている間に、一度だって起きて来たためしがなかった。彼は目も閉じているらしかった。しかし、眠っているというのではない。彼は横になったままプーシュキンやネクラソフなどの長い詩を諳誦《あんしょう》した。こどもが詩を読むときのような平板な調子だった。絶えず左側の部屋から響いてくる音楽を聞きながら、僕の頭の中で蛹《さなぎ》のように繭を作ってしまったのは、この奇妙な詩を諳誦する男であった。蛹がいつどんな形の虫になって這い出してくるかわからない、といくらか不安に思っていると、ときどきその男をたずねて来る大学生がある日ドアを間違えて僕の部屋へはいって来た。彼はその男の経歴を話してくれた。僕はやっとそれで、いくらかほっと安心することができたのだ。ありのままのごく簡単な話で、僕のわがままな空想の虫どもはたちまち引っこんでしまったのだ。

隣室の男は下級の官吏だった。ある日曜日、彼はふと奇妙な課題を思いついたのである。彼は自分がひどく長生きをする場合を想像した。たとえば、まだこれから五十年は生きられると考えてみた。それでひどく胸の中がからりといい気持になったのだ。今度は、どうすればそういう長生きをさらに長くしてゆくことができるかを考えた。そして、この年数を日に換算し、時に換算し、分に換算し、できれば秒にまで換算することを思いついたのだ。彼はただ一所懸命に計算した。結果は今までに見たことも聞いたこともないような大きな数字になってしまった。彼は目まいがした。すこし休養が必要だと思った。時間が大切だと、いつも聞かされていたのに、こんなに数え切れないほどの時間を持っている人間をちっとも保護してくれないのだろうか。うかうかしていれば大切な財産が誰かに盗まれてしまうかもしれぬ。しかし、彼はまた平生の、上機嫌な、罪のない、お人よしな気分を取戻した。少しでも風采《ふうさい》を立派に見せるために、彼は外套《がいとう》を着た。上官の口まねをして少しばかり鷹揚《おうよう》な口調で「ニコライ・クスミッチ」と自分の名まえを呼び、彼はこの莫大《ばくだい》な財産を自分の手から自分の手へ贈与することを考えついたのである。

「ニコライ・クスミッチ」と彼は鷹揚な声で言って、同時に、外套のない、痩《や》せた、貧乏そうなもう一人の自分が馬の毛を織ったソーファにすわっているみすぼらしい姿を想像しなければならなかった。

「ニコライ・クスミッチ、わたしは君がこんな財産なんか鼻にかけぬようにしてもらいたいね」と彼は言葉を続けた。「財産なんてものはごくつまらんものだ。世間には貧乏でも本当に尊敬すべき人間がいくらもあるんだからね。町の中で物を売っている人の中にだって、貧乏した貴族や将軍の娘が交っているだろう」贈与者はこの町のみんながよく知っているすべての例をあげてみせた。馬の毛のソーファにすわっているニコライ・クスミッチ（これが財産の受取人である）は少しも高慢らしい態度を持っていなかった。一躍財産家になっても、別に気がおかしくなりそうな様子はなかった。事実、このことがあってからも、彼はへりくだった地道な生活を少しも変えなかったのだ。日曜日ごとに、ただ例の計算を差引きして決算することに決めていた。二、三週間が過ぎ去ってみると、彼はすでにおそろしく大きな支出になったのに気がついた。そこで、少し節約しなければならぬ、と彼は考え直した。朝は早くから起きて、顔を洗うのだってゆっくりできなかった。立ったままお茶を飲み、まだ時間が早すぎるのに、大急ぎで役所へ駆けつけた。彼はあらゆる機会に少しずつ時間を節約した。しかし、また次の日曜日が来て計算してみると、それがちっとも節約になっていないのだ。彼は初めてだまされたのを知った。彼は現金のまま持っていたのがいけなかった、とひとり言を言った。たとえば一年間、これを積ってみたらいくらになるだろう。それだのに、一銭二銭の小銭では、何かわからぬうちになくなってしまうのだ。午後になると、彼は機嫌を悪くしてしまった。彼はソーファの隅にすわって外套を着た紳士を待っていた。彼は時間を返してもらうように請求しようと考えていた。相手があっさり請求に応じなければ、ドアに錠をおろして聞くまで帰すことでないと思ったりした。「手形でよろしい」と彼は言うつもりだった。「額面は一枚ごとにまあ十年くらいに決めましょう」十年の手形が四枚、五年の手形が一枚、そして実にいまいましいが、残りの五年だけは先方へ戻すことにしてもよい。話をまるくまとめるために、彼はそれくらいのものを譲歩する用意までした。彼は興奮して馬の毛のソーファに一日すわっていたが、待っていた紳士はついに影も見せなかった。ニコライ・クスミッチは二、三週間前にはソーファにすわった自分の姿を容易に想像することができたが、位置を変えて、今度は自分がすわってみると、外套を着た鷹揚なもう一人のニコライ・クスミッチをどうしても想像してみることができないのだ。いったい、あの紳士はどうしたのだろう。すでに詐欺《さぎ》罪が暴露して、どこかの刑務所に拘置されたのかもしれない。きっとだまされたのは自分一人でなかったのだろう。ああした知能的犯罪はいつも大規模なものと相場が決っている。

　彼はふと、これには一種の銀行のような国家的施設がなければならぬと考えついた。少なくともそこへ行けば、小口のうるさい一秒一秒まで両替してもらえるだろう。なにぶん小銭には違いないが、立派なまともな貨幣なのだから。しかし、そんなふうな施設の名まえを彼はまだ一度も聞いたことがなかった。名簿を捜したら、そんな名前がひょっとして見つかるかもしれぬ。Zeitbank（時間の銀行の意味）だからZをみればよいかな。もしかすると Bank für Zeit（時間取扱銀行の意味）かもしれないからBのところも捜してみよう。ついでにKも一応のぞいてみなければなるまい。ひょっとして kaiserlich（国立）という形容詞がついているかもしれないから。このような重要な施設であってみれば、当然「国立」ということも一応考慮しておかねばならぬ。

あとになって何度もニコライ・クスミッチの誓ったところによると、この日曜日の夜、彼はむろん重たい嫌な気持で閉口していたが、酒などは一滴も飲まなかったということだ。次のようなことが起ったのも、だから、全く素面《しらふ》だったのである。（次のようなことが起ったと書いたが、それが別に大した事件でないのはいうまでもない。）たぶん、彼はそれからソーファの隅で少しばかりうとうと眠ったらしい、としてよい。その短い睡眠がまず彼の頭をすがすがしくした。ひどく数字と仲よしになったものだ、と彼はひとり言を言ったりした。しかし、自分は数字のことはちっともわかっていない。ただどうも数字を重大に考えることが間違いの因《もと》らしいのが、のみこめて来た。数字なんてものは言ってみればただ仮に国家のために、秩序のために、設けられたものにすぎないのだ。紙の上以外に数字を見た人間はどこにもいやしない。たとえばどこかの社交的なパーティなどで、《7》を見ただの《25》に出会っただのいうことは、絶対に聞いたためしがないじゃないか。もともと数字なんて架空のものに違いないのだ。それだのに、時は金なりだなんて、時間と金銭を一つのように考えたりするのは、迂闊《うかつ》から生じたつまらぬ思い違いだ。ニコライ・クスミッチは笑い出しそうになった。こんな具合にうまく罠《わな》が悟れたのは仕合せだと思った。しかも、あとの祭りでなくて、ちょうどよい潮時に悟ることができたのが、実にありがたい。これからはすっかり出直すことにしなければならぬ。時間なんてものは、厄介しごくなものだ。しかし、これは自分だけのことだろうか。たとえ知らなくても、ほかの人々だってやはり同じことでないだろうか。自分の新しい発見は、ほかの人々の分秒にも同じく当てはまるのでないか。

ニコライ・クスミッチはやはり他人の無知を喜ぶ弱点を免れなかった。ひとはひとだ――と彼は考えようとした。そこへ不思議な出来事がもちあがったのである。突然、風が彼の顔を吹いた。微風が耳のそばをなですぎたと思うと、手にもそれが感ぜられた。彼は思わず目を上げた。窓はしまっている。真っ暗な部屋の中で一人大きく目をあけてすわっているうちに、彼はだんだん、今吹きすぎていったものが過ぎ去ってゆく時間の実体だと思い始めた。彼は一秒一秒をはっきり有形なものとして触感した。一秒一秒はどれも同じようになまぬるい感触がしたが、ひどく早い、すばしっこい生きものらしかった。どんなものかまるで見当もつかなかった。風という名がつけば、どんな微風でも、ただ顔を吹かれただけで何か侮辱されたような嫌な気持になってしまう自分だから、これがわかったのに違いない。こんな具合にじっとすわっていても、時間はこの風のように絶えず吹き過ぎてゆくのだ。一生、すうすうと吹き過ぎてゆくのだ。きっと人々が神経痛になるのはこのせいに違いない、と彼は思った。彼は腹が立ってきて、それを押えることができなかった。彼ははね起きた。しかし、驚きはそこにも彼を待ち伏せていたのだ。立ち上がった足もとのあたりに、また何かそよぐような動きがあった。しかもそれがただ一つだけでなく、幾つかのものが奇妙に交錯して動いているのに違いなかった。彼は驚いて目をすえてしまった。――そうだ、地球が動いているのだ？　すると、思ったとおり、地球の運動に間違いはないらしかった。地球が動くのだ。確か学校でそんなことを教わったが、あわてて詰めこんだ知識はいままでうわの空で、いい加減にほったらかしてあった。そんなことを改めて大人の口から言ったりするのは、ひどく気がひけるようにさえ考えていた。しかし今、感覚が鋭く冴《さ》えかえってくると、彼は動く地球を足もとで感じたのだ。ほかの人にもこれがわかるだろうか。おそらくわかった人があるかもしれぬ。ただ彼らは別にしゃべらなかっただけなのだろう。それに、船員なんかだったら、そのまま少しも不審に思わずにすますかもしれぬ。ニコライ・クスミッチは船がいちばん苦手だった。電車にも乗らぬことにしていた。彼は部屋の中をデッキにいる人のようにふらふら歩いた。右や左に絶えず体をささえねばならなかった。運悪く彼はここでまた、地軸が少しばかり傾斜しているという説を思い出してしまったのだ。彼はもうかすかな動きにも耐えられなくなった。自分がひどくみじめに思われた。寝てじっとしていろ、彼はそんな言葉をどこかで読んだことがあった。その時からニコライ・クスミッチは寝てばかりいるのである。

彼は寝て目をつむっていた。時々は揺れの少ない、どうにか我慢のできる日があった。その時、彼は詩を読むことを思いついたのだ。それが何か直接力になると言うのではない。詩をゆっくり読んで、同じような平板な調子で、一つ一つ押韻《おういん》をたどってゆくと、何か安定なものをつかむことができて、じっとそれに注意をむけていられるのだ。そういう気持はわからぬことではない。彼がいろいろな詩を知っているのは仕合せだった、と言うべきだろう。彼は以前から文学になみなみでない興味をよせていたのだった。彼とは長いつきあいだという大学生の話では、彼はそのような自分の境遇を誰にも訴えないということである。ただいつのまにか、この大学生のように、外を歩きまわって平気で地球の運行に耐えている人々を、ひどく誇張して感心する癖ができてしまったそうだ。

僕はまだこの話をはっきり覚えている。これは僕の孤独な心を非常に慰めてくれた。僕はニコライ・クスミッチのようなよい隣人を再び持つことはもう一生できないに違いない。きっと彼もひどく僕に感心していたことだろう。

こんな経験があってから、僕は同じような場合には、ただちに思いきって事実にぶつかってゆくことに決心した。想像や臆測《おくそく》に比べると、事実がどんなに単純で気休めになるかがわかったからだ。こう言えば、僕は真相と言われるものがみんなあとからまとめられたものであり、要するに一つの決算以上の何ものでもない、ということを忘れてしまったように聞えるかもしれぬ。とにかく、一つの決算のあとには、すぐまた別な新しい一ページが開けるのだ。そこには決算の繰越しが残りはしない。しかし今の場合、安閑と断定をくだした二、三の事実などが、いったいなんの足しになるのだろう。僕は現在ひどく苦しい立場におかれているのを告白しなければならぬ。しかも二、三の事実は、僕の苦しさをいっそう苦渋なものとするにすぎぬのだ。話がここまで来れば、僕はいっそありのままの事実を一つ一つ並べるほかに仕方がないだろう。

僕はここ数日の間ずいぶん書いた。僕は熱病のように書いた。これは僕の名誉のために言っておかねばならぬ。しかし、僕はいったん外出すると、帰宅のことを考えるのが嫌だった。僕はちょっとした回り道をして、三十分ばかり書きものの予定時間をつぶした。これは僕の弱点だと言われても仕方がない。しかし、部屋に帰ってくれば、僕はすぐ一所懸命に仕事にかかったのだ。僕は書いた。生命を打ちこんで書いた。僕の隣室には、まるで僕と関係のない、全く別な生活があった。医学生が受験準備の勉強に彼の生命を打ちこんでいたのである。僕は試験のようなものを受けようとしたことは一度もなかった。だから、それだけでも二人の間にはすでに決定的な相違があったわけだが、そのほか何から何まで僕たちはまるで正反対な境遇だった。僕にはそれが一つ一つわかっていた。しかし僕は、さあ、いよいよ来るぞと思った。と、僕はたちまち僕たちの間になんの共通点もないことなど忘れてしまうのだ。僕はじっと耳を澄ました。僕の心臓の鼓動がどきどき聞えた。僕はそんなものには構わず、ただ耳を澄ましていた。僕は間違わなかった。ついに予期したものがやって来た。

　何かブリキ製の丸い物、たとえばブリキ鑵《かん》の蓋《ふた》のようなものが、手をすべって落ちた時の騒々しい音は、およそ誰でも知っているに違いない。たいていの場合、下に落ちた時の音はたいしてひどいものではない。とんと落ちて、ただコロコロころがってゆく。本当に嫌な音をたて始めるのは、回転が終り近くなって、静止してしまうまでの、よたよたと四方八方にぶつかる時である。さて、今僕が予期したというのは、別になんでもなかった。そんなブリキ製のものが隣室で落ちたような音がするのだ。そしてころがりながら、おしまいに停止するまで、その間、さまざまな少しずつ違った騒音をまき散らすのだ。繰返し繰返し連続的にやかましく耳につく雑音の例にもれずこのブリキの音は一種内部的な有機的組織をもっているらしかった。騒音は刻々に変化して、ちっとも同じ音を続けないのだ。しかも、それには雑音の法則性というべきものがあった。ブリキの雑音は激しい音を出したり、優しい音を出したり、悲しい音を出したりした。いわば台風一過というような音もあったし、静まるまでにのろのろとゆっくり続く音もあった。しかし、最後の二、三転はきっと思いがけぬ唐突な回転になって、その次に来るがちゃがちゃという音はなんとなく機械的な感じがするのだ。しかも、同じブリキの音ながら、その時その時で、必ず区切り方が同じでなかった。それぞれ区切り方に、この雑音の主要な任務があったのだろう。僕は今こんな細かなことを一つ一つ吟味してみることができるのだ。僕の隣室は空っぽになっている。医学生は田舎の家へ帰って留守だ。彼はそこで体を休めて来るのだろう。僕の部屋はいちばん上の階であるし、右側はもう隣の家になっている。僕のすぐ下の部屋はまだ誰も借り手がない。今僕には隣人がないのだ。

こういうふうな願ってもない境遇にいながら、一向僕は気楽な気持に返ることができないのを不可思議に思った。僕は音のするたびに自分の予感によって、何か先触れのような警告を受けた。僕はきっとそれをうまく利用すればよかったのだろう。びっくりするな、さあ来るぞ、と僕は自分に言ってきかせておけばよかったのだ。実際、僕の予感は一度も狂わなかった。予感が少しも狂わなかったのは、僕がいつか耳にした奇態な事実を思い起したせいかもしれなかった。しかし、その事実を思い合わすと、僕はいっそう恐ろしくなって来た。それはこの学生が本を読んでいると、右の目のまぶたがひとりでにたれさがってきて、目がふさがってしまうという奇癖であった。そんなかすかな、緩慢な、静かな運動が、今このブリキのような騒音を出しているのだと想像すると、まるで怪談か何かのようにぞっとした。医学生のまぶたがひとりでに目をふさいでしまうなどというのは、ごくつまらぬ話に違いないが、僕の隣室の学生の場合には、これがいちばん大切な話の要点になっていた。彼はもうすでに何度か試験をしくじっていた。彼の名誉心は第一それでいらだってきたし、田舎の親たちも手紙ごとに早く試験にパスするようにせっついてくるらしかった。彼はせっぱつまって、ひどく気持を引きしめていた。だのに、試験の数カ月前になって、こんな奇態な病気が始まったのだ。一種の衰弱に違いないが、つまらない、ほとんどあり得ないような病気だった。たとえば窓のブラインドが、いくら上げても落ちてくるのと同じなのだ。最初の二、三週間は、彼もこんなことぐらいと考えていたらしかった。だから僕も、僕の意志を及ばずながら彼のために提供するなど、夢にも考えてはいなかった。しかしある日、僕はいよいよ彼の意志がくずれかかったのに気がついた。僕はすぐその日から、彼のまぶたが下がりだすなと思うと、ぴったり彼の部屋の境の壁に身を寄せて、さあ、僕の意志を遠慮なく用立ててくれたまえと声援した。だんだん僕は、彼が僕の好意を気持よく受入れてくれるのがわかった。けれども結局、せっかくの僕の好意も駄目だったのを考えてみると、彼はかえって最初からそれを断わった方がよかったのかもしれぬ。僕たち二人の力を合わして幾分踏みとどまってがんばれたということ、一応それは認めるにしても、僕たちがそんなにまでして戦いとった貴重な寸刻の時間を、果して彼が適切に使ったかどうかは疑問だった。それに、彼はいつのまにか、僕の精神的な負担を感じだしていた。こんなことがいつまで続いてよいのかと、僕は僕の心に言ってみた。と、ちょうどその日の午後、誰かが僕たちの住んでいる階へ上がって来た。階段が狭いものだから、誰かが上がってくると、小さなホテルじゅうにいつも不安が拡《ひろ》がるのだ。しばらくその足音を聞いていると、どうやら僕の隣室へそれははいったらしかった。僕たちのドアは、廊下の突当りになって、二つの入口がすぐ隣合せに仲よく並んでいるのだ。彼の部屋にときどき友人がたずねて来るのを僕は知っていた。最初ちょっと説明したように、僕はちっとも彼の環境に興味がなかったから、詳しいことは知らない。どうやら、彼の部屋のドアは、二、三度あけたてされたらしかった。そして人が来たり行ったりした。むろん、僕ははっきり責任を持って保証するつもりはない。

ところが、その夜がたいへんだった。まだ大して夜はふけていなかったが、僕は疲れてベッドにはいっていた。僕はうとうと眠りそうになって来た。その時、僕は誰かに揺り起されたような感じがして跳ねおきた。とたんに、またいつもの音がした。ブリキのようなものが落ちて、ころがって、どこかへぶつかり、ぐらぐらして、やがて止ったらしい。がらがらという音がたいへんすさまじかった。すると、一階の部屋から天井をたたく音がはっきりと、憎らしそうに聞えてきた。新しい入室者がきっとこの騒々しさに腹をたてたのだろう。おや、すぐ下の部屋のドアらしいぞ、と僕は思った。新しい居住者はおそろしく気を配ってドアをあけたらしいが、僕はその物音がはっきりとわかったのだ。もう僕はすっかり目がさえてしまっていた。彼はだんだんこちらへ来るような気配だった。どの部屋だったのか、調べてみるつもりなのだろう。あまり気を配って足音を忍ばせているのが、僕には不審でならなかった。こんな家でわざわざあれほど足音をころす必要があるかどうか、いくら新来者でもすぐわかるはずだ。いったい、なぜあんなに足音を消しているのだろう。彼は僕のドアの前にしばらく立っていたらしかった。やがて彼が隣室へはいった気配がした。もはや疑いはなかった。彼は遠慮なく隣へはいって行ったのだ。

そうすると、(僕はこの気持をどう言ったらよいだろう) 急にあたりがひっそりした。痛みがすうっと引いてゆくように、静かになった。ちょうど傷口が癒《い》える時のような、ひりひりと不思議に皮膚に感じる、静寂であった。僕はもうすぐ眠ってもよかった。ほっと安堵《あんど》のため息を吐《つ》いて、眠ってしまおうと思った。ただ さっきの驚きの余波が残っていて、それがなかなか僕の目をつむらせないのだ。隣で誰かの話し声がした。しかし、その声はもはや静寂の一部になっていた。このような静寂がどういうものであるかは、それを経験した者にしかわからぬだろう。到底、筆で書き表わせるものではないのだ。家の外も、今はすべてが静かなないなごやかさと一つに溶けていた。僕は起き上がった。じっと耳を澄ましてみた。まるで田舎の夜のようだ。そうだ、きっと彼の母親が来たのだ、と僕は急にそんな気になった。母親が明りのそばにすわっている。彼に話をしている。おそらく彼は母親の肩に頭をこころもちもたせかけているのかもしれぬ。もうすぐ母親の手で医学生を寝かしつけてやるだろう。僕は廊下をそっと歩いてきた静かな足音を初めて理解した。ああ、あんな足音があるのだ! あのような優しさの前では、どんなドアだって僕たちを入れるのとはすっかり違った微妙な開き方をしなければならぬ。僕も隣室の医学生も、たぶんそれから、やっと眠ることができた。

僕は間もなく僕の隣人のことをほとんど忘れてしまっていた。僕の彼に対していだいた同情がまだ本当のものでなかったのを、僕は知っている。ときどき、僕は階下を通りすぎる時、彼から知らせがあったかとか、どんな知らせだったかとか尋ねてみた。そして、いい知らせだと僕は喜んだ。しかし、それは僕の誇張した感情にすぎなかった。僕はそんなことを知る必要は微塵《みじん》もなかったのだ。僕は幾度も隣室にはいってみたい突然な衝動にかられることがあったが、むろん、彼とはなんの連関もないのだ。僕の部屋のドアからはわずか一歩の距離である。しかも、隣室には錠がおりていない。いったい、どんな部屋の様子なのか、ちょっと興味をひかれぬでもなかった。無造作にありふれた部屋を想像してみる、それがだいたい本当の部屋に一致することだってよくある例だ。がしかし、すぐ自分の隣の部屋は、なぜか不思議に、ほとんどあらゆる予想を裏切る場合が多いらしい。

きっと、そんな訳から僕は隣室をのぞいてみたかったのに違いない。しかし僕は、隣室で僕を待っているのは例の何かブリキ製の道具のようなものだろうと思っていた。むろん、間違うかもしれないが、僕はきっとブリキ鑵の蓋だろうと信じ切っていた。僕は別に不安はいだかなかった。ブリキ罐の蓋だとしてしまうのが、どうも僕の性質にぴったりしたのだ。おそらく彼は罐の蓋を残して行ったのだろう。あとを誰かが掃除したはずだから、蓋は元どおり罐にのせてあるはずだ。むろん、罐と蓋を二つ合せなければ、罐とか円罐とかいう完全な概念はできあがらない。ふだん誰でもが使う罐という言葉は、いつも罐の身と蓋を一つにして言うのだ。僕はその罐の二つの部分が煖炉《だんろ》の棚の上においてあるのを、まざまざと思い描くような気持になった。そうだ、それは鏡の前に置かれているのだ。だから、本当の罐の後ろに、もう一つそれと寸分違わぬ映像の罐がある。僕たちはそんな影の罐を別段なんとも思わぬが、もしか猿だったら、それをつかみかねないだろう。そうなると、また鏡の反射で二匹の猿がそれをつかむだろう。一匹の猿が煖炉の棚へ上がると、すぐ一匹の猿が鏡面に映し出されるはずだから。僕を待ち伏せているのは、きっとそんな罐の蓋に違いない。

そこで僕はこんなことを考えてみる——罐の蓋は罐に蓋をすることだけを一途《いちず》に念じているはずだ。こわれていない罐は、ちゃんと蓋の形が罐に合うように曲げられていなければならぬ。きっとまた、蓋の身にしてみれば、蓋をするということが一切の願いなのだろう。それがいちばん大きな満足であって、最後の願いの実現といってよいのかもしれぬ。しかし、蓋と身を二つ別々に離してみると、ほとんど同じ大きさで、どちらが蓋やら身やらわからぬというものが、やっと我慢して小さな突出部へ柔らかく巻きつきながら、しっくり嚙《か》み合っている、——そして嚙みあっている相手の角を弾力的に鋭く受けとめている、というのが本当の理想的な鑵の姿なのだ。しかし、このような微妙さを本当にありがたく思っている蓋がどれだけあるだろうか。人間との交渉によって、どのように物が自己の世界をかき乱されているかは、これだけを見ても実によくわかるに違いない。人間というものを、もしごくおおざっぱに鑵の蓋と比べることが許されるなら、みんな自分の仕事という鑵の上にいやいやながら乱雑にのっかっているだけなのだ。あんまりせっかちで、正しい鑵を捜す暇がなかったものもあるだろう。腹を立ててふくされのように乗っかったものもあるだろう。お互いに食い違う肝心の突角が勝手気ままに曲っているのもあるだろう。それをごく正直に言ってしまうと、彼らの結局の本心は、折りさえあればころがり落ちて、ごろごろ回転し、がちゃんとわめくことだけしか考えていないのだ。もしそうでなかったら、彼らのいわゆる騒ぎだの、人間たちの寄り集まったあの騒々しさだのは、いったいどこから来るというのだろう。

自然の「物」たちは、すでに何千年の昔からそればかり見て来たのだ。だから、いつのまにか人間に見習ってつい堕落してしまったのも、不思議ではない。無邪気な物までが今はその自然な静かな用途へのたしなみを喪失して、自分の周囲で行われている人間たちの放恣《ほうし》な振舞を見習う結果になってしまったのだ。彼らもまた自分たちの正しい用途から、ともすればそれてゆこうとするようになってきた。喜びをなくしてしまい、ずぼらな懶《なま》けものになってしまったのだ。彼らが勝手に飛び歩いてなまけているのを見ても、むろん人々は平気だった。人々はいまさら言われなくても、この変化をよく知っているのだ。自分たちがむろん強力者であるし、目先を変えてゆく権利も自分たちの方が大きい訳だし、こちらからお手本をみせてやった関係もあったし、人々はそんな訳で腹をたてながら、自分たちと同じようにただなるように任せておくより仕方がなかった。だから、たまにしっかりした人間が出てきて（それが孤独者である）、地道な土台の上に自己の生活を築きあげるために、昼も夜もいじらしい一途な努力を続けると、たちまち堕落した「物」たちの反抗や嘲罵《ちょうば》や憎悪《ぞうお》を招かねばならぬのだ。彼らは心の底まで腐ってしまい、もはや何ものかがしっかり身をひきしめて自己の存在の意味のために戦うのを辛抱することさえできなくなっていた。その一人の孤独者を妨害し、脅かし、惑わすために、すべてが同盟した。彼らはその可能性を知っていた。彼らはずるそうな目くばせをかわしながら、悪魔のような誘惑にとりかかるのだ。彼らの誘惑の手は想像もつかぬ深淵《しんえん》まで延びて、ありとあらゆるもの――神をも引きずっていた。ただ一人、あくまで誘惑を拒絶する孤独な聖者を滅ぼすために。

今になって僕は初めてあの奇怪な数枚の絵がわかるのだ。そこに描かれたさまざまの物はどれもみな一定の規則的な用途から解き放たれ、くだらぬ軽薄な馬鹿《ばか》ばやしの調子に誘われて、もの珍しげに、みだらがましく、互いに誘《いざ》ないあっていた。鍋《なべ》は煮たったままころがっているし、フラスコは何かとりとめのない自堕落な考えにふけっている。無精な漏斗《じょうご》が勝手気ままにそこらの穴にはいろうと身をくねらした。そして、妬《ねた》みぶかい「無」から投げだされた人間の肉体の一部や四肢がころがっているのだ。そこにべっとり吐きだされたようななまなましい顔面と、見さかいなく媚《こ》びようとするまんまんたる臀部《でんぶ》が見えた。

その絵には聖者が一人かがんで、小さくすわっていた。彼の目にはこのような怪異を可能だと信じる光が差していた。彼はそれを見たのだ。しかし、彼の感官は、明るく魂の溶けゆく中で、静かな灰になりつつあった。もはや彼の祈りの言葉は、たとえば秋の木の葉のように散り、口のまわりに霜枯れた灌木《かんぼく》のように立っているだけだ。彼の心はすでに滅びて、あたりのわびしい霧のようなものの中に流れ出てしまったのだろう。自分をむち打つ苦行の鞭《むち》が、今は蠅《はえ》を追う牛の尻尾《しっぽ》のように弱々しく見える。彼の胯間《こかん》のものは子供のように小さくなっていた。蠱惑《こわく》の女の胸乳をかき出してこの混沌《こんとん》の中を通って行ったとしても、彼の一物はやはり小指よりも細いだろう。

僕はこれらの絵をすでに古くさくなったものと考えた時期があった。むろん、絵そのものを疑ったのではない。僕はこの絵を、何をおいてもまず神の問題に没入しようとした、昔の聖者たちの出来事だ、とばかり考えていたのだ。熱心な、せっかちな人々の行為だと決めていた。僕たちはもはや、そんな道を想像すらできない。このような聖者の道は僕たちにはあまり苦しすぎる、僕たちはそれを避けて気長にゆっくり歩いてみたい、と僕はぼんやり考えた。そこに僕たちと聖者とを分ける時代の落差があったのだ。しかし、僕には今この気長な道が、やはり聖者の通った道と同じように苦渋なことがわかりだした。かつて洞窟《どうくつ》や人けのない草庵《そうあん》にこもっていた神の孤独な弟子たちを包んだように、反抗や悪罵や誘惑が、今は一人気長な道をたどってゆく孤独者のまわりを取囲むだろう。

孤独者というと、どうも世間の人々はあまり多くのものを前提していけない。彼らは孤独者とはどのようなものをさすか、よくわかったような顔つきをしながら、本当は何もまだわからぬのだ。彼らは第一、孤独者を見たことすらない。訳もわからずに、ただ孤独者を憎むのだ。世間の人々は孤独者を苦しめ酷使した隣人でしかなかったし、いわば孤独者を試みた隣室の「声」でしかなかったのだ。彼らはいろいろな無邪気な物を使嗾《そう》《し》して、孤独者を苦しめた。物の騒がしい雑音は彼の言葉を押殺してしまったし、子供たちまで大勢集まって彼をいじめとおした。孤独者は一人の青白いひ弱な子供にほかならなかったのだ。そして成長すればするほど、周囲の大人から遠ざかっていった。人々は彼を兎《うさぎ》か何かのように、その隠れ場所から追い出した。しかも、兎と違って、彼には禁猟期さえないのだ。彼がへとへとの体で逃げてゆくと、彼のあとに残したものを大声で彼らはののしった。不潔だといって、いつまでも猜疑《さいぎ》した。それでも知らぬ顔をして相手にならぬと、彼らはいっそうひどい迫害を加えるのだった。食べ物を奪ったり、汚ない息を吐きかけたり、最後はたった一つの大切な「貧しさ」に唾《つば》を吐きかけて、どうにも我慢のならぬものにした。疫病《えきびょう》やみをののしるように悪声をはなち、石をとって投げつけた。一刻も早く追っ払ってしまいたかったのだ。そのような彼らの古い習慣も、考えると十分理由のあることに違いない。孤独は確かに彼らの敵だったのである。

しかしなお孤独者がそのまま黙ってうなだれていたりすると、彼らも仕方なく省察に落ちた。彼らは自分たちの所業がかえって孤独者の意志を行なっていることに、ぼんやり気がついた。彼の孤独をいっそう強めてやり、結局、世間の生活から永久に引離すように手伝っているのを知ったのだ。そこで彼らは急に手を変えた。最後の手段に訴え、いよいよ取っておきの妙策を持ちだすのだ。すなわち、名声という全く別種の反抗に移るのだ。この狡猾《こうかつ》な喧騒《けんそう》に誘われて、つい孤独者は一人残らずほっと安堵の明るい顔を上げた。そして、心を散らして、もろくも打ち滅ぼされてしまうのである。

ふと今夜、僕は一冊の小さな緑色の本を思い出した。確か、僕はそれを子供のころ持っていたはずだった。なぜとなく、僕にはその本がマティルデ・ブラーエのものだったと思われてならなかった。しかし僕は、それを別に読んでみたい興味も起らなかった。それから数年たって、初めて読んだのを覚えている。おそらくウルスゴオルへ夏休みに帰った時だったろう。しかし、いよいよ手にとってみると、すぐその本の大切さがわかった。ちょっとその装釘《そうてい》を見ただけで、ひどく心をひかれるものがあった。表紙の緑色が深く心に沁《し》みついた。開いてみた時の全体の感じも、その瞬間、こうでなければならぬ、と何かのっぴきならぬ感じがした。最初から知らぬまに何かの黙契《もっけい》でもあったかのように、なめらかな白い綾模様《あやもよう》の見返しの紙が目についた。それから、僕は何か秘密を包んでいるらしいタイトル・ページをめくってみた。すると、なんとなしに口絵でもついていそうな予感が起きるのだった。しかし絵は一枚もついていないのだ。そして、かえってこの方がやはりよかったのだと、幾分未練を残しながら、僕は同意したりした。何気なくページをめくっていると、どこかから細い栞《しおり》代りの組紐《くみひも》が見つかった。不思議にそれがまた僕の心を慰めた。紐はやや斜めにはさまっていて、もうひどく糸目も弱っていたが、やっとけなげなピンク色のあざやかさを残していた。ここのページにはさまれたまま、どのくらいの年月がたったのだろう。もしかすると、この紐は一度も使ったことがないのかもしれぬ。製本屋の職人が無造作に手早い動作で綴《と》じこんだままなのかもしれぬ。しかしまた、単にそんな無意味な偶然ではないとも思われるようだ。誰かがそこまで読んで、それきりにしたのかもしれぬ。ちょうどその時、運命が彼のドアをたたき、彼を多忙な生活の中へ連れ出した、彼はすべての書物から離れてしまった——と、僕はそんな空想を描いたりした。（結局書物は実生活ではない。）だが、それっきりもう一度も読まなかったというはっきりした証拠は、どこにもないのだ。紐がはさまっているのは、何度もそこをあけて読むためのしるしだったかもしれぬだろう。夜おそくなってから、ときどき、彼はそこをあけて読んだのかもしれぬ。とにかく、僕は紐をはさんであった二ページを、誰も人けのない鏡のようにわざと避けて通った。僕はそこを故意に読まなかった。僕はその本を果してしまいまで読んだかどうか、思い出すことができぬ。その本はたいして大部なものではなかったが、いろんな話が書いてあった。僕はだいたいそれを午後の時間に読むことにしていた。まだ一度も聞いたことのない話がきっと一つは含まれていた。

僕は今、その中から二つだけここにあげてみよう。それはグリーシャ・オトレピヨフの最期《さいご》と、豪勇カルル大公の没落とである。

それが最初読んだ時にすぐ僕の心に深い印象を残したかどうかはわからない。しかし、十数年後の今になって、僕はツァーの僭称者《せんしょうしゃ》オトレピヨフの死体が民衆の前に投げ捨てられ、ずたずたに体を引裂かれ、顔に仮面をかぶったまま、三日も打捨てられていたという話をまざまざ思い出すのだ。僕が二度とあの小さな本を読むことはほとんどあるまい。しかし、あの個所はきっと今読んでも感銘するに違いないと思っている。僕はまた、彼が母親に会うところをもう一度読んでみたいような気がしてならぬ。彼は母親をわざわざモスコーまで呼びよせたのだから、自己の地位はもう大丈夫だという自信をもっていたのだろう。彼はその時、きっと母親を呼びよせてよいというだけの確信があったに違いない。大急ぎの旅で田舎の貧しい尼僧院《にそういん》から出てきたマリー・ナゴイは、ただ黙って承認するだけで思いがけぬ身分に上ったのだ。しかし、母親が彼を自分の息子と知った時、すでに彼の地位は動揺し始めたと見なければならぬ。僕は彼の仮面の力は、もはや彼が誰の息子でもないという一点にだけかかっていたと考えるのだ。(*それは結局、家を振捨てたすべての若者の力だと言えるだろう。)

(*原注　原稿欄外への覚書きである)

何も知らずに彼を迎えていた民衆が、かえって彼の欺瞞《ぎまん》を思いきり大胆なものにしていたのだ。しかし、巧妙な母親の告白は、むろん彼が仕組んだ虚構の一つに違いなかったけれども、反対に彼の力を弱める結果しかもたらさなかった。それは無尽蔵な詭詐《きさ》の宝庫から彼を締めだす結果になり、不敵な彼を無気力な模倣に縛りつけて自由を奪っただけである。彼のような異例な人間をただつまらぬ普通人に引きおろしてしまったのだ。もはや彼は単なる詐欺師であった。そのあとから、また一枚、マリーナ・ムニチェックが加わっている。彼女もにせもののドミトリイを彼女の息子だと言ってみたものの、それがかえってひそかに彼の秘密を破る原因になったことに気がつかなかった。結局、彼女も詭詐に加担することによって彼を否認した一人なのだ。実際、いったん事があらわれると、彼女は彼を捨てて周囲の誰彼に差別なくすがりついた。僕はむろん、こんな出来事がどの程度にその書物の中に書かれていたかを保証することができない。とにかく、話の筋は必然にこういうところへ展開してこなければならぬと思うのだ。

しかし、こういう部分をすっかり取去ってしまっても、この事件はまるでつまらぬ昔話とは言えぬのである。彼の最後の瞬間に綿密な考察を加えて、一編の小説を書いてみようと計画する作家だってあるかもしれぬ。いや、そういう構想は相当面白いだろう。たとえばただ最後の瞬間だけとってみても、そこにはさまざまのものが凝縮しているのだ。彼は安らかな半夜の夢を破られて窓ぎわに駆けよった。そして、あわてて窓から中庭の哨兵《しょうへい》の中に飛び降りた。彼は一人で立ち上がることができない。ようやく哨兵たちの手に助け起された。飛び降りた勢いで足をくじいてしまったのだろう。彼は二人の哨兵にもたれかかりながら、彼らだけが自分を信じてくれるのだと思った。彼はそっとあたりを見まわした。そこにいる哨兵たちはみんな彼を信じ切っていた。彼はかえって勇猛な親衛隊の哨兵たちが可哀そうになった。彼らは少しも疑いをいだかなかった。彼らはイワン・グロスニイの実権と力量をよく知っていた。そして、なお彼を信じたのだ。彼らは哨兵たちに事実を告白してしまいたいような気がした。しかし口を開けば激痛の叫びが出るだけだ。足の痛みはもうほとんど耐えられなかった。今となっては、彼は自分の運命を見限っていたのである。ただ苦痛だけが彼の頭を支配した。しかし、もはやなんの余裕もなかった。敵は間近に迫ってきた。先頭にシュイスキイが立っているのが見え、そのあとに兵隊が従っていた。もうこれまでだ。と、その時、哨兵たちが彼を取巻いた。あくまで必死に彼を守ろうとした。すると、そこに奇蹟《きせき》が起ったのだ。古くから側近にいた兵士たちの信頼が電光のようにすべての人々に伝わっていった。咄嗟《とっさ》に、もう誰一人押しかけようとはしなかった。すでに彼の目の先まで迫っていたシュイスキイは、仕方なく窓に向って叫んだ。彼はじっと一つところを見ていた。窓に誰が立っているかは、人々によくわかった。彼はあたりが水を打ったように急に静かになったのを感じた。もう窓から何かの返答がある時分だ。甲《かん》だかい、気どった、わざとらしい、あの声が聞えるのだ。彼はよくその声を知っていた。そして彼は、自分を否認する皇太后の声を聞いたのだった。

ここまでは、事件の運びにすべてを任しておけばよい。しかし、このあとが作家の領分なのだ。このあとに残された数行の言葉は、あらゆる抗弁を突き破る激しい力を持たねばならぬ。それを文字にするかしないかは別として、皇太后の声とピストルの銃声との間に、一閃《いっせん》した閃光のように、彼の心の底にもう一度ツァーに返ろうとする不逞《ふてい》な意志と気力とが燃えあがったのを疑うことはできない。もしそうでなかったら、寝間着姿の彼がずたずたに突き刺され、まるで何か人間の手のつけようもない強情さそのものを懲《こら》しめるかのように、無残に切りさいなまれた徹底した美しさは、何によって説明することができるだろう。しかも彼は、死んでから三日間も、すでに諦《あきら》めようとしたツァーの仮面を頑固に守りとおしていたのである。

やはり今から考えてみると、生涯を通じて少しも自己をまげなかった豪勇カルル大公（訳注 ブルグントのカルル大公（一四三三—一四七七）はブルグント王国をはじめようとして四隣の国々と戦ったが、一四六七年グランソンでスイス軍に敗れ、一四七七年ナンシイ包囲戦で悲壮な最期をとげた）の最期が同じ書物の中に書いてあるのも、何かの因縁に違いなかった。大公は花崗岩のように頑固で、いつまでもそれが変らなかった。そして彼の周囲の人々をだんだん重く押えつけていったのだ。ディジョンに彼の肖像画がある。その肖像画を見ても、気短かで、つむじ曲りで、強情で、捨てばちなところがよくうかがわれるのである。おそらく彼の手を注意して見る人はないだろうが、それはなんとなしにしょっちゅう冷やしていなければならぬようななま暖かい手だった。どうかするとこの手は、できるだけ冷たい空気に触れさせるために、指を拡《ひろ》げて何か冷たいものの上に無意識にのせておかねばならぬような気がした。普通の人間だと頭に血がのぼってくるという場合、彼はきっと手に血が集まって来るのだろう。彼の握りしめた拳《こぶし》は、狂人の頭のようにふくれていて、気まぐれな想念がぎしぎし詰めこまれていそうにさえ見えた。

このような激しい血に生れつくと、非常に細心な警戒が自然と必要だったに違いない。だから、カルル大公はいつも一人自分の心の中に閉じこもっていた。そして、この暗黒な隠れた血が激しく流れるのを、時にはわれながら恐れていたらしいのだ。彼は自分にもよくわからない、この狂暴な、ポルトガル人の血統をひく宿命の血を、異様な恐ろしいものに考えていたかもしれぬ。彼が眠っているうちに、この血が渦まいて彼を飲んでしまいはせぬかと、心配したりした。彼はなんとかこの血を飼い馴《な》らしてゆこうと試みたが、ついに血の恐怖からのがれることはできなかったのだ。彼は自分の血を恐れて一度も婦人を愛さなかったし、葡萄酒《ぶどうしゅ》のグラスに唇をつけることさえしなかった。酒類の代りに、彼は薔薇《ばら》のジャムを食べて血を静めようとした。しかし、彼も一度だけ葡萄酒を飲んだことがあるのだ。ローザンヌの陣営で、ついにグランソンが陥落したと聞いた時、彼は病気で引きこもっていたが、つよい葡萄酒をやけにあおった。彼の血は眠ってしまった。晩年の狂気じみた数年には、彼の血がしばしばこの重苦しい野獣の眠りに落ちることがあったらしい。そんな時、彼がいかにこの血の支配のもとにあるかがよくわかった。血が眠ると、彼はもはやなんびとでもなかった。お付きのものも彼の部屋にはいることが許されなかった。彼らの言葉がもうすでに彼に通じなかったのだ。大公は放心のまま引きこもって、外国の使臣にも会わなかった。じっと椅子《いす》にすわって、ただ血が目ざめるのを待っていた。彼の血は不意にはね起きて、心臓からどっと押出し、大きなうなり声を出すのだった。

やはりこの血のために、彼は自分にとってなんの用もないものを持っていなければならなかった。三つの大きなダイヤモンドやその他いろいろの宝石類がそれである。たくさんのフランドルのレースやアラスの絨毯《じゅうたん》もそれである。黄金の金具を打った絹のテントも、臣下たちのための四百個のテントもそれだった。板に描いた聖像や白銀作りの十二使徒の像などもそうだった。タラントの公爵《こうしゃく》、クレーヴの大公、バーデンのフィリップ、シャトオ・ギュィヨンの城主などもやはりそれだったろう。彼は自分の血に、余は皇帝だ、余を支配するものは一人もないのだ、と言ってきかせねばならなかった。せめてそうでもすれば、不逞な血が少しは彼をはばかるだろうと思ったらしい。しかし、彼の血はそのような証明をやすやすとは信じなかった。ひどく猜疑《さいぎ》心《しん》の深い血だった。たぶん、彼の血はそれからあとまで疑い続けていたのに違いない。そして、ユリの角笛がついに彼を裏切ってしまったのだ。それから、彼の血は彼を敗残者として容赦なく軽蔑《けいべつ》し始めた。いっときも早く彼を見捨てようとした。

僕は今それがよくわかるのだ。しかし、初めてこの本を読んだ時、何よりもいちばん感銘の深かったのは、人々がカルル大公を捜し求める主顕節（一月六日）のくだりだった。

ちょうどその前日、ナンシイの町であの異様な急戦があった。ロートリンゲンの若い君主がこの土地に来合わしていたのだ。彼は早朝からお付きの者を起して、カルル大公の安否を尋ねさせた。使者が次から次へ出された。彼はみずから不安な気づかわしい様子で、しばしば自分で窓ぎわに立ったりした。車や担架で運ばれて来る人々が誰であったか、彼は知らなかった。ただそれがカルル大公でないことだけしかわからなかった。手傷を負った人々の中にも見当らぬし、あとからあとから連れられて来る捕虜の中にも見あたらぬ。遁亡者《とんぼうしゃ》たちの報告は、聞くところ聞くところでまちまちだったし、何がなんだか少しも事情がわからない。再び大公の馬前に集まらねばならぬことを恐れるかのように、彼らはただ怖がってばかりいた。日が暮れかかったが、確かなことはやはりちっともわからぬ。大公の行くえが皆目わからぬという噂《うわさ》が、長い冬の夜を徐々に伝わってきた。その噂を聞くと、どこでも人々はさてはご無事だったかと急に大袈裟《おおげさ》な喜び方をした。おそらくカルル大公が、この一夜ほど人々の心にまざまざとその姿を浮き彫りにしたことはなかったかもしれぬ。どの家も起きていて、大公を待っていた。彼が入口のドアをたたくのを想像した。そしてとうとう大公が来ないとわかると、もうきっとご無事でこの土地を通りすぎてしまったのだと安堵《あんど》した。

夜はふけるにつれて、寒さが冴《さ》えてきた。「大公」という観念まで、冷たく凍ってしまいそうだった。大公は堅い氷のように人々の心の中に沈んでいた。それが少しもくずれないで、すでに何十年かが経過してきたのだ。ただ訳もわからずにカルル大公をいただいていた人々が、いまさら彼を慕うのだ。彼が国民と土地に与えた運命も、ただ大公その人の英姿によって人々はよく耐えていた。このような君主をいただくことはなかなかの労苦に違いなかったが、大公その人を知っている今となっては、何かしらなつかしい忘れがたい君主だった。

夜が明けると、一月七日は木曜日だった。この日はまた捜査が始められた。こんどは案内者を先にたててゆくことになった。それは大公近侍の少年だった。彼は大公が馬から落ちるのを見たと言った。その場所を教えることになった。少年は何も口をきかなかった。カンポバッソ伯爵が彼を連れて来て、ひととおり少年に代って事情を述べた。少年が先頭に立って進んだ。人々はすぐそのあとに従った。仮装しているうえにひどく不安らしい少年を見た人々は、それが少女のように美しいと噂され、節々がほっそりしているので知られていたジャン・バティスタ・コロナであるとは、ちょっと気づくことができなかった。彼は寒さに震えていた。霜の白い朝で、空気がガラスのように冷たかった。足で踏みつける土くれがきしきしと音をたてた。人々はみんな寒さに凍えていた。大公に仕えていたルイ・オンズという道化だけが、一人せっせと動いていた。彼は犬の真似《まね》をした。さっさと駆け出して行ったかと思うと、また引返して来た。そして、少年のそばをしばらく四つんばいになってちょこちょこ走ったりした。しかし、遠くに死体を見つけた時、彼は駆けていってまず丁寧にお辞儀をし、どうか神妙にしてもらいたい、そしてわれわれの捜している大公かどうか返答をしていただきたい、と死体に向って言葉をかけるのだった。彼はしばらく返事を待っていたが、不機嫌そうにみんなのそばへ引返して来た。そして、死んだ人間のエゴイズムと懶惰《らんだ》とをののしったり、毒づいたり、慨嘆したりした。いつまで歩いても、なかなか目的の場所へ到着しそうもなかった。人々は市街を振返ったが、見えなくなっていた。寒さがきびしいのに、雲が降りてきてあたりを閉ざした。視野は灰色の靄《もや》にふさがれて、見通しがほとんどきかなくなった。野原はどこまでも坦々《たんたん》と無関心に広がっているのだ。歩いてゆけば行くほど、この小人数の一団は道に迷った人々のように見えて来た。誰もあまり口をきかなかった。いっしょについて来た老婆《ろうば》だけが口をもぐもぐさせながら頭を振っていた。たぶん、お祈りでもしていたのだろう。

突然、先頭の少年が立ち止って、あたりを見まわして、大公お付きのルピというポルトガル人の侍医の方をむいて、前方を指さした。五、六歩ばかりのところに、氷のはった水だまりか池のようなものがある。その中に半身を突っこんだ十か十二の死体がころがっていた。死体はすべて裸体になって、着衣をはぎ取られていた。ルピはかがんで注意深く一つ一つ調べてみた。一同が一人一人手分けをして調べているうちに、オリヴィエ・ド・ラ・マルシュと従軍僧とが見つけ出された。その時、老婆は雪の中にひざまずいて、大きな死体の手の上に体をかがめ、たださめざめと泣いていた。死体の手の指は開かれて堅く上を差していた。みんなが急いでそこに集まった。ルピは二、三人の召使といっしょに、うつむけに倒されている死体を向け替えようとした。しかし、顔が堅く凍りついていた。無理に引起すと、一方の頬の皮膚が薄く、かさかさに剝《は》ぎとられてしまった。他の頬も、よく見ると、犬か狼《おおかみ》にくらわれたようなあとが残っていた。顔は耳の付け根にかけて大きく打割られていた。もはやほとんど人間の顔には見えなかった。一人一人、代る代るに後ろを振返ってみた。そこにありし日の大公の姿を捜したのである。しかし、彼らの目にはいったのは、怒ったように顔を真っ赤にして駆けてくる道化の姿だった。彼はマントを引っぱって、何かを払い落すように振ってみたが、何も出てこなかった。人々ははっきりしたしるしを捜さねばならなかった。カルル大公には二つ三つの身体的特徴になるものがあった。人々は焚火《たきび》を焚いた。そして死体を湯と葡萄酒で洗い清めた。首に残っていた古い傷口と大きなはれものの癒着したあとが出て来た。侍医はもう疑わなかった。ほかのいろいろな特徴も捜してみた。ルイ・オンズは二、三歩離れたところでモロオ号と呼ばれていたたくましい黒馬の死体を見つけた。大公はその日、ナンシイからこの馬に乗って出陣したのだった。この馬の上で、カルル大公はいつも短い足をぶらぶらさせていたのである。死体の鼻からは、まだ血が口中に流れこむのがどうしても止らなかった。彼は血を飲んでいるように見えた。少し離れていた召使の一人が、大公の左足の爪《つめ》が一つだけ肉にくいこんでいたはずだと言った。人々が爪を調べようとした。すると、道化はくすぐられる時のように手足をもがいて、大声で言った──「殿さまのつまらぬ弱点を捜すために汗をかいているこの愚かな人々を、どうかお許しくださいまし。殿さまのご遺徳が美しく輝いている拙者の、こんな悲しげな顔を見ただけで、彼らはまだ承知ができぬそうでござります」と。

（死体が安置された時、その部屋へ最初にはいったのも、この道化だった。どんな理由からか、それはゲオルク侯爵とかの屋敷であった。柩《ひつぎ》にかける布がまだかかっていなかった。彼は全体の印象をゆっくりつかむことができた。天蓋《てんがい》と褥《しとね》とは、いずれも黒い布だった。その二つの黒色にはさまれて、胴衣の純白のマントと真紅とがひどく際《きわ》だって、よそよそしい離れ離れな感じを誘っていた。すぐ目の前に、大きな金の拍車をつけた赤い長靴が見えた。向うには王冠があった。いろいろな宝石をちりばめ、大公の頭を飾った王冠である。その王冠が見えると、そこに頭があるかないかなど、もうなんの穿鑿《せんさく》も許さなかった。ルイ・オンズはそこらじゅうを回って、すべてを詳しく見て歩いた。布地のことはよくわからぬながら、繻子《しゅす》にさわってみたりした。なかなか高価な立派な繻子らしかった。ただ、ブルグント王家としては少しどうかと思われぬこともなかった。彼は再び全体をながめるために後退した。戸外からの雪の反射光の中で、色彩がみな一つずつ離れ離れに見えた。一つ一つの色が不思議に目にしみた。「立派だな」と、彼はやがて賛嘆して言った。「ただほんの少し、色が鮮明すぎるかもしれない」「死」が彼には人形使いのように思われた。天国で急にこんな大公の人形がいることになったのかもしれぬ。

(＊原注　これは原稿欄外の覚書きである)

自分ではもはやどうにもならぬ事柄を、少しもその事実を悲しみもせず、ましてなんの判断もしないで、ありのままじっと身に受けとめておくというのはたいへん立派なことに違いない。そんな立場からみると、僕はどうやら今まで本当の読書人ではなかったらしい。子供のころには読書が何か一つの将来の仕事のように思われていた。大きくなって、いろいろな仕事が次々に僕の目の前に現われて来る時、その一つが読書なのだと考えていた。そういう時期がいつになったら自分を訪れるか、本当をいうと、あまり僕にはわかっていなかったのだ。やがて生活に一種の変動が起って、最初、うちから外へ出ていたものが今度は逆に外からうちへはいってくるというような時、きっと人間はそんな大きな変化の時期に気づくのだろう、と僕はぼんやり考えていた。その時は何もかもはっきりわかって、誤解や錯誤は微塵《みじん》もないだろう。むろん、すべてがごく単純だというのではない。かえってその反対に、むずかしい、複雑な、こみ入った事情があるのに違いないが、それが非常にはっきり目に映って来るだろうと信じたのだ。いつまでも子供についてまわる奇妙なあの曖昧《あいまい》さ、あの不均衡、あの無見当さが、その時初めて克服できるのだと思っていた。どういうふうにそれが克服できるかは、むろん僕にはまだわからなかった。たぶん、そういうものは少しずつ大きくなってやがて全体を一つに押包んでしまうのだろう。そして、外を見ようとすればするほど、自分はかえって内部を引出してくるという奇妙な結果になるのに違いなかった。むろんいったいどこからその内部を引出してくるのかは、ちっともわからぬのだが。そうして、ついに内部がもうどうもならぬくらいまで大きく外部にはみ出してしまった時、一度にぱっとはじけてしまうのだ。大人たちの生活を見れば、よくそれがわかる。彼らはほとんどこのようなものに心をわずらわされてはいなかった。外を歩きまわったり、何かと判断をしたり、商売をしたりした。彼らが面倒なことに頭を悩ましている時は、かならず外部的な生活の錯《さく》綜《そう》に決っていたのである。

僕はこうした実生活の変化の第一歩へ読書をおいていたのである。僕は世間の知人たちと交際するように書物と交際するだろう。僕は自分が好きなだけの、一定の、楽しいなごやかな時間をそれに充《あ》てることができるだろう。むろん、中には特別にどれか一冊の書物と親密になって、ときどきはそのために三十分も一時間も思いがけぬ時間を費やすようなこともありそうな気がした。そして散歩の時間を遅らせたり、約束を違《たが》えたり、芝居の時間に遅れたり、急ぎの手紙を怠ったりするかもしれぬ。しかし、寝て起きたばかりのように髪をくしゃくしゃにかきむしってみたり、耳が火のように熱くなり、それとは反対に手が金属のように冷たくなったり、長い蠟燭《ろうそく》が一夜のうちに燃え尽きて燭台《しょくだい》にじりじり音をたてたりするような、子供じみた読書の経験は、もう絶対になくなってしまうだろう。

だしぬけにこのようなことを書くのは、僕がウルスゴオルで送ったあの夏の休暇のさい、何か奇異な感じで心に悟るところがあったからだ。僕はその年、突然がむしゃらな読書を始めた。そして、到底僕には本当の読書ができそうもないことがよくわかったのだ。僕はすでに予定してあった時期よりも、幾分早めに取りかかってみた。この年初めてソレエに出て、ほぼ同じ年ごろの少年たちに交って過した学校生活が、せっかくの僕の計算や計画をひどく不安なものにしてしまったからだ。学校での経験は思いがけぬ性急なものだった。彼らは僕をまるで大人のように取扱った。本当の社会と同じような苦い経験が、重く僕の上にのしかかって来た。そして、そういう現実の恐ろしさがわかればわかるほど、僕は自分の持っている子供っぽさの無限な拡がりが急に目に見えたりした。僕は僕の子供っぽさがまだなかなか取れそうもないことを十分知っていた。その次に来たるべきものが、まだ始まったか始まらぬかもわからぬのだ。生活の時期に区切りをつけるのはめいめいが勝手な時期でよいのだ、と僕は自分でそう言ってみた。しかし、その時期は僕が見つけ出さねばならぬ。そして結局また、僕はちゃんとした区切りを見つけるには、まだやはり幼なすぎることしかわからなかった。せっかく区切りを捜そうとしても、生活はそんなものになんのかかわりもないという意地悪い顔をしてみせるのだ。僕は思い切って、僕の少年期はもう過ぎ去ったのだと決めてしまった。と、その瞬間、次に来るはずのものまで夢のように跡形もなく消えてしまうのだ。鉛の兵隊は下の方の重さでわずかに倒れずに立っているが、僕もそんな心細い過去の重さでわずかに倒れるのを免れていたらしい。

この発見がいっそう僕を孤独にしたのは見やすい道理である。それは僕の心の中に沁《し》みこみ、一種究極的な喜びで僕を満たした。僕はその喜びがあまり僕の年齢とかけ離れたものだったので、かえって悲しみだと思ったりした。これを思うと、まるで一寸先が闇《やみ》のような気がして、こんな目先のわからぬことではさぞいろいろなことを迂闊《うかつ》に見のがしているだろうと、しきりに不安な気がしてならなかったのを僕は知っている。僕はウルスゴオルに帰って、古い家の蔵書を見ると、さっそく片っぱしから読み始めた。僕は大急ぎで、何か書物にすまないような気持さえいだいていた。その後、僕はしばしば、書物は終りまで読もうと思わなければ一冊だってそれを開く権利はないと考えたが、この時からすでに僕はどこかにそういう気持を感じていたのだ。一行読むごとに、僕は新しい世界の扉が開けるような気がした。書物の前にある世界は完全な無欠なものに見えたが、またおそらく、書物の後ろ側でも世界は再び満足な姿に返るらしかった。まだろくすっぽ書物の読めない僕は、このすべての書物をどうすればよいのだろう。このつまらぬ書斎にだけでも、書物はほとんど数えきれぬくらいたくさん並んでいるのだ。そして、こんなにぎっしり棚に詰っている。僕は反抗的なやけな気持で、書物から書物へと気ばかりあせらせた。僕は自分の力に釣り合わぬ大きな仕事に手をつけた人間のように、ページとページの間を忙しそうに駆けまわった。僕はシラーとバッゲセンを読んだ。エーレンシュレーガアとシャック゠スタフェルトを読んだ。ウォルタア・スコットのものや、少しまだ読むに早すぎるものばかりだった。あの一夏の僕の休暇は、書物など一冊も読まなくてよかったのだ。それだのに、僕はただむやみに本ばかり読んでいた。だいぶあとになってからの話だが、僕はときどき、夜中に眠れなくて起きていることがあった。星が深い色に輝き悠久なものに見えた。僕はなぜこのような大きな世界を今まで迂闊に知らずにいたのか、ほとんど説明がつかなかった。僕が書物から目をあげて、ふと外をながめた時、僕はこれとほぼ同じような気持がしたのを忘れない。窓の外は一面、夏の盛りだった。アベローネの声がした。彼女の僕を呼ぶ声にはひどく突然な思いがけぬ深い感じがこもっていた。しかし僕は、ろくすっぽ返事もしなかったのだ。それは僕たちの幸福の絶頂だったかもしれぬ。僕はその声を耳にすると、かえって一所懸命に書物にしがみついていた。勿体《もったい》ぶったわざとらしい気持やわがままなエゴイズムから、僕は一日一日過ぎてゆく楽しい休暇から身を隠そうとしていたのだ。自然な幸福の、そこらに散らばっている目だたぬ機会は、僕みたいな幼い世間知らずの人間には到底追っかけられそうもなかったから、僕はますます深くなる生活と読書との溝から、ただ未来の可能な精神の融和の美しさを思い描くだけで満足した。それは決して悪い気持ではなかった。この融和はかえって遠く杳《はる》かに見えれば見えるほど、いっそう美しいものになるのだった。

しかし、僕の奇妙な読書病は、それが始まったのと同じように、突然糸が切れたようにぷっつりおしまいになってしまった。そして、僕たちはお互いに腹を立てた。アベローネが僕に意地悪な嘲笑《ちょうしょう》と優越感を見せつけたからだ。ある日、僕の庭の亭にいる彼女を見つけてそばへ行くと、彼女は本を読んでいるのだと言った。日曜日の朝で、書物は閉じたままそばに置いてあった。そして、アベローネはただ紅スグリの実をむしっているのだ。彼女はひどく熱心そうにフォークを使いながら、小さな房から一つ一つスグリの実をむしり取るのに余念がなかった。

確か七月の、すがすがしい、静かな朝の一時《ひととき》だった。何か思いがけぬ楽しいことが起りそうな朝だった。押えきれない小さな光の運動が幾つも幾つも集まって、大きな確信に満ちた生命のモザイックを作り出そうとしていた。すべての物と物とが互いにもつれあって、大気の中を流れてゆくようだ。朝露の冷たさが物の影をあざやかに描きだし、太陽が精神的な透明な光の一塊《ひとくれ》のように輝いていた。庭の中にはこれといって特別に目立つものは何もない。すべてのものがあらゆる場所に沾洽《せんこう》するのだ。僕たちはそれらを追って、自然の中に沈潜してゆかねばならなかった。

「アベローネの細かな手の動きにも、何かそのような広大な気脈が通っていた。こんなふうな手の運びは、しかも今彼女が動かしている手のしなやかさは――まあなんという美しい人間の思慮だろう。ちょうど木陰になった彼女の白い手は、左と右とが仲よく、のびのびと働いていた。そしてフォークの動くたびに、露にぬれて艶《つや》を失った葡萄葉《ぶどうば》をのせた皿の中へ、つぶらな実が元気よく飛びこんでゆく。皿の中には、もう紅《あか》い実や白っぽい実が山のように盛りあがっていた。それらはつやつやと美しく輝いて、一粒一粒が立派な核を豊かな果肉でふっくら包んでいるのだ。僕はこうなってくると、ただぼんやりそれに見とれていたかった。しかし、何か言われそうな気がするので、僕はわざと素知らぬ顔をして本を取りあげ、テーブルの反対側へ腰をかけた。僕は彼女と向い合ったまま、ばらばらページをめくり、やがて勝手なところから読み始めた。

「少し声を出してお読みなさいな。本虫さん」とアベローネはしばらくするとそう言った。その声にはもはや挑戦的な響きが少しもなかった。僕もひそかにここらが仲直りする潮時だろうと思って、すぐ大きな声で読み始めた。どうやら一区切り読み終って、僕は次を始めようとした。「ベッティーネへ」という見出しがついていた。

「返事の方は、読まないでいいわ」とアベローネは僕をさえぎって、くたびれたように突然小さなフォークを落した。そして僕が顔を上げた時、彼女は僕の顔つきがおかしいと言って笑った。

「まあ、なんてへたくそな読み方なんでしょうね、マルテは」

僕はまるでうわの空で読んでいたのを認めぬわけにはゆかなかった。「僕はまたすぐやめろって言うだろうと思ったからさ」僕はそう言って赤くなった。ページを翻《ひるがえ》して表題をのぞいてみた。初めてなんの本（訳注 むろんベッティナ・フォン・ブレンターノの「ゲーテと一少女の手紙」である）かがわかった。

「どうして返事の方は読まないのさ」と僕は不思議そうに聞いた。

アベローネは僕の言葉を注意して聞かなかったらしい。彼女は明るい色の着物を着て静かにすわっていた。そして、彼女の目が奥深く黒いものをたたえているように、明るい着物に包まれた彼女の心は静かな闇の中に沈んでいるのではないかと思われた。

「ちょっとそれを貸してごらんなさい」と不意に怒ったような声を出して、彼女は僕の手から本を取戻した。さっさと自分の思うところをあけて、ベッティーネの手紙を一つ読んで聞かせた。

僕がどれだけその手紙の意味を理解したかはわからない。しかし僕は、きっといつかこの手紙を本当に理解する時が来るとおごそかに誓約するような気持がした。彼女の声はだんだん高くなって、ほとんど歌っているようだった。その時僕は、僕たちの精神の融和というものをひどく何気なく考えていたことが急に恥ずかしくなった。確かにこれが融和に違いないと思った。しかし、この精神の融和は何か非常に偉大な場所で行われているらしかった。僕などの到底手も届かぬ高い空間で行われていそうだった。

誓約はいつの日か果されるものだ。いつからかこの書物は、もう僕から切っても切り放せぬ数少ない書物の一つになってしまった。僕もやはり自分の思うところをすぐさま開けることができるようになったのだ。そんな個所を読むと、僕はベッティーネのことを考えているのか、それともアベローネのことを考えているのか、自分でもよくわからなかった。いや、僕はやはりベッティーネのことを考えていたのだ。彼女の方が今では僕の心の中で、より大きな実体になっている。僕が直接本当に知っていたアベローネはただ彼女への一つの道程でしかなかったかもしれぬ。僕にとってアベローネは、もはやベッティーネの中に消えてしまっているらしかった。あの珍しい、特異な不可抗な実体の中に。この驚嘆すべきベッティーネという婦人は、彼女が書き残した手紙の中にまるで際限のない空間そのものを作り出しているのだった。それは宇宙に瀰漫《びまん》する大きな姿に拡《ひろ》がっていた。彼女は最初から思いきって、死んだあとも美しい自分の姿が残るように、あらゆるものの中に自分をまきちらしておいたのだろう。彼女はどのような存在の中へも自分を押し広げ、浸透していた。彼女に起った事柄は、もはや自然の中の永遠なもののように見えた。そのような広漠なものの中に彼女の姿が浮べられるのだ。そのような背景からほのかに浮びあがってくる彼女の姿は、まるで狭苦しい限定を悲しんでいるかのように見えた。彼女は伝説の中から辛うじて自分の姿を回想しているようだった。神秘な呪文《じゅもん》で遠い過去の精霊を呼び出してくるようでもあった。そうして、わずかに自分をささえていたのだ。

いや、やはりベッティーネは現実の世界にいたのだ。僕は彼女を感じることができる。この大地はまだどこかにおまえのぬくもりを伝えているに違いない。さえずっている小鳥たちも、何やらおまえの声のために、静かな休止符を打っているようだった。朝露は日ごとに新しいと言われるけれど、夕べに光る星はおまえが見た夜の星々と同じに違いない。いや、やはり世界そのものがおまえのものかもしれぬ。おまえは幾度おまえの愛でこの世界を灼《や》いたことだろう。おまえは炎々たる炎をあげて世界が燃えるのを見た。そして夜、人々の眠っている間に、そっと別な世界をもって来たのだ。おまえは朝ごとに、神から新しい大地を求め、神の作った新しい人間たちをそこに住まわせるのだった。その時、おまえはすでに神と心を一つにしていた。古いこわれた人間たちの手入れをしたり修繕をしたりするのは、おまえにはひどく貧寒な気持しかしなかったのだろう。おまえは人間たちを容赦なく使いふるし、手を伸ばして、次から次へ新しい世界を求めた。おまえの愛はすべてを包括しなければやまなかったのだ。

しかし、おまえの愛の深さを知らぬ人々がいるのはなぜだろう。おまえのあとに、どんな大きな出来事があったというのだ。いったい、彼らは何を考えているのだろう。おまえ自身はよくおまえの愛の価値を知り尽していた。おまえは最大の詩人（訳注　ゲーテをいう）に向ってこの愛を歌ったのだ。むろん、おまえの愛は激しい自然のエレメントのままだったから、詩人はそれを人間的なものに変貌《へんぼう》させねばならなかった。しかし、詩人がおまえに答えた手紙は、かえってこのような愛を諫止《かんし》することでしかないのだ。人々は詩人の手紙を読み、それに信頼した。彼らには最大の詩人が自然よりも理解しやすかったゆえだろう。しかし、ゲーテほどの詩人でも、やはりここに偉大さの限界があることが、いつか人々の心にわかってくるに違いない。ベッティーネは詩人にとって一つの課題となったが、彼はついにそれを解くことができなかったらしい。彼のような詩人がこの課題に答えることができなかったというのは、いったいどうした意味だろう。このような愛はいまさら答えなどを求めていないのだ。このような愛は一つの誘《いざな》いであるに違いないが、すでに答えは自分のうちに秘めているのだ。おまえの愛は自分だけでそれを受入れることができるのだ。詩人はこの愛の前で、いくらオリンポスの神のような威厳をつくろってみても、結局はうやうやしく頭をたれるほかに仕方がないのだった。そして、愛の口授する言葉を、パトモス島のヨハネのように、ただひざまずいて、両手で書き写さねばならなかったのだ。この声に対して、もはや選択は許されぬ。この声は、いみじく言い表わされたように「天使のつとめを果す」声だった。この愛の声は詩人を押包み、詩人を永遠な世界へ連れ去るために訪れたのだ。詩人の美しく真っ赤な炎に色どられた昇天の日の「轂《くるま》」だったのだ。偉大な詩人の死のために、すでにこのような陰翳《いんえい》深い神秘な伝説が用意されていたにかかわらず、彼はそれを無残に破り捨てて顧みなかったのである。

運命というものは好んで唐草模様や色模様を織りだそうとする。運命の苦しさは複雑さにあると見てよい。しかし、生活そのもののむずかしさは、むしろ単純さにあるようだ。生活がもたらす偉大さで、僕たちの力が到底及びもつかぬというのは、せいぜい一つ二つのものではないだろうか。聖者はわざと運命を避け、神の前に立って、そういう一つ二つのごく単純なものを選びとるのだ。そしてまた女性は、その生れつきの性質から、男性との結びつきにおいて、いつも聖者と同じ素朴な選択をしなければならなかった。恋愛の不幸をみると、それがよくわかるのだ。恋する女は、常に変化を求めて瞬時もじっとしていない男のそばで、永遠な女性のシンボルのように、運命とはなんのかかわりもなくじっと動かぬ堅い心を取り守っている。そして、恋の女の美しさは、いつもその愛人よりひときわ立ちまさっているのだ。ちょうど運命よりも生活が偉大であるように。彼女の静かな献身は無限に深いものだ。そこに彼女の幸福があった。そして、彼女の愛の耐えがたい苦しみというのは、このような美しい献身をできるだけ小さく限定しようとする世間の人々の精神の貧しさだった。
女性の哀れな訴えはいつもこの悲しみである。エロイーズの最初の手紙（訳注 アベラールに送った手紙）は二つともこの訴えを書いているし、それから五百年ばかり後のポルトガルの一尼僧の手紙（訳注 マリアナ・アルコフォラドの「ぽるとがる文」のこと）もやはり同じことを繰返したのだ。静寂の中で一声間どおに鳴く小鳥のさえずりのように、人々はそれを聞いた。そして、このような意識のほのかな明るみの中に、ふと思いがけなくサフォーの遠い後ろ姿を見たと思ったのだ。幾十世紀の間、人々が険しい運命の中を捜しあぐねて、ついに見つけることのできなかった女性の姿である。

僕はどうしても彼から思いきって新聞を買うことができなかった。夜おそくまで、彼がルクサンブール公園の外側をゆっくりした歩調で行ったり来たりしているのを見ると、僕は果して彼が幾枚かの新聞を持っていたかどうか疑いたいような気すらしてならなかった。彼は塀の鉄格子《てつごうし》に背を寄せていた。そして、鉄格子を植えこんだ石の壁を手でなでながら歩いた。彼は体をひどくかがめていた。毎日、かなり多くの人々が少しも彼に気づかずにここを通ったに違いない。つぶれたような声だけはどうやらまだ喉《のど》の中に残っていて、売り声らしいものを出していたが、なんのことはない、それがまるでランプかストーブなどの、火の燃えるかすかな音のようだった。奇妙な間をおいてぽとぽと落ちる洞窟《どうくつ》の雫《しずく》の音のようにも聞きとれた。そうして世間というものは、意地悪く彼の声がとぎれたすき間をねらってここを通りすぎる無縁な人々を住まわせているらしい。彼は動くものの中で何よりも静かだった。時計の針のように、いや、時計の針の影のように歩いていた。彼はまるで時間そのもののように、音もなく動いていたのだ。

僕は間違ったことに、そんなふうな彼の姿を見るのが嫌だった。今ありのままの事実を書いてしまうとひどく恥ずかしいが、僕は何度も彼のすぐそばを、他の道行く人々の足どりを装《よそお》いながら行き来した。あたかも彼のことなど全く念頭にないかのように。しかし、その時、僕は口の中で彼が《La presse》(新聞)というのを聞いた。二度、三度、すぐ続けてその声がした。僕のそばにいた人々があたりを見まわして、声を捜した。僕はただ一人、何も気づかなかったかのように、心でしきりとせわしい考えにふけっている人みたいに足を速めた。

事実、僕の心はせわしかったのだ。僕は彼を描きだそうと努めていた。僕は心の中で彼の姿を作り出す仕事に没頭していたのだ。一所懸命なあまり、汗が流れたりした。僕はもはやなんのよりどころもない、どのような一部分すら残されていない、未知の死人の顔を、心の中で再び作り出すかのように、彼を描き出さねばならなかった。何もないものを全く心の中だけで作らねばならぬのだ。今から思い出すと、古物商の店先などによくころがっている、縞模様《しまもよう》の象牙《ぞうげ》でこしらえた、さまざまな「十字架のクリスト」の像を思い出すことが、いくらか参考になったかもしれない。なんとなしにピエタ（受苦）という考えが僕の心をかすめた――しかしそれ以上は、ただ彼のみじめな、こころもち傾《かし》げた顔つきと、かげった頬のあたりのわびしげな無精髯《ぶしょうひげ》と、やや斜め上を見上げている彼の無表情な顔面の、盲目からくる一切の救いのない悲しみ、などを思い出すことしかできない。けれども、彼にはまだこのほかにいろいろな特徴がこびりついていたのだ。彼においては、どんなつまらぬものまで、何一つ省略してよいものがなかった。僕にはそれがよくわかったのだ。上衣だったか外套《がいとう》だったか、それをひどく後ろに引きさげて、彼はカラーをいっぱい見せていた。しかもその低いカラーが、細長い、皺《しわ》の深い首の回りに、何本も指がはいるほどの大きな円弧を描いた。焦茶色《こげちゃいろ》のネクタイがゆるく喉をしめていた。古ぼけた、山の高い、堅い、フェルト帽子をかむっているのが、例によって盲目の癖の独特なかむり方だった。帽子がまるで彼の顔の造作となんの関係もなさそうに見える。かむった帽子と自分の顔貌《がんぼう》との間に、新鮮な統一感を作り出そうとするなんの心づかいもないのだ。何かしらただ義理で身につけた、縁もゆかりもない品物としか見えぬのだった。僕は目を上げて向うを見る勇気がなかったものだから、かえってこの男の肖像をなんの契機もないのに心の中でこんなふうな突きつめた悲惨さに塗りあげてしまったのかもしれぬ。僕はついにそのやり切れなさに押しつぶされた。僕はむしろ、本当の彼の姿を見ることによって、せめて想像画の痛々しい完成をいくらか弱め、せきとめようと決心した。もう夕方だった。僕は彼のそばを通り抜けてみることにした。

ようやくこれから春になろうとする季節だった。一日吹いていた風がやっと吹きおさまったばかりで、横町は静かに長く続いていた。横町の遠い出口のあたりにはまだ家々が薄日を受けて輝いている。それが白色の鉱石を掘り出す新しい石坑のように見え、しかもその鉱石は誰もがびっくりするほど軽い鉱物でなければならぬような気がした。幅の広い、どこまでも続く大通りは、人出の群集が渦をまいていた。ときどき走ってくる車など、誰もほとんど気にしていなかった。おそらく日曜日だったのだろう。サン・シュルピスの塔の冠飾部《コロナ》が風の落ちた静かな夕空に、明るく、思いがけない高さに浮んでいた。狭いローマ式築造物の並んだ横町をのぞいてみると、ふと思いがけなく早春の点景が目に映った。公園の中もいっぱいの人出で、新聞売りの盲《めくら》の姿は人ごみにさえぎられてほとんど見えない。いや、人ごみの向うに、彼はただちらりと姿を見せたかもしれなかった。

僕は、一瞬僕の想像がまるで無価値だったのを知った。彼の悲惨はむき出しのままで、なんの斟酌《しんしゃく》もなければなんの空想もないのだ。彼は僕などの想像をはるかに越えていた。彼の体のこのような傾《かし》ぎ方を僕はちっとも考えていなかった。彼の眼瞼《まぶた》の裏から絶えず伝わって、心の中をいっぱいに浸しているこの恐怖も、僕はまるで知らなかった。排水孔のように落ちくぼんだ唇を僕は考えてみることができたろうか。おそらく彼もいろいろな思い出を持っているだろう。しかし、今日このごろ、彼の心に通うてくるのは、ただ毎日絶えず手でなでている背後の石壁の形のない触覚だけなのだ。知らぬまに僕は立ち止っていた。僕はほとんど一時《いっとき》にこれらすべてを観察しながら、彼がいつもとは違った別な帽子をかむって、おそらくよそ行きのネクタイらしいのを締めているのに気づいた。それは黄色と紫との、四角形の模様を斜めに走らせているネクタイだった。帽子は緑色のリボンを巻いた安ものの真新しい麦稈帽《むぎわらぼう》である。むろん、一つ一つのこんな色彩などはなんの意味もないのだ。こんなことまで無用に覚えているのが、だいたいひどくつまらぬのだ。ただ僕がここでぜひ言っておかねばならぬのは、この帽子とネクタイとが彼の印象の中で、小鳥の腹のいちばん柔らかな羽毛のように、いじらしく見えたことだった。彼はそんなものを少しも喜んではいなかった。そして人々の中で、(僕はあたりを見まわしてみた)誰がいったい、このような装いを自分のためだと思うだろうか。

おお神よ、と僕は不意にわきたつような感動を覚えた。これはやはり、神のための装いに違いない。古来、神の存在の証明の方法は幾つかあったが、僕はきれいにどれもこれも忘れてしまっていた。もともと証明など僕は求めたことがなかったのだ。神の確信の中に大きな責務があるとだけ僕は信じていた。しかし、今突然、神の証明がはっきり僕の目に映って来たのだ。これは神の趣味に違いない。おそらく神は、この盲目の男に日曜日の帽子とネクタイを与えてほほえんでいるだろう。僕たちはただ耐えて、軽率な判断を急がぬようにせねばならぬ。苦しみとは、いったい何を言うのだろう。仕合せとは、いったい何をさすのだろう。ただ神だけがそれを知っているのだ。

また冬が来て、僕が新しい外套を着なければならなくなった時――せめて外套の新しい間は、神に願って、僕もやはりこの盲目の装いのように、それを僕の身にまとっていたいと思った。

ちょっとそこらを歩くにしても、少しはましな服(古着ではなくて自分であつらえたもの)を着たり、どこかにいつも一定の住居を持っていたりするのは、決して僕が彼らと分け隔てをしようと思ったからではない。彼らだって僕だって、たいした違いはないのだ。ただ僕は、彼らのような生活にいきなり飛びこむ勇気がないだけだ。もし僕の腕がきかなくなったら、きっと僕はそれを誰からも見られぬようにそっと隠してしまうだろう。しかし、いつもの女の一人は(僕はそれが何をする女だったか忘れてしまった)、毎日、カフェのテラスの前に姿を現わした。彼女は外套を脱ぎ、それからひどくのろのろと手間どりながら、模様も何もわからぬ着物や肌着まで一枚一枚脱いでいた。別に面倒がる様子もなく、ゆっくりと脱ぎ取るのだ。見ていると、もうほとんどそれ以上緩慢な動作というものがあり得ぬようなゆるやかさだった。そんなに長い時間をかけたあとで、彼女は痩《や》せ細った、不具になった腕をむき出しにして、いじらしげに、おとなしく人々の前に立っていた。すると急に、その腕が僕には何か世に珍しいもののように見えだした。

僕は少しも僕自身を彼らから分け隔ててみようと思ってやしない。しかし、僕が彼らと同じになろうとすれば、それは一種の思いあがりと言われても仕方がないだろう。僕はやはり彼らとは違うのだ。彼らのような毅《つよ》さもなければ、彼らだけの底知れぬ深さも持っていない。僕は三度三度の飯も食っているし、その点まるで秘密というものがないのだ。しかし、彼らとなると、いったい何を食べて生きているか見当がつかない。まるで彼らは天国の民のようだ。すでに十一月だというのに、彼らは今日もやはりいつもの街角に立っていた。冬が恐ろしくないのだろうか。霧がおりて、彼らの姿はぼんやりかすんで見える。それでも、彼らは少しもいつもと変らないのだ。僕は旅行に出かけた。病気をした。そのほか、さまざまのことがあった。しかし、彼らはいつまでもやはり元のままだった。

(灰色のむんむん悪臭のこもった冬の寒い部屋の中で、小学生たちはどうしてあんなに朝早くから起きるのか、僕はいつも不審だった。この子供のように、せかせかした、痩せこけた、骸骨《がいこつ》のような貧しい人々も、小さな体つきで、はかない不安な予感の夢を描きながら、いつも遅刻する小学生のように、——大人たちの町々へ、陰気な日暮の町の大気の中へ、休日のない学校へ出かけてゆくのだ。いったい、何がそんなに彼らを元気づけるのだろう。人々の気まぐれな喜捨があるかもしれないと考えるのが世間一般の常識かもしれぬ。だが、僕はどうしてもそんなものに同意することができなかった。)

(＊原注　原稿欄外の覚書きである)

このパリという町は、徐々に彼らの境遇へ落ちてゆく人間でいっぱいなのだ。人々は最初はできるだけ抵抗するが、結局、一例をあげて言えば、よくそこらで見かける、顔つやをすでに失いかけた、自分の年齢を気にし始めた娘たちと同じように、彼らの運命に落ちてしまうのだ。そのような娘は、なんの抵抗もなくいつでも体を投げ出してしまうが、心のしんはあくまで強靭《きょうじん》な堅さを持している。そこだけは絶対にひとに冒させない——彼女らはひとから愛せられたことがないのだ。

神よ、たぶんあなたは、僕が早くこんなふうに考えることをやめて、彼女らを愛してやるがよいと考えているかもしれぬ。彼女らが僕を後ろから追い越して行くとき、すぐそのあとをつけてゆかないのが、なぜ僕の心の重い負担となるのだろう。そんな時、なぜ思いがけなく僕は優しさのこもった非常に寂しい言葉を思い出すのだろう。そしてその声は、僕の喉と心の中間まで、優しくこみあげて来るのだ。僕はなぜ彼女らにそうっと優しく息を吹きかけてやろうなど考えるのだろう。いわば彼女らは生活にもてあそばれた人形なのだ。来る春も来る春も、人形の腕は、ただ無意味に拡《ひろ》げられたり引っぱられたりしたものだから、肩の付け根がもうがたがたになってしまったのだ。彼女らは高い希望から投げおろされることがまだ一度もなかったので、わずかに砕けることだけは免れているらしい。がしかし、彼女らはそういう一切の希望からみじめに拒絶されているのだ。結局、もう生活にはなんの役にも立たなくなった人形なのだ。ただ迷い子の猫だけが、夜になると彼女らの部屋へ影のようにはいってくるだろう。そっと爪《つめ》をひっかけ、猫は体の上にあがって眠ってしまう。時に僕はそうした娘のあとを追って横町を二つばかり歩いたことがある。彼女らは見え隠れに軒下に沿うて歩いた。絶えず通行人の陰に身を隠しながら、まるで煙のようにどこかへ見えなくなってしまった。

しかし、誰かがもし彼女らを本当に愛しようとするならば、僕はきっと歩き疲れてもう一歩も足が進まぬ人間のように、向うの体が重くのしかかってくるに違いないと思うのだ。僕はただイエスだけが彼女らを耐えることができるだろうと思っている。イエスの体には復活があるゆえに。しかし、彼女らのことなどイエスにはどうでもよかったのだ。イエスを呼ぶのは、人を愛する、けなげな女だけだろう。ただ愛する女のみがイエスを誘いよせる。愛せられるための、いささかの技巧や才能があったとて、所詮《しょせん》それは灯の消えた冷たいランプにすぎぬ。愛を待つことでは、決して救われはしないのだ。

僕がもし押しつめられたこのような悲しい敗残者の運命を背負って生れたとすれば、

少しばかりましな洋服を着て、自分を偽ってみたところで、なんの役にもたたぬくらいは十分わかっている。たとえ王宮に生れた人でも、落ちてゆくときには、結局落ちるところまで落ちてしまうのだ。一段一段上ってゆく人があれば、底の底まで落ちてゆかねばならぬ人がある。もはや美しい王宮の庭園にさえそれを証明する力がなくなったとはいえ、やはり僕はときどき国王らしい国王のことを考えてみた。しかし、今は夜だ。寒い冬だ。僕の体は凍えきっている。結局、僕には落魄《らくはく》の国王のことしか考えられぬ。楽しさはわずかな一瞬だが、僕たちは悲しみよりも長い持続を知らぬのである。だが、むろん国王というものは、いつまでも不変な位階でなければならなかった。

蠟細工《ろうざいく》の草花がガラスの蓋《ふた》の中で守られているように、自分を狂気というガラス鐘の中に大切にしまっていた国王（訳注　フランスのシャルル六世（一三六八―一四二二）。彼は精神病のため「瘋癲王」という名があった）は、おそらく彼一人だったに違いない。人々はほかの国王たちのためには、おごそかに教会に集まって聖寿の無窮を祈ったけれども、彼の生命が永遠であれと祈ったのはわずか宰相ジャン・シャリエ・ジェルソン一人だったのだ。その時、すでに彼は最も哀れな人間であった。彼は病気になり、王冠をいただきながら困窮のどん底に落ちていた。

そのころ人々は、ときどき顔を薄黒く塗って異邦人にばけ、彼のベッドを襲って肌着を脱がさねばならなかった。肌着は腫瘍《しゅよう》の膿《うみ》によごれて体に堅くくっついているのだ。彼はもう長い間、よごれた膿の肌着を体の一部分と思いこんでいたらしい。寝室の中は薄暗かった。人々は彼の腕がじっと押えて離さぬ傷口の、ぼろぼろになった肌着を、乱暴に手当り次第ひきちぎった。誰かが明りを差出した時、初めて彼の胸のどろどろにつぶれた傷口が見えた。彼は夜ごとに、ある限りの熱情の力をこめて、鉄の護符《アムレット》を胸に押当てたのだろう。それは深く傷の中に埋まっているのだった。真珠か何かのように、粒々に固まった膿の縁飾りに取囲まれて、深く彼の胸に食い入った護符が、ひどく大切な神聖なもののように見えた。あたかも教会の特別な箱に納められた、奇蹟《きせき》の数々を行う、あらたかな聖骨のようにさえ思われた。これまでも気の強い看護人はいくらも捜してみたが、蛆虫《うじむし》の交った膿汁《のうじゅう》が一度せきとめられ、フランネルの中からじくじく漏れだし、繃帯《ほうたい》の皺《しわ》を伝って外に流れ、看護する人の袖《そで》などを容赦なくよごしたりすると、誰も我慢をする者がなかった。「小君」と呼ばれたおそばの婦人がいたころから、だんだん病気が悪化してきたのはもう疑えなかった。その婦人だけが、年若い身空なのに、夜ごときれいな体を彼のそばに横たえていたのだ。しかし、今はそれさえ死んでしまった。もう誰一人、このような腐った肉体のそばへ奉仕者を進めようとするものはなかった。「小君」にしても、やはり彼の心をあとまで慰めるような、優しい思い出の言葉や心ばえは、少しも残していなかったらしい。彼の狂った心の荒涼たる原野に、今はもう誰一人はいって来る者もない。彼の魂の孤独な深淵《しんえん》から彼を救おうとするものは、誰一人としてなかったのだ。突然彼が、青草を求める家畜のように、つぶらな目つきで寝室から出てきても、誰もその気持を理解する者がなかった。そんな時、彼はふとジュヴナアルの忙しそうな顔に気がつくと、にわかに最近の国情のことが思い出された。彼は日ごろ怠っている自分の責務を急に取戻そうとあせりだした。

　むろん、いくらか取りつくろって、こんな悲惨をもっと穏やかに説明する方法があればよかったかもしれぬが、それができぬところに当時の歴史的な事件そのものの性質があったとみるべきだろう。次々に起る出来事は、すべて重い重圧をもって、容赦なくひしひしと押寄せて来るのだった。いわばすべてが一連の大きな鉄鎖のような出来事なのだ。彼の弟（訳注　オルレアン公爵が一四〇七年に暗殺されたことをいうのだろう）が殺害された。そして昨日は、いつも「かわいい妹」とよんでいるヴァレンティナ・ヴィスコンチが、悲嘆と怨訴《えんそ》に泣きぬれた顔をそっと黒いベールからあげて、彼の前にひざまずいたのだ。いったいこんな出来事から何をどう割引きしたらよいのだろう。そして今日はまた、執拗《しつよう》なおしゃべりの一弁護者が現われて、諄々《じゅんじゅん》と殺害者のために権利を説いてきかせたのである。犯罪はかえってひどく透明な美しいものに見え、きらきらと空高く昇天するような印象を受けた。公正な政治をするということは、すべての人々にその正しさを認めてやることにほかならぬ。オルレアン公妃ヴァレンティナは、きっと復讐《ふくしゅう》をとげさせると誓約してもらっただけで、とうとうその復讐も見ず、悲嘆のあまり死んでしまった。しかし、一方ブルグント公（訳注　オルレアン公爵と勢力を争ったのはブルグント公爵ジャン・サン・ピュールであった）を許してみたところで、いまさらなんの甲斐《かい》があるというのだ。公爵《こうしゃく》は絶望の陰惨な炎に身を焼かれながら、すでに何週間も前からアルジリイの森の奥にテントを張って、一人静寂の中に住んでいた。そして、夜中の悲しい鹿《しか》の声を聞いてわずかに心やりとしているのだ、と言われていた。

人々はこのような出来事を何度も繰返してその結末をよく考えてみた。事態の真相がどこに隠れているかをじっと省察しようとした。そして、国民もすべて一目国王を見たがったのだ。国民の前に出た彼は、まるで途方にくれた姿だった。しかし国民は彼を見ただけで満足したらしい。彼らはこういう静かな、辛抱強い人こそ、本当の国王なのだと思ったのだろう。彼はただ手をつかねて立っているだけだった。そして、すべてを事件の流れに任して、何かわからぬ焦慮にかられていた。いわば目に見えぬ神の手が彼の背後からすべてを処理していたのである。たぶん、シャルル六世はサン・ポルの宮殿のバルコンから国民の前に姿を現わしたこの瞬間、はっと心の目が開くのを覚え、自分のひそかな進歩のあとを予想したに違いない。ロースベッケの日（訳注　一三八二年、シャルル六世はロースベッケに叛乱軍を破っている）のことが彼の心に思い浮んだ。あの日は、伯父のフォン・ベリイが彼の手をとって、最初の決定的な勝利の前へ彼を導いたのだった。不思議になかなか暮れようとせぬ十一月の夕日の中に立って、彼は四方から包囲されてついに窮境を脱することができずあわれな縊死《いし》をとげねばならなかったガン市の市民たちをうちながめた。まるで巨大な人間の脳髄を見るかのように、彼らはごちゃごちゃな、大きな、幾つかの集塊になって死んでいた。彼らは一個所に固まって死ぬために、体をくり合せていたのだ。彼はそこここに縊死者たちの顔がぶらさがっているのを見ると、周囲の空気が急に希薄になるのを感じた。これほど、絶望した人間が一時《いっとき》に生命を絶ったのだから、空気はきっと死体のずっとはるかな空の方へ押上げられてしまったのだと、そんな考えが浮んでくるのを彼はどうすることもできなかった。犠牲者の死体はそれぞれせっぱつまった最後の苦《く》悶《もん》の色を浮べていた。

人々はこれを光栄の第一歩として彼の心に印象せしめたのだ。彼はこの日の異様な風景を長く忘れることができなかった。しかし、この日を「死の凱歌《がいか》」と呼ぶことができるとすれば、今彼がバルコンの上に力ない足を踏みしめて国民の眼前に悲痛な姿を見せている場面は「愛の秘法」というべきだろう。あの日の戦いは無気味に違いなかったけれども、彼は歓呼する群集の目から、人々がよくその意味を理解したのを知った。しかし今日の無言の戦いは、人々の理解をはるかに越えているのだ。かつてサンリスの森に、黄金の首輪をもった雄鹿が現われたことがあったが、現在の奇蹟は少しもそれに劣るものではなかった。ただここでは、彼自身がその奇蹟であり、人々はじっと彼を見ているだけなのだ。人々がじっと息を殺して見つめていることを彼は信じた。そして、昔日《せきじつ》のまだ若く元気だった狩猟の一日、珍しい鹿の柔和な顔が、そっとあたりをうかがいながら木の枝々の間を分けて出て来た時、彼が思わずはっと心の引きしまるのを覚えたと同じように、人々は今心の引きしまる思いで彼を注視しているのに違いなかった。彼の穏やかな風丰《ふうぼう》には、国民の前に姿を見せた国王の一種神秘な陰翳《いんえい》が拡がっていた。彼はじっと立ったまま体を動かさなかった。少しでも無理をすると、気が遠くなって無意識の中へ落ちてゆきはせぬかと不安だったのだ。彼の大づくりな顔に流れているかすかな微笑が、聖者の静かな微笑のようにいつまでもごく自然にたたえられていた。意識的な努力の影は少しも見えなかった。彼はそのままじっと立ちつくしていたのだ。これは永遠を一瞬間の中に縮写した美しい風景の一つに違いない。群集はほとんどそれに耐えられなかった。いつとなく心にみなぎるものを覚え、数えきれぬ慰めに心を満たされ、彼らはついに沈黙を破って歓呼の渦にのまれていったのである。しかし、バルコンの上にはジュヴナアル・デ・ユルザンがたった一人付いているだけだった。一しずまり群集が静かになるのを待って、ジュヴナアルは国王はサン・ドニ街の僧団へお成りになって神秘劇をご覧になるご予定だと声高く触れた。

この当時の彼は優しい思いやりのある国王だった。当時の画家がもし天国を描こうとして何かその手がかりを求めるとしたら、ルーヴル宮の高い窓々の一つに浮んでいる彼のゆったり落ち着いた姿態よりも、立派なモデルを捜すことはできなかったかもしれぬ。そんな時、彼は窓に近い椅子《いす》の上でクリスティーヌ・ド・ピサンの書いた小型の本をひもといていた。それは「はるかなる学びの道」という題名の、わざわざ彼にささげられた書物であった。彼は、たとえば全世界を支配するおごそかな威厳をそなえた国王を捜すために国民議会が目ざましい討論をしているいきさつをアレゴリイふうに書いた衒学《げんがく》的な書物など、ちっとも読もうとはしなかった。ピサンの書物は、いつも非常に単純な一節だけが決ったように開かれているのだ。たとえばある人の心を説明して、この心はちょうどフラスコのように十三年の間苦しみの火炎の上にかけられ、悲しみの水を蒸《じょう》溜《りゅう》して、清らかな目に送っていた、など書いてある個所だった。彼は幸福が遠く去ってしまい、もう永遠に帰らぬものとなってから、初めて本当の慰めが訪れるのを知った。このような心の深い慰めほど、彼に親しいものはないのだ。窓の外の橋をうつろな目でながめる様子を装《よそお》いながら、ピサンの言葉によってそのようなはるかな道を知らされた強い感動で、彼は心の中に遠い世界を描いてみるのを面白く思った。荒々しい冒険の海。広野の中に目に見えぬ圧力で押しひしがれたような、異様な塔のある市街。重畳した山脈の、こころゆくばかりな寂寥《せきりょう》。懐疑のためらいがちな恐れの中で、研究を一つ一つ積み重ねながら、嬰児《みどりご》の頭《ず》蓋骨《がいこつ》のように完全なものにだんだん固められてゆく天体。彼はこれらはるかな当時の世界像を空想したのだ。

しかし、彼は誰かが部屋へはいって来るとびっくりした。そして、徐々に彼の頭は昏《こん》昧《まい》な世界へ落ちていったのだ。彼は人の言うがままに窓ぎわから離れて、言われるとおりに行為した。人々の勧めで、彼は何時間も本の挿画《さしえ》をながめる新しい習慣を始めたりした。彼はそれに心から満足だったらしい。だがちょっと困ることは、ばらばらページをめくっても、挿画は一度に何枚も見ることができなかった。二つ折り本の挿画であったりすると、一枚一枚それをはずして重ね合わすわけにはゆかないのだ。この時、誰だったか、すっかり忘れられていた一組のトランプを思い出した者があった。そして、カードを持ちだした廷臣は彼の特別な恩寵《おんちょう》を受けたのである。トランプのカードには美しい色彩がついていたし、一枚一枚自由に動かすことができたし、一面絵模様があって、非常に彼の気に入ってしまった。再びトランプは彼の宮殿で流行し始めたが、彼だけは一人図書室にいて、自分だけで遊んだ。彼は偶然二枚のキングをめくって並べてみた。全くこれと同じように、神は彼と皇帝ウェンツェル（訳注 ドイツ国王（一三六一—一四一九））とを最近会わせたのだ、と彼は思った。またある時は、カードのクイーンが死んだ。彼はその上にハートのポイントをのせてみた。すると、ちょうどそれが美しい墓碑のように見えたりした。このトランプの中に法王《ポープ》が出てくるのは、なんの不思議もなかった。彼はテーブルの向うの端にローマをこしらえた。そして、こちら側の右手の下のあたりをアヴィニョンということに決めた。彼にとってローマはどうでもよいのだった。ただ何かつまらぬ理由から、彼はローマを想像してみたのにすぎぬ。そのほかに今さらなんの関心もなかった。しかし、彼はよくアヴィニョンを知っていた。彼はアヴィニョンを考えると、たちまち法王庁の高層な、窓の乏しい宮殿を思い出した。彼の回想は激しい勢いでアヴィニョンの思い出を繰拡げた。彼は目をつむり、深く息を吐いた。その夜は何か苦しい夢をみそうで、こわかった。

しかし、このような無邪気な遊びは、全体としてやはり心を休める一つの慰みに違いなかった。人々が彼を暇さえあればトランプに誘うのも、当然のことだったかもしれぬ。そんな時間だけ、彼は自分がシャルル六世というフランスの国王であることを強く確信することができたのだった。とは言え、むろん彼は度はずれに誇大な空想に落ちているのではなかった。彼は決して自分を一枚のカード以上の存在とは考えようとしなかった。ただ、自分が何か一枚のカードであるという確信のようなものが、もはや動かしがたいものとなってくるだけだ。たぶん彼は、平凡な、つまらない、腹立ちまぎれにそこへ投げ出されたカードかもしれなかった。いつもそんなカードはすぐ負かされるに決っている。が、とにかく、彼は一枚の決ったカードだった。気まぐれにどのカードになってもよいというようなあやふやなものとは違っていた。しかしながら、このようなたわいない自己確証の遊びについ一週間が過ぎ去ると、彼は心に緊縛を覚えだした。彼は急に自己のはっきりした輪郭を感じ始めたように、額や首のあたりの皮膚が張り切ってきた。彼は宗教劇のことをおそばの者に尋ね、それの始まるのがもう瞬時も待ちきれなくなった。どのような精神の誘惑に彼がひかれているか、誰にもわからぬのだ。ついに、彼はサン・ポルの宮殿よりもサン・ドニ街の方で多くの日を暮すことになってしまった。

神秘劇の運命的な欠陥というべきものは、それが次から次へと補綴《ほてつ》され接続されて、思いもよらぬ膨大な作品になってしまったことだろう。劇の時間はおよそ現実の出来事の時間と変らぬくらいになっていた。それは地球と同じ大きさの地球儀をこしらえる無謀さに近かった。舞台の下には地獄があったし、舞台の上には円柱に造りつけたバルコンの手すりをはずした棚があって、天国の地平線を意味していた。こんな舞台はむしろ演劇の仮象界の美しい夢を打ちこわすだけのものに違いない。すでに彼の世紀は天国と地獄をこの地上の現実の中に持って来ていたのだ。十五世紀という世紀はこの二つの反対な力によって養われ、辛うじてその命脈を続けているらしかった。

「バビロンの幽囚」と呼ばれた事件があって、ローマ法王庁はアヴィニョンに移されたことがある。それからまだようやく五十年しかたっていないのだ。当時の法王はジャン二十二世だった。あまり突然な亡命だったので、ジャン二十二世の死後、ようやくアヴィニョンの地に法王庁の宮殿が営まれたほどだった。その一塊の建築は重苦しい重圧にひしがれ盲《めくら》のようにまわりをふさがれていた。法王庁の異様な建物は、あらゆる住家をなくした人間の魂が最後に訪れる場所のように見えた。しかし、ジャン二十二世はまだその宮殿に住めなかったのだ。小柄な、短軀《たんく》の、老いた法王は、仮の居宅を構えていた。彼はこの土地に着くか着かぬから、さっそく、あらゆる方面へ敏捷《びんしょう》にたちまわり始めた。と同時に、彼の食卓にはしばしばそっと毒薬を投じた料理の皿が運ばれて来た。最初の葡萄酒《ぶどうしゅ》の杯はいつも中身が投げ捨てられることになっていた。給仕の侍僕が試毒のために一角獣の角を入れると、決ってそれが無気味に変色したからである。また七十歳の老法王は、自分を呪《のろ》い殺すために作られた数々の蠟人形を持ちまわっていた。どこにそれを隠せばよいかくふうがつかなかったので、ほとほと途方にくれた形だった。彼は蠟人形に打ちこまれた長い針で、あすここ皮膚を引っかかれたりした。蠟人形などは溶かしさえすればなんでもないのに違いないが、やはり彼はこれらの無気味な人形に心の底まで脅《おびや》かされていたのだ。彼ほどの頑固な意志の人間が、自分の蠟人形を溶かせば自分も死ぬかもしれぬ、火に溶かされてゆく蠟といっしょに自分の肉体が滅びるかもしれぬ、と幾度か考えたのだった。彼の次第に小さくなってゆく肉体は、このような恐怖のためにかえってかさかさになり、しぶといものになりだした。しかし、その時、危険は彼の肉体だけでなく、すでに彼の王国に迫っていたのだ。グラナダからは、すべてのキリスト教徒の勦滅《そうめつ》を誓って、ユダヤ人が立ち上がっていた。しかも彼らはとんでもない下手人を買収したのだ。最初ちょっとしたその噂《うわさ》がたつと、誰も彼もがすぐ恐ろしい癩者《らいじゃ》のたくらみを信じきってしまった。癩者たちがユダヤ人の教唆《きょうさ》を受けたというのだ。彼らがひそかに病毒や汚物の包みを井戸に投げこむのを見たという者が現われた。こんな根も葉もない噂を人々が信じてしまったのも、決して軽信のせいではなかった。むしろ、信仰が途方もなく重いものだったせいに違いない。重すぎる信仰が恐怖におののく人々の手をすべって深い井戸の底へ沈んでいったのだ。せっかちな老法王はこの毒物にきびしい注意をむけねばならなかった。そうしてふとした迷信的な思いつきから、彼は自己とその周囲のために「御告《みつげ》の祈禱《いのり》」の定めを作った。夕暮の鐘の清らかな音が薄暮の悪霊を追いはらうというのである。不安に落着かぬ世界の町々で、夕べごとに、静かな鐘の音が中ぞらに響いた。法王の出したありふれた教書や詔書などは、もはや一種の煎《せん》じ薬というよりか単なる香料葡萄酒のたぐいにさえ劣っていたかもしれぬ。もろもろの国家はすでに彼から救いを求めようとはしなかった。ジャン二十二世はしかし、次から次へ国家の病衰を一つ一つ実証して倦《う》むことを知らなかったのだ。そして、ようやく東方の国からこの尊大な医者に頼ろうとする者が現われてきた。

しかし、この時、たいへん不思議なことが起った。万聖節の日、彼はいつにない、熱心な長い説教をした。不意に何かわからぬ欲求を感じて、彼は自分の信仰を人々の前に告白したのだ。彼は自分の身のまわりをじっと見直してみたいような気持だった。八十五年の間、そっとしまってあった聖龕《せいがん》の中から、彼は自分の信仰を必死な力で取出し、初めて静かに教卓の上においたのだ。と、人々は彼をののしった。ヨーロッパじゅうのキリスト教徒が、彼の信仰は異信だと叫びだした。

法王はどこかへ姿を隠してしまった。数日の間、行動らしい行動は何もとらなかった。彼は寝室の中でひざまずいていた。われとわが魂をそこないつつある人々の、喧騒《けんそう》な行為の意味を考えていたのだ。やがて、苦しい内省にやつれはてた彼の姿が、人々の目の前に現われた。そして前説を潔《いさぎよ》く取消したのである。彼は何度も何度も取消した。取消すことが、彼の老いた精神の最後の熱情のように見えた。彼は深夜、司教たちを呼び集めて、自分の悔恨の物語をしたりした。たぶん、彼の命をあんなに長生きさせたのは、結局、ナポレオン・オルシニの前にいつか膝《ひざ》を屈しようという彼の願いのせいであったかもしれぬ。しかし、彼を憎んでいたナポレオン・オルシニはたずねて来ようとはしなかったのだ。

ジャコブ・ド・カオル†は潔く自説を取消した。それは神自身、彼の間違いを諭されたのだとみてよいかもしれぬ。神はこのすぐあと、リニイ伯爵の一子をお召しになったのである。この少年は、神が天上の浄福の生活に成年の一男子として加えるため、おそらく特別に地上で成年期を待たせてあった人間なのだろう。司教時代のこの清らかな少年を長く忘れない人々がたくさんあった。彼は青年になるかならぬに、すでに大司教になっていた。そして十八歳の若い身で、完成の喜びの中にこの世を去ったのだ。彼の墓のまわりを吹く風には、自由に解かれた純粋な命の香気が滲《にじ》みわたっていた。それが墓の死体をよみがえらせたのだろう。人々はすでに亡《な》き故旧の人に会うことができたりした。しかし、このような早熟な神聖な魂にも、やはりどこかに絶望感がつきまとっていたのではなかろうか。この純粋な魂の生地を、ただ燃え立つような美しい緋《ひ》の色に染めたいだけに、煮えたぎる「時代」の朱の染料桶《おけ》をくぐらせたと考えるのは、人間への大きな冒瀆《ぼうとく》ではなかろうか。この青年が大地をすてて、輝かしい一途《いちず》な昇天へと身を翻《ひるがえ》した時、人々はすでにわが身に大きな反動を感じなかったろうか。なぜ光明に輝く魂は、営々と働かねばならぬ哀れな蠟燭《ろうそく》作りのわれわれの「暗い世界」にとどまらぬのだろうか。最終審判のあるまでは、本当の浄福はどこにもない、救われた魂にも円満な浄福はないのだ、とジャン二十二世をして主張させたのは、この蠟燭作りの「暗黒」に包まれているわびしさがさせたわざだったかもしれぬ。事実、地上にはこのような息苦しい紛糾が行われているのに、どこか天上の一画では、人々の明るい顔が美しい神の光を受けて輝きながら、天使と仲よく体をもたせあい、ひろびろと打開けた神への展望に安らかな心を放っていると想像するには、よほど頑固な一徹さが必要だったに違いない。

†訳注　ジャコブ・ド・カオルは後の法王ジャン二十二世（一二四三―一三三四）である。彼は一度、いかなる魂も最終審判の後でなければ真の浄福にいることはできぬと説き、やがてまたそれを取消している。なお、この項については後年リルケ自身が書いたものの中に次のような意味の文章があるのを注意しておきたい。――ジャン二十二世は「バビロンの幽囚」時代の法王の中で、最も精神的な、最も活動的な、法王であった。その彼がやはり自説を取消さざるを得なかったのだ。どの魂も彼岸において浄福にいることが許されない、最終審判まで地上の生活と同じ不安さで待っていなければならぬ、という教説が当時十四世紀の人々にどのような衝撃を与えたかを想像してみるがよい。悲しい不安な世紀の図が天国にまで延長されたのだ。（マルテの何か確実な精神のよりどころを求めようとする心はこのような出来事を見のがすはずがなかった。）リニイ伯爵の息というのは、十一歳にして大司教となり十八歳で死んだが、ただちに浄福にいったと宣告された。これは

ジャン二十二世の仮説への強い反駁とみられる事実である。マルテはそれを書き写したのだ。

僕は寒い夜、一人坐《すわ》って、これを書きつけた。僕はひどくこのような出来事が心に沁《し》みた。それはおそらく、僕が子供のころ、あんな経験に出会ったせいかもしれなかった。僕はおそろしく大きな男にぶつかったのだ。子供心にも、あんな大きな男はとてもこの世のものとは思えなかった。

　どんな訳だったか、僕は日暮ごろ、人に隠れてそっと家を忍び出ることができたのだ。僕は駆けて、街角を曲った。と、その時、僕は誰かに突き当ったのだ。このような恐ろしいことがわずか五秒足らずのとっさのうちに起るというのが、僕にはどうしても理解できなかった。それをいくら押しつめて話しても、実際の出来事に比べれば、たいへんくどくどした、長ったらしい説明になってしまうだろう。僕はひどくぶつかったので痛かった。わっと泣きださぬのが、精いっぱいだったのだ。僕はなんとなしに、慰めの言葉でもかけられるのを待っていた。しかし、向うがいくらたっても黙っているので、僕はかえって相手がどうしていいかわからずに困っているのだと思った。うまい冗談がとっさに浮んでこぬのかもしれぬ。何か冗談でも言えば、きっと気持がさっぱりするのだろう、と僕は勝手に考えた。僕はもう幾分気持を取りなおして、何かそんなきっかけをこちらからこしらえてやろうかと思ったりした。しかし、それには相手がどんな顔つきをしているかを見なければならぬ。さっき、僕はその男がひどく大きかったと言った。しかも、その男は僕をのぞきこむように体を曲げているのだろうと思っていた。しかし、彼はなぜか棒のように突っ立っていたのだ。僕の予期とはすっかり飛び離れたところに、彼の顔があった。僕はただ一種の匂《にお》いを感じ、僕の手がふとさわった着衣の奇妙な堅さを感じただけだった。不意に彼の顔が目にはいった。それがどのような顔であったか、僕は知らない。僕は強いて知ろうとしなかった。とにかく、敵の顔に違いなかった。その顔には、恐ろしい目が光っているそばに、巨大な拳《こぶし》がぬっと突き出されているのだった。拳がもう一つ別な顔のように無気味に見えた。僕は目をそむける暇もなく、一所懸命に駆け出した。僕はいきなり真正面にいた相手のそばを駆け抜けて、どこまでもただまっすぐに寂しい恐怖の横町を突っ走った。ふだん通り慣れた道路が、知らぬ不案内な土地の、容赦なくどんな小さなあやまちをもとがめようとする、恐ろしい町のように思われだした。

あの時の体験がやっとこのごろになって僕はわかるような気がするのだ。僕はあの時、重苦しい、巨大な、絶望の中世紀を経験したのかもしれなかった。和解した二人の人間の接吻《せっぷん》が、物陰に忍ばせた暗殺者への秘密な暗号だった時代だ（訳注　リルケはこの数行で、オルレアン公と、ついにオルレアン公を殺害せしめた讐敵ジャン・サン・ピュールの二人を国王シャルル六世が和解させようと仲介した事実を書いたのだと言っている）。同じ杯から二人は葡萄酒を飲んだり、人々の見ている目の前で一頭の馬に仲よく乗ってみたり、夜は同じ寝台を二人で分けて使ったりしながら、お互いの隠れた敵意と憎悪《ぞうお》とは、そのような表面だけの接触のすべてを越えて鋭くにらみあっていたのだ。相手の肉体の搏動《はくどう》する脈管を見るだけで、ぶざまな蟾蜍《ひきがえる》を見た時の不快な嘔吐感《おうとかん》が押しあげてきた。兄弟が遺産の多寡《たか》から反目し、兄は弟の不意を襲って肉親を虜《とりこ》にすることさえ少しも悔いぬ時代だった。そんな時国王は、被害者の側にたって彼の自由と所有を回復することにいろいろ斡旋《あっせん》の労をとった。別の大きな運命に巻きこまれた兄は、もう以前の遺産のことなど構っていられなくなり、弟の安全を保証して自分の間違いを後悔する手紙を送ったりした。がしかし、一度虐《しいた》げられたものは、そんなことでなかなかやすらかな安心へ戻ることができないのだ。そのような人間は巡礼の衣をまとって、寺から寺へ、はてしのないみじめな旅を続けるだろう。いよいよ奇異な神への誓約を誓いながら、護符をいっぱい胸にぶらさげて、彼はサン・ドニの僧の耳にそっと自分の恐怖をささやくのだ。あとには寺の目録が、彼から聖ルートウィヒに供えるように依頼した百ポンドの大蠟燭が記録されていたに違いない。もはや、彼自身の生活も生涯もないのだ。死ぬまで彼の心は、兄の嫉視《しっし》と憤怒《ふんぬ》がゆがんだ星位のように自分を支配するのを感じた。たとえば当時、人々の讃仰《さんぎょう》の的であったガストン・フェーブス・フォア伯爵《はくしゃく》も、確か彼はイギリス王に仕えてルルドの隊長をつとめていたという従兄弟《いとこ》のエルノオを殺戮《さつりく》したはずだった。しかし、そのようなごく公然な殺害に比べると、彼がかっとなった腹だちまぎれに、自分の息子の寝ているかぼそい首に思わず彼の有名だったきれいな手をかけて殺したという残酷な偶然は、なんと言ったらよいのだろう。つい手の中にあるのを忘れていた小さな鋭利な爪切《つめき》りナイフが、無意識のうちに息子の頸動脈《けいどうみゃく》を切り裂いてしまっていた。部屋の中は暗かった。床一面に広がった血潮を見るためには、明りをつけねばならぬくらいだった。かよわい少年の小さな首の傷口からそっと流れたおびただしい血潮は、こうして高貴な一族から永久に流れ出てしまったのである。

†訳注　ガストン・ド・フォア＝ベアルンは十四世紀の有名な騎士である。彼が息子を閉じこめた一室をのぞいてみると、息子はベッドに寝て顔を壁の方にむけていた。彼は身動きもせぬ息子の後ろ向きになった背中に、言いようのない反抗と憎悪をよみとった。そして首に手をかけてこちらへ振りむけようとした時、自分も知らぬまに、持っていた爪切りナイフで頸動脈を切ってしまったのだ、という事件が年代記に出ている。

誰が果して殺戮を拒むだけ強くあり得ただろう？　究極のものがついに避け得られぬことをすべての人々はよく知っていた。時に、白昼ふと、意味ありげに自分をにらんでいる暗殺者の目にぶつかったりすると、人々はいやな予感が背筋を走るのを覚えた。さっそく家に帰って、一室深く閉じこもってしまうのだ。そして遺言をしたためたり、柳の枝を編んだ寝棺《ねかん》やツェレスティン派の僧衣や埋葬まで、すっかりあとあとの始末をしておく。異国の伶人《れいじん》たちが城をたずねて来て、彼のとりとめもない不安に何かしら一脈通うような声でほそぼそと歌をうたったりすると、彼は騎士らしい鷹揚《おうよう》さで彼らをねぎらった。やがて主人を見上げる犬どもの眸《ひとみ》に不安の影が映って、忠実な奉仕に何やら落ち着きを失い始めた。今までの長い生涯を規定してきた箴言《しんげん》に、まるで別な途方もない意味がつけ加えられたような気がするのもこの時である。長い間の習慣がふとつまらぬ古くさいものに見え、しかもそれに代る新しいものがどこにもないのだ。いろいろな計画が心に浮ぶと、自分は少しもそれを信じないくせに、一応はだいたいそれをたどってみなければならぬ。と思うと、何かの思い出がだしぬけに思いがけぬ決定を与えたりするのだ。夜、彼は炉ばたにすわって、昔の思い出にふけった。窓の外の真っ暗な夜がだんだん彼には得体の知れぬものになってきた。突然、夜の物音が耳に強く響いた。かつて広野に危険な夜々を送った彼の耳は、静寂の一つ一つを鋭敏に識別することができるのだが、この夜ばかりはいつもとまるで違っていた。もはやただ昨日と今日とを分かつ夜ではなかったのだ。夜、ああ、宇宙の深い夜だ。恵み深き主よ。そして、復活の日。すでにこのような夜となれば、恋人の体に触れることすらなんの意味も持たなかった。女たちの姿はすべてアルバやセルヴェンテの歌（訳注　アルバとセルヴェンテはともにトゥルバドゥルの詩人たちの恋愛詩の形式である）の中に移されてしまったのだ。長々しい大袈裟《おおげさ》な美しい名まえに隠れて、もう何かわからぬものに変ってしまっている。ただ思い出にかすかに残る自分の庶子の、そっと伏し目をあげる表情に隠された、女のようなつぶらな眸の陰にだけ、わずかばかり、夢のあとのような薄い情けが淡い糸を引いているようだった。

夜ふけの夜食の前、ふと銀の手洗いに浸した自分の手を見ていると、さまざまの思いがわいてきた。この二つの手。この二つの手の間に何かの連関があったろうか。何かの結果がここから一度でも生れたろうか。この手が物をつかんだり、物を離したりするのに、切っても切れぬ必然な連関があったろうか。否《いな》。二つの手はめいめい勝手な思いのままな振舞をしただけだった。二つは互いに消しあって、一つの行為すら生まなかったのだ。

およそ行為といえば、伝道教会の僧団で見た神秘劇のハンドルングがあるだけだ。国王（訳注　おそらくまたシャルル六世のことであろう。リルケは個々のエピソードを断片的に交互に挿入して、ただそれらがマルテの内部でモザイックふうな心理に補綴されてゆくのを、いちばん重く見ているようだ）は、彼らの神秘劇を見ると、自分から特別な免許状を作って与えた。そして彼らに「親愛な兄弟たち」と呼びかけたりした。今までこれほど親しく国王の心に近づいたものがあったろうか。彼らがその大きな意味をもって世俗に立ち交ることを、国王は許されたのだ。国王は彼らが多くの人々を誘い、かくも序列正しい神秘劇の世界へ連れこむことを願った。すでに国王はみずから、彼らに学ぼうとさえ思ったのだ。国王も彼らと同じように、やはりある意味の衣裳《いしよう》をつけ記号をおびているのではなかろうか。彼らの行為を見ていると、彼はぜひこれを学ばねばならぬという気がしてきた。舞台の上を行ったり来たりするさま、せりふを言ったり身をひいたりするさま、もはやそこには一点の疑問もなかった。いろいろな希望が彼の心を果てしなく包むのだ。不安な落着かぬ光線が流れて、何かひどく曖昧《あいまい》な陰に満ちたサン・ドニの会堂に、彼は毎日つめかけて、いちばんよい席をしめた。興奮のあまり立ち上がり、学校の生徒のようにおそろしく一所懸命に舞台を見た。人々は泣いたが、彼は心の中に明るい澄みきった涙をたたえ、それに耐えようと、ただじっと冷たい両手を握りしめていた。どうにもならぬ、せっぱつまったものが、彼をしめつけてきた。突然、最後のせりふを述べた登場人物が彼の視野から姿を消してしまう。彼は思わず顔を上げた。そして、ひどく狼狽《ろうばい》したりした。いつ現われたか、舞台の上には聖ミカエルが立っていたのだ。向うの高く組みあげた舞台の端に、白銀のきらきらした甲冑《かっちゅう》に身を固めた聖ミカエルの姿が見えた。

その時、彼もつと立ち上がった。何かの裁決を与える時のように、あたりを見まわした。彼は舞台の受難劇に対して、すぐまた目の前に、ちょうどそれと一対をなすような、壮大な、不安な、世俗の神秘劇が始まる気がするのだ。そして彼は、その中の登場人物の一人らしかった。と、それは一瞬に消えてしまった。人々がただ無意味にがやがや立ち騒いでいた。松明《たいまつ》の明りが彼の方に近づいてきた。丸天井になんの影かわからぬものが揺れ動いた。まるで知らぬ人間たちが彼を無理にひっぱった。彼はいくら演技しようとあせっても、いくらもがいても、唇からはなんの言葉も出なかった。無意味な手足の動きはなんのしぐさにもならなかった。人々は異様にぎっしりと彼を取巻いてしまった。十字架を負わねばならぬと、ふとそんな観念が心に浮んだ。彼は十字架が運ばれてくるのを待とうとした。しかし、人々の力が強くて、とうとう彼は徐々に外へ押出されていった。

外部は何もかもすっかり変ってしまったのだ。しかし、どう変ってしまったか、僕はそれを言うことができない。いったい、では、内部はどうなったのか。神の前で、僕たちはどう変ったのか。心の中で、神という観客の前で、僕たちはもう演技と行為をやめてしまったのだろうか。僕たちがもはや誰一人、自分の配役を知らないのは確かだ。僕たちは鏡を捜して、化粧を落し、虚偽を洗い、真実のままでいようとしている。しかしどこかにまだ、やはり僕たちが気づかぬ一つ二つの扮装《ふんそう》が残っているらしい。僕たちの眉《まゆ》には一すじ引いた墨の跡が残っているかもしれぬ。僕たちは自分の唇がいくらかへの字に結ばれているのを忘れているかもしれぬ。だのに、僕たちは平気な顔で歩いているのだ。僕たちは真実な存在でもなければ俳優でもない。結局、僕たちは中途はんぱな笑いぐさでしかないのだ。

オランジュの円形劇場(訳注 南フランス、アルルの付近にあるローマ時代の円形劇場の遺跡である。この地方一帯はボオ地方と呼ばれている。なお三一六ページの注参照)を僕がたずねた時だ。僕はろくろく目も上げず、ただ劇場の正面になっているルスティカふうな建築の廃墟《はいきょ》をぼんやり心に描きながら、番人のいる小さなガラス扉を中へはいった。僕は倒れたままの円柱の横腹や小さなアルテアの木にすぐ取囲まれてしまった。それがしばらく僕の視野から、観客席になっている斜面を隠していたのだ。ようやく見え出した貝殻の内側のような階段は、午後の日ざしに明暗の縞《しま》を作って、途方もなく大きな、へこんだ日時計のように見えた。僕は急ぎ足でそちらへ歩いて行った。座席の間の段々を登ってゆくと、僕は周囲に押されて、自分の体が次第に小さくなってゆくような錯覚がした。かなりな高みになった傾斜の頂には、二、三人の外国人がなんの序列もなくそこらに立っていた。彼らはのん気そうにただ好奇心を満足させているらしかった。彼らの洋服が不愉快なほど際《きわ》だってはっきり見えたのを覚えている。彼らはありふれた観光客の心理で、無造作にこの偉大な廃墟をながめていたにすぎぬ。彼らはそこに立ってしばらく僕をじっと見おろしていた。そして僕の姿がひどく小さいのに驚いた様子だった。

ふと、その時僕は誘われたように僕の後ろを振りむいてみた。

思わず僕はあっとびっくりした。なんという所演だろう。広大無辺の、まるで超人間的な、荘厳なドラマなのだ。巨大な書割のドラマが今ここに演出されているのだ。垂直に組立てられた大きな背景は、三重の舞台になって、偉大さに地響きの喚声をあげ、ほとんど破壊を迫るかのようにのしかかり、途方もない野放図さがいきなり大胆な美しい調和を生み出していた。

僕は楽しい驚きにうっとりとした。高々とそびえた舞台は、陰影の配列が作る一種の顔貌《がんぼう》を持ち、一ところ黒々とくぼんだ口らしいものをそなえ、冠飾部《コロナ》の美しくちぢれた髪に頭部を包まれていた。これはあらゆるものを包んだ古代の強烈な仮面《マスク》であると言ってよかった。広い世界がこの仮面の後ろで、仮面をかぶった顔のように凝縮しているのだ。そして、この広々と半円形を描いた座席の傾斜面に、何かを待つような、静まり返った、すべてを吸いこみそうな存在が隠れているのを僕はもう疑わなかった。葛藤《かっとう》はただ舞台でだけ行われるのだ。神々。運命。そしてふと見上げた僕の目に、舞台の奥の、高い書割の肩のあたりの、縹渺《ひょうびょう》と雲を浮べる悠久な澄んだ空が映った。

僕は今こそよくわかるが、この驚きが僕を永久に現実の劇場から締めだしてしまったのだ。僕たちの劇場のくだらなさはどうだろう。この偉大な書割（ロシア教会の聖像《イ》曼荼羅《コーン》に似たもの）はすっかり取りこぼたれてしまった。僕たちは戯曲のハンドルングをきびしく締めつけてゆく圧力をすでに失ったらしい。元来、ハンドルングはつかみどころのない気体のようなものだ。それを圧縮して、どろりとした、丸いふくらみを帯びた油の一滴に凝縮するのが演劇であろう。しかし今日の舞台では、こなごなに打ちくだかれた屑片《せっぺん》が穴だらけの荒い篩《ふるい》の目から落ちて積み重なり、ただいいかげん集まったところで掃き捨てられるだけなのだ。それは、街頭や家庭内の蕪雑《ぶざつ》な現実とどこが違うのだろう。ふだんの一晩の出来事よりも舞台の方が少しばかりごたごたしているというだけだったら、僕は実におびただしい芸術の徒労だと思うのだ。

（僕は＊ざっくばらんに書いてしまおう。僕たちは劇場を持っていない、と同時に、もはや神を持っていない。それらを持つためにはぜひ大きな共同の精神的一致が必要なのだ。人間はそれぞれ自分だけの思いつきや心づかいを持っている。しかし、それを他人に見せるには、いつごろからか、利益のありそうな自分に都合のよい部分だけに限ってしまうようになった。僕たちは理解を絶えず水で薄めるのだ。どこへでも万遍なくゆきわたることばかり考えているらしい。何か得体の知れぬものが徐々に秘密の場所へ集まってきて、恐ろしい力に凝縮しようとしても、僕たちはそのような人間全体の危機を包む堅い壁に向って一斉に叫ぶことを忘れてしまったのだ。）

（＊原注　原稿欄外の覚書きである）

もし僕たちに劇場があると仮定すれば、おまえ（訳注 おそらくエレオノーラ・ドゥーゼを意味するのだろう）はやはり人々の前に、そのようなかぼそい、そのようにあらわな、なんの登場人物の仮託もない姿を見せるのだろうか。悲劇の女性よ。しかし、おまえの粉飾のない苦しみをただ人々は性急な好奇心の満足のためにしか見ぬのだ。しかし、おまえはまだほんの子供の時分からベロナの劇場に出て、ただ美しい薔薇《ばら》の花を差出し、そっとその陰に自分の顔を隠していた時、すでに自分の苦しみの真実さを予感したのだった。可憐《かれん》な女性よ。

確かおまえは俳優の家に生れた娘だった。おまえの家族たちはただ観客に見られるために芝居をした。しかし、おまえ一人が変り種の娘だったのだ。俳優という仕事が、おまえにはマリアナ・アルコフォラドの尼僧《にそう》生活と同じものであった。少しも知らぬまにおまえの生活は一つの仮装になっていたのだ。しかし、それが非常に永続的な堅固なものだから、おまえはその陰で無際限な悲しみに涙することができたのだろう。それは目に見えぬ天国の清らかな魂が切ない仕合せに涙するのと、同じ涙だったかもしれぬ。行く先々の都市で、人々はおまえの身ぶりに喝采《かっさい》した。しかし、ひたすらおまえが自分の身を隠そうと、常に「作品」を表に押出していることは、誰も気づこうとしなかったのだ。おまえは一日一日、希望をなくしていった。おまえは透明な場所に立って、おまえの髪、おまえの手、おまえの何かある品物を置いた。おまえは透明なものに息をかけた。おまえは自分を小さく目立たぬようにした。子供が隠れんぼうをするように、人々の目から体を隠そうとした。そしておまえは短い幸福そうな叫びをあげるのだった。天使でなければもうおまえの体を捜すことができぬかと思われた。しかし、おまえが注意深くそっと顔を上げると、人々が最初からおまえだけを見ていたことが無残にも実にはっきりわかった。不愉快な、空洞のような、目ばかり光っている観客席の、すべての人々が、おまえだけを見つめていたのだ。ただおまえ一人に見とれてしまって、何一つ目に映らぬ様子なのだ。

そこでおまえは、観客の意地悪な目を押えるように、指を立てて、腕を突き出した。人々の目がどこまでもくっついて離れぬ視野の蜘蛛《くも》の巣から、おまえは自分の顔をひきちぎるのだった。おまえはついにおまえ自身に立ち返ろうとしたのだ。だから、ほかの俳優たちはかえっておじけづいてしまい、そして雌豹《めひょう》の檻《おり》に閉じこめられたかのように、彼らはただ背景の隅から隅へ這《は》い歩いた。そして支払期限の金を払うようにせりふを渡した。ひたすらおまえの機嫌をそこなわぬようにびくびくしていた。しかし、おまえは容赦なく彼らの手をとって引出し、正面にひきすえ、すべてを現実の存在のように取扱うのだ。締りの悪い扉や、絵をかいたカーテンや、裏側のない舞台道具が、おまえをぎゅうぎゅう矛盾へ押しつめていった。おまえは耐えきれぬ心が、刻一刻、ある無際限な現実に押しつぶされるのを感じた。おまえは驚いて、再びうるさい蜘蛛の巣を払うように、観客の目を振払おうとした。と、すでに人々は破れるような喝采を送るのだった。人々は何かとんでもないものが迫ってくる不安を感じていた。強いて自分たちの生活を一変させずにおかぬ容赦のない強い圧力から、やっと最後の瞬間に、わが身を救おうとするかのような必死な狼狽の拍手であった。

ただ人から愛せられるだけの人間の生活は、くだらぬ生活といわねばならぬ。むしろ、それは危険な生活といってよいのだ。愛せられる人間は自己に打ち勝って、愛する人間に変らねばならぬ。愛する人間にだけ不動な確信と安定があるのだ。愛する人間はもはや誰の疑いも許さない。すでにわれとわが身に裏切りを許さぬのだ。愛する人間の心には清らかな神秘がある。夜鶯《ようぐいす》のように彼らは千万無量のものをただ一こえに鳴く。結晶した神秘の美しさがばらばらに破れることは決してないのだ。彼らはただ一人の人間を呼ぶのに違いないが、その声にはあらゆる自然の美しい声が加わるのだ。悲しい鳴き声は何か永遠なものの呼び声のように聞える。彼らはすでに失ったものを必死に追いすがるのかもしれぬ。しかし、彼らは最初の数歩でやすやすとそれを追い抜いてしまうのだ。彼らの前にはもう神があるばかりだ。彼らの伝説はカウノスをリキアのほとりまで追いかけて行ったというビュブリス（訳注　ギリシア神話にある。ビュブリスはミレトスの娘である）の伝説に似ているかもしれぬ。ビュブリスは切ないいとしさに、どこまでもカウノスのあとを追った。知らぬ国々の幾山河。そして、とうとう彼女の最後の力が尽きてしまった。けれども、やはりカウノスのいとしさは変らぬのだ。彼女が打倒れてはかない最期《さいご》をとげたというあとには、今も滾々《こんこん》と泉が湧《わ》き出ている。「死」の彼岸から再び地下をくぐってふき出した水が、さらさらと、何かを追って走るように流れている。

あのポルトガルの一尼僧（訳注　「ぽるとがる文」（佐藤春夫氏の邦訳がある）を書いたマリアンナ・アルコフォラドのこと）も、やはり心の内部でそのような泉に化身してしまった女人ではなかろうか。エロイーズ（訳注　「アベラールとエロイーズ」の物語のエロイーズ）もそのような娘の一人でなかろうか。僕たちの胸にひしひしと迫る嘆かいの女主人、悲しく人を愛した女たち——ガスパラ・スタンパ（訳注　イタリアの女詩人、コラルティノ・コラルト伯爵にあてた手紙や恋愛詩がある。リルケはそれを自分で訳したいと言っていた）よ、ディー伯爵《はくしゃく》夫人とクララ・ダンジューズ（訳注　ダンジューズ伯爵夫人は十二世紀フランスの女流詩人）よ、ルイーズ・ラベ（訳注　フランスの女流詩人（一五二六―一五六六）。ペトラルカの影響を受けたという美しい詩を書いた。リルケは「ルイーズ・ラベのソネット」という訳詩集を出している）よ、マルセリーヌ・デボルド（訳注　フランスの女詩人（一七八五―一八五九）。典雅な詩を残している）よ、エリザ・メルクウル（訳注　フランスの女詩人（一八〇九―一八三五））よ、おまえたちはみんなそのようないじらしい女人だった。かよわな薄命のアイセ（訳注　十八世紀のフランスの婦人）よ、おまえは物おじしたように躊躇《ためら》っていたが、やはり愛の力に押されてしまったのだ。打沈んだジュリイ・レスピナス（訳注　レスピナス（一七三二―一七七六）の「書簡集」は非常に有名である）の姿。あるいはまた、幸福の園のやるせない言い伝えに残るマリアンヌ・ド・クレルモン（訳注　おそらくマダム・ジャンリの小説に現われた婦人をさすのだろう）。

僕はまだ今に忘れることができない。僕は家にいた時分、一つの装飾箱を見つけたことがあった。その箱は両手を広げたくらいの大きさで、扇形だった。濃い緑色のモロッコ革に草花模様の縁飾りがついていた。そっと開けてみたが、中には何もはいっていなかった。もうずいぶん昔のことだが、僕ははっきり覚えているのだ。僕は静かに蓋《ふた》をあけて、ただ箱の空虚をのぞいただけだった。内部は天鵞絨《ビロード》が張ってあるばかり。明るい色彩の、もうすっかりくたびれてしまった古い天鵞絨が、小さな丘のような起伏を作っていた。そして、高価な首飾りか何かを入れるらしいくぼみのところが、ほのかな悲しみの色を浮べて、ただむなしい陰を作っているのだ。僕はほんの一瞬その箱を手に取ってみたばかりだった。人から愛されただけの人間が、一人歴史の中に取残される姿に、この箱のわびしさがよく似かよっていた。

古い自分の日記を読み返してみるがよい。まだ春浅い日、訪れた新しい春の美しさが、きっと自分に対する一つの非難のように胸を刺す時があったのを思い出すだろう。うきうきしたものを期待する心が胸のうちからこみあげて来る。しかし、広々と空の打ち開けた郊外へ出てみると、ふと吹きすぎる風の音に、何か心に馴染《なじ》まぬものが流れているのを感じるのだ。そしてせっかくの散歩が、変に汽船のデッキか何かを踏んでいるような、おぼつかない足どりに変ってしまう。花園はもう春の装《よそお》いを始めている。しかし、僕らはその中へ去年のわびしい冬を持ち出すのだ。どうもそんなちぐはぐな気持がしてならぬ。僕らは去年の人間だ。少なくとも、僕らは去年からの連続だ。僕らは自分の心が新しい春の中に溶けることを願いながら、急に自分の手足の重みにくたびれた疲労を感じるのだ。病気の先ぶれのような鈍い疲労が、のびのびした最初の心の予感を重苦しく曇らせてしまった。僕は故意にそれを身軽になった着物のせいにして、肩にマフラーを巻きつけたり、並木道のはずれまでいっさんに走ってみたりした。だしぬけに走ったあとの心臓をどきどきさせながら、僕は広い円形花壇の中に立っていた。そして、僕は春の花々と一つ心になろうと思った。しかし、花壇には一羽の鳥がひとりチチと鳴いているだけなのだ。鳥はまるで僕に見むきもしなかった。春先の花や小鳥にとって、僕はもうすでに死んでしまった去年の人間かもしれなかった。

僕たちがこのような一年の循環によく耐えねばならぬこと、僕たちが長い愛に耐えねばならぬこと、たぶん、――この二つは今日の極度に新しい困難な課題に相違ない。花や果実は、自然に咲き、自然に熟して、落ちてしまう。禽獣《きんじゅう》は互いに求めあい、近づき、仲よく群れをなして、のどかな日を暮している。しかし人間のみは（神を帰結として選んだ僕たち人間だけは）そのような充足がどこにもないのだ。僕たちは僕たちに与えられた自然の限界をどこまでも無限に長く延ばさねばならぬ。僕たちには無限の時間がいるのだ。一年が僕たちになんであろう。百年千年が僕たちになんであろう。ろくろくまだ神に取りかかりもせぬうちから、僕たちは神に向って祈るのだ。夜に耐えさせたまえ。病気に耐えさせたまえ。そして、愛に耐えさせたまえと。

クレメンス・ド・ブルジェはようやくこれからという時にはかなくこの世を去らねばならなかった。しかし、たぐいまれな女性の一人であった。いろいろな楽器をよくした中でも、彼女はほそぼそと低い声で自分の心を弾《かな》でるのがことのほか美しかった。彼女の歌は人々の胸に長くしみいるように残ったという。しかし、そのような娘心から、すでに何かしっかりした気高い精神がきざしていたのだ。海の満潮のように澎湃《ほうはい》たる愛をたたえた閨秀《けいしゅう》詩人が、このみずみずしい一少女のためにソネット集をささげたのは、はなはだ当然な結果だったといわねばならぬ。ソネットの一句一句は激しい訴えであった。ルイーズ・ラベは、この幼い娘の心を無限な愛の悲しみでおびえさせはせぬかなど、少しも気にしなかったのだ。夜ふけとともに高く逆巻いてくる憧憬《どうけい》の潮ざいを彼女は歌った。彼女の心を漏れる苦しみの声は、かえって広い自由な空間を約束するかにみえた。ルイーズ・ラベはこのような憧憬の悲しみを歌いながら、ひとしお少女の美しさを深める、暁の闇《やみ》のような、はるかな未知の秘密から、自分だけがあとに取残されているのをどことなく感じていたかもしれぬ。

僕のふるさとの娘たちよ。おまえたちの中の美しい娘の一人が、夏の日の午後、ふと書庫の薄暗がりで、一五五六年ジャン・デ・トゥルヌ（訳注 ルイーズ・ラベの書物の刊行者）が印行したあの小型の本を見つけたとしよう。彼女は手ざわりの冷たい滑らかな本を持って、ものうい昆虫の羽音に満たされた果樹園へ出てゆくだろう。あるいはもしかすると、甘い花粉の匂《にお》いの中に純粋な甘味のエッセンスが溶けていそうに思われるフロックスの咲き乱れた花園へ行くかもしれぬ。娘はできるだけ早く、そんな本を見つけるのがよいだろう。たとえば少女らしい口つきで林檎《りんご》を一かぶり嚙《か》み、口の中をいっぱいにしながら、少しは自分の顔や身なりのことに細かな心づかいを始めようとする、ういういしい年ごろがちょうどよい。

やがて、お互いに彼女らが遠慮のない友情で結びつく一時期が訪れるだろう。娘たちは互いにディカ、アナクトリア、ギリノ、アティスなどと呼び、それをひそかな自分たちだけの秘密として喜ぶのだ。すると、誰か近所に住む人で、おそらく若年のころは遠い国々を飛び歩いたが、今は故郷に帰って村人から「変人」と噂《うわさ》されているようなやや年配の男が、これらの名まえの秘密を知るだろう。彼はときどき、娘たちを家に招くことがある。たとえば果樹園の桃の出来《でき》栄《ば》えを自慢するためだとか、二階の白い廊下にかかっているリンディンガアの銅版画（乗馬術の解説図のようなもの）（訳注　リンディンガアはドイツの銅版画家、狩猟や動物生態の描写に巧みであった。芸術価値よりもむしろリアリスティックな自然観察の正確さで有名である）をわざわざ見せるためだとか。とにかく、隣近所ではそんなものが、話のたねとしてまず一見の値うちはある、ということにしておいてよいだろう。

たぶん、娘たちは彼に何か話をせよと強いるに違いない。また、おそらく娘たちの一人は、あどけない無遠慮さで、昔の旅の日記を見せてくれとねだるだろう。彼女はいつかサフォーの詩の断章が今に伝わっていることなど、優しく彼の口から聞き出すかもしれぬ。そして、根ほり葉ほり根気よく聞きだして、とうとう、彼の秘密まで打明けさせてしまうだろう。この村の「変人」は、かつてサフォーの詩を、暇に任せて翻訳するのを楽しみにしていたというのだ。彼はずいぶん長くそんな翻訳のことは忘れてしまっていた、と言った。まだ家にはその訳稿が残っているが、そんなものはまるで塵《ちり》や芥《あくた》のようなつまらぬものだ、と不機嫌そうにつぶやいたりした。しかし、娘たちにせがまれると、彼はサフォーの一節を無邪気な娘たちに聞かせるのが、少しばかり楽しいのだ。彼はギリシア語の原語をふと思い出して、それを口ずさんだりした。彼は自分の翻訳の無価値を信じていたので、娘たちの耳に、いわば激しい火炎の中で打ちのべられた白銀の腕輪のような、ずっしり重い、真実の詩の言葉の、きれいな、清冽《せいれつ》な破片だけでも聞かせておきたかったのだ。

こんなことがあって、彼はまた急に思い出したように仕事に熱中し始めた。ほとんど青年時代に変らぬ楽しい幾夜かが続いた。ふけるにつれてしいんと静まってゆく秋の夜を彼は思い出すのだった。彼の部屋にはおそくまでも灯がともっていた。しかし、彼はいつも書物に向っているとは限らなかった。椅子《いす》の背にもたれたまま、読み返した一行の言葉の意味を考えながら、じっといつまでも目をつむっていたりした。言葉の意味が彼の血にしみとおり、細かく分れてゆくような気持がするのだ。彼は「アンティーケ」という古代芸術の精神がこれほどはっきり心につかめたことはないと思った。彼は、ぜひ自分の出ようと思っている舞台が知らぬまに終ってしまったかのように、ただ失われたアンティーケのために悲しい涙を流す人々を幾分嘲笑《ちょうしょう》したいような気がしてきた。彼はとっさに古代ギリシアの単一世界が持つ大きな力学的意味を了解したのだ。アンティーケは人間のあらゆる営みを同時的に、絶えず新しく把握することだと言われていた。ほとんど完全な「視覚化」に徹した古代ギリシアの文化は、後代の人々の目には「全体」として映り、むしろ「全体」の中に滅びた文化とさえ見られているが、彼は少しもそんな定説にこだわらなかった。二つの完全な半球を合わしてみごとな黄金球ができあがるように、事実ギリシアにおいて、人間生活の天のふくらんだ半分と地のふくらんだ半分とがぴったり一つに合わされたことは認めなければならぬ。がしかし、この二つのものがぴったり合おうとする瞬間、その円球の中に閉じられる人間の目には、完全な球体の実現はやはり一つの象徴としか映らぬのだ。大きな星が重さを失って天空へ上ってゆく。美しい金色に輝くまん丸な星の鏡には、ひそかな悲しい影が映っている。それはまだまだなしとげねばならぬものの取残された悲しい残像なのだ。

彼は一人夜ふけの部屋で、じっとこんなことを考えていた。静かな想念に落ちていた。するとふと、窓ぎわの腰掛の上にある果物の皿が彼の目についた。彼は無意識にそこから林檎を一つとると、目の前の机の上においた。僕の生命はこの林檎をめぐってどう働いているだろう、と彼は考えた。すでに「なされた」ものをめぐって、「まだなされぬもの」が澎湃とふくれあがり、次第に上へ上へと押しあげてゆくらしかった。

しかし、「まだなされぬもの」の混沌《こんとん》の中に、いきなり彼の目には、いじらしい、無限にまで延びる人間の姿が、浮びあがってくるのである。それは人々がただ閨秀詩人と言えば必ずその人を意味したという（たとえばガリエンの所説による）サフォーの姿だった。ヘラクレスの行為の終ったあと、今までの世界が一応すっかり取りこぼたれ、大きな改造が行われようとする時、どこかにしまわれていた別な喜びと絶望とが、一度に堰《せき》をきってサフォーの心の営為を取巻いてしまったのだ。その喜びと絶望を生きぬくことから、また次の新しいギリシア時代が始まるのだった。

彼は一度に、この強靭《きょうじん》な心を理解した。最後まで愛を貫かねばやまぬという堅い決意に燃えた心である。彼はサフォーがほとんど誤解されているのに驚かなかった。彼女は新しい未来を開く「愛の女性」である。人々が彼女に、愛と悲しみの新しい調和や釣合いを見いだすことができず、かえって彼女の情熱の過度を恐れたのは、ありふれた当然だったのだ。人々は彼女の全存在をかけた墓碑銘をただ一時の間に合せな常識だけで解釈した。人々はサフォーの死を、神の気まぐれな指図で、愛人に拒まれながら身を焼いてあくまで恋し続けねばならなかった女たちの不憫《ふびん》な死の一つとしたにすぎぬ。おそらくサフォーの周囲にいた女友だちの中にも、幾人かは彼女を理解することのできぬ者があっただろう。サフォーはその愛の絶頂で、彼女の抱擁を拒んでいる人のことを嘆いたのではない。もはやこの世にあり得ぬ人を、激しい彼女の愛に耐えうる人を、彼女は嘆いていたのだ。

彼はじっと考えふけっていた腰を上げて、窓の方へ歩いていった。彼は自分の部屋があまり身近にありすぎる気がした。彼は空を仰いで遠い星を見たいと思った。彼は自分の心の中をはっきり見ていた。こんな感動が胸をいっぱいに押しふさいでしまうのは、近所の娘たちの中に自分の心をひくものがあるためなのだ。彼はさまざまの希望を描いた。（それは自分の希望ではなく、すべて娘のための美しい希望だった。）彼はふけてゆく夜の静けさの中で、娘のために真実な恋の願いがなんであるかを読んだ。そして彼は、娘に何も言わぬと自分で誓ったのだ。一人孤独に、夜も眠らずに、ただ娘のために考えるのは、これがいちばん切ない思慕だと思った。彼はサフォーの愛の深さとはるけさとを思ってみた。愛する人間が二人の体を一つにすることは、ただ孤独をそれだけ深めるのにすぎぬ、と彼女はすでに考えていたらしい。彼女は「性」の無常な願いを、かえってその無限な意味でみごとに打破っていたのだ。彼女は抱擁の暗い闇の中で直接な満足を求めず、むしろいっそう悲しい心の憧憬へひかれていったのだ。二人の人間のうちで、あくまで一人が「愛する人」になり、他が「愛される人」になることをきらったのだ。彼女は卑俗な「愛される人」を自分の寝床に連れていったかもしれぬ。しかし、お互いの体の灼熱《しゃくねつ》の中で、彼を新しく「愛する人」に焼き直し、潔《いさぎよ》く別れたのだ。そのようなきびしい別離によって、彼女は心を深い自然に通わせていた。彼女は変らぬ女友だちのために運命の「花嫁の歌」をうたい、結婚式の荘厳《そうごん》さをひとしお高め、近づく花婿《はなむこ》をほめたたえた。神に対するごとく、花婿へ優しい女心を傾けて、しかも愛の荘厳な美しさにあくまで強く自己を耐えさせようと試みたのだ。

最近再び、アベローネよ、僕はおまえを身近に感じた。そして、僕はおまえの心をよく理解することができたのだ。おまえのことは随分長く忘れていたので、それはまるで思いがけぬ突然な体験みたいだった。

ベニスの秋であった。僕は異国の旅行者たちがふと集まったサロンにいた。その家の女主人もやはり遠い異国の人だった。人々は紅茶の茶碗《ちゃわん》を持って、広間の中にちらばっていた。そして物知りな隣人が、誰かのはいって来るごとに、ちらと入口のドアを振返りながら、ベニスふうな調子で人の名まえをそっとささやく時、楽しげに顔をあかるませるのだった。どのような思いがけぬ名まえも、不意に彼らを驚かすことはなかった。いくら地味なつつましい生活の人でも、ベニスに異国の旅行者として滞在すれば、無頓《むとん》着《じゃく》なでたらめな空想に身をさらすものとみえる。ふだんの家庭生活の中では、異常なものは必ず禁制のものでなければならなかった。しかし、ベニスへ来ると、心の堅い紐《ひも》がゆるみ、かえって異常な非日常的なものを待ち受けようとする気分が、幾分粗野な、放《ほう》埒《らつ》な顔の表情となって、平気で露呈してしまうのだ。平生はただ瞬間的に、たとえば音楽会やひとり小説に読みふける時間に、ふと頭をかすめる冒険心が、ついこの土地の気安い環境に誘われて、思わず当然な権利であるかのように大胆に表面《うわべ》へ現われてくるのだろう。たとえば音楽を聞く時、僕らはまるきりなんの備えもなく、ただわが身の危険を打忘れて、しびれる毒薬のごとき音楽の告白におぼれてしまうことがある。その危険は肉体の無恥な露呈に思わず心をさらわれてゆくのと同じかもしれぬ。彼らもやはり、ベニスそのもののきびしい実体に少しも触れようとせず、ただゴンドラのむなしい心の喪失にうかうかとはかない夢をのせているだけなのだ。旅行の最初から互いに悪意のこもった受け答えばかりをかわしているような、すでに新婚時代を忘れた夫妻は、沈黙がちにわずかに我慢しあっているらしかった。夫はもう自分の理想に疲労してしまって、かえって疲労の心安さを楽しんでいたのだ。しかし、細君はまだ自分だけは若いと思っているに違いない。しょっちゅう元気に、この土地の不景気そうな人々を相手に微笑をまきちらしていた。細君の白い歯は、まるで砂糖か何かでできていて、絶えず溶けているような感じがした。ぼんやり人々の言葉を聞いていると、明日出発だといっている人があり、明後日たつのだといっている人があり、あるいはまた、この週の終りまで滞在の予定だという人があった。

そんな人々の中に僕は立ち交っていたのだ。僕は旅行者でないことをうれしく感じた。もうすぐ寒くなるだろう。彼らの空想の贅沢《ぜいたく》な偏見にゆがめられた「かよわい、眠たげなベニス」は、くたびれた眠そうな異国の旅行者といっしょに消えてしまうのだ。そしてある朝、全く別な、現実の、いきいきした、今にもはじけそうな、元気のよい、夢からさめたベニスが、姿を見せるに違いない。海底に沈んだ森の上に建設したという、「無」から生れたベニス。意志によって建てられ、強制によって築かれたベニス。あくまで実在に堅く縛りつけられたベニス。きびしく鍛えられ、不要なものを一切切り捨てられたベニスの肉体には、夜ふけの眠らぬ兵器廠《へいきしよう》が溌剌《はつらつ》と血液を通わせるのだ。そのような肉体が持つ、精悍《せいかん》な、突進しか知らぬ精神には、地中海沿岸の馥郁《ふくいく》たる空気の匂いなどから空想されるものとはおよそ比較を絶した凜冽《りんれつ》さがあった。資源の貧しさにもかかわらず、塩やガラスとの交換で、あらゆる国々の財宝をかきよせた不逞《ふてい》な都市ベニスだ。ただ表面の美しい装飾としか見えぬものの中にさえ、それがかぼそく美しくあればあるほど、強い隠れた力を忍ばせているベニス。ベニスは全世界の重石《おもし》、しかも静かな美しい重石だった。

何も知らぬ人々の中で、ただ僕一人、この秘密なベニスを知っているのだという意識が、強い矛盾のように頭に響いてきた。僕は誰かこんな話をする相手はいぬかと、あたりを見まわしてみた。しかしこのようなサロンの中に、ぼんやりベニスの本質的解説を待っている人間がいようとは考えられなかった。ベニスの町が享楽《きようらく》の土地ではなく、世界のどこにも見当らぬ凜冽峻厳《しゆんげん》な意志の実例であると、すぐその場で理解できる青年がいるだろうか。僕はそこらを歩きまわった。僕のつかんだ真実が、急に僕をいらいらさせた。このような雑多な人々のいるサロンで、突然、真実が僕の頭にひらめいたのだ。真実はすぐそれを言葉に出して弁護し実証することを要求した。ゆがめられた誤解に対する大きな反感から、僕は自分がいきなり手をたたいて喝采《かつさい》しそうな、奇怪な幻想さえ浮べていた。

こういう変てこな気持の中で、僕はふと彼女を見つけたのだ。彼女は一人明るい窓ぎわに立って、じっと僕を見ていた。真面目《まじめ》な、考え深そうな目であった。しかし、彼女はその目で僕を見ているのではなかったのだ。むしろ、彼女の口が僕を見ていたと言った方が事実に近かった。彼女の口は僕の意地悪げな表情をイローニッシュに真似《まね》ているらしかった。僕は急に自分の顔の、いらだった緊張に気がついた。僕は無理に落着いた表情に返った。すると、彼女の口がたちまち自然さを取戻して、つんと取澄ましたように見えた。しばらくたって、僕たちはほとんど同時にかすかな微笑をもらした。

彼女はバッゲセンの生涯にある役割をもっていたベネディクテ・フォン・クワーレンという美貌《びぼう》の婦人の少女像に似ている、と言ったらよいかもしれぬ。僕は彼女の眸《ひとみ》の黒い沈んだ色を見ていると、なぜとなく、その声の澄みとおった深さを想像せずにいられなかった。頭髪の結び方と、着ている明るい洋服の胸の切抜き方に、何かコペンハーゲンふうなところが匂っているようだった。僕はデンマーク語で話しかけてみようと決心した。

しかし、僕が彼女のそばへ行こうとしている先に、ちょうど反対側から、一団の人々が近づくのが見えた。お客好きの伯爵《はくしゃく》夫人が、ひとなつかしげな興奮の面持で、周囲の人々といっしょに彼女を取囲んだのだった。そして歌をうたわせるために、その場からピアノのところへ連れてゆこうとするらしかった。僕は彼女が、このサロンでまさかデンマーク語の歌など聞きたいという物好きな人はありませんわ、と言って断わるに違いないと思った。やはり僕の思ったとおりだった。彼女はそんな言葉で一応辞退したらしい。人々はなお彼女を取巻いていっそう熱心に勧めていた。ドイツ語の歌もおできになりますわ、と言う人があった。「それにイタリア語の歌だって」とまぜっかえすような笑い声をつけ加える者がいた。僕は彼女がどんな言いわけをしたらよいかわからなかったけれども、きっと断わりを言うだろうと信じていた。愛想よく勧める社交家たちの、すでに微笑にくたびれた顔には、興ざめたきまりわるさが忍び出ていたし、人のよい伯爵夫人もくどくなるのを嫌って、とうとう同情と威厳の交った足どりで一歩そこから引返そうとする時だった。万事が済んだと思ったとたんに、彼女がうなずいてしまったのだ。僕は失望に、一瞬、顔が蒼《あお》ざめるのを感じた。僕の視線は非難でいっぱいだった。それを彼女にさとられるのを避けて、僕はわざと目をそらしていた。しかし、彼女は人々から離れて、突然、僕のそばに近づいてきたのだ。彼女の着物の色が僕の体を明るくした。彼女の体温の草花のような匂いがほのかに漂うた。

「わたくしは急に、本当に歌ってみたいと思いましたの」と、彼女は僕の頰とすれすれに口を寄せてデンマーク語でささやいた。「たって勧められたから歌うのではありませんわ。お体裁はいやなの。何か歌わずにいられぬから、歌うのです」

彼女の言葉には憑《つ》かれたような焦慮がこもっていた。それは先ほどまで僕がいらいらしていたのと全く同じ種類の焦慮に違いなかった。

彼女は一団の人々に取巻かれて向うへ歩いていった。僕はゆっくりそのあとを追った。僕は高い入口のドアのそばに一人立ち止った。人々はぞろぞろと広間にはいって、それぞれの位置を占めた。僕はドアの黒い鏡のようにみがいた板にもたれて待っていたのだ。誰かが何かあるのですか、歌でもうたうのですか、と僕に聞いた。僕はよくわかりませんと、ぶっきら棒な返事をした。その嘘《うそ》の舌の根がかわかぬうちに、もう歌は始まったのだ。

僕のところから彼女はちっとも見えなかった。イタリア語の歌をうたったが、人々は少しばかりの間隔をおいて彼女のまわりを取巻いているらしかった。異国人たちは、はっきりした伝統があるせいであろう、イタリア語の歌といえば非常に純粋なものと思いこんでいるに違いなかった。しかし、歌っている彼女はしきたりだの決りだのを信じはしなかった。彼女はただ一所懸命にうたった。歌の声はおそろしく重かった。僕は前方で起った拍手から、やっと歌がおしまいになったのがわかった。僕は悲しいような恥ずかしい気持がした。人々が立ったりすわったりした。誰か出てゆくものがあったら、僕はすぐそれについて立ち去ろうと考えた。

と、あたりが急にしいんとなった。誰も予期しなかった静寂が支配した。しばらくなんの物音もしなかった。みしみし緊縛してくるような静寂が感じられた。と思うと、歌の声がその静寂の中から盛りあがって来たのだ。(アベローネ、と僕は思わずつぶやいた。アベローネ。) 今度の歌には強い力がこもっていた。あふれるものがあった。しかも、不思議に重くはなかった。一気に押出したような、切れめのない、無縫な、珍しい歌いぶりだった。作家はわからぬがドイツ語の歌詞であった。彼女は何か必然なもののように、それをごく単純にうたった。

ゆりかごのように
僕の心をかなしく疲労《つか》らせてしまうおまえだが
しかし　一夜　僕は
寝床で涙していたと
おまえに告げはしない
おまえも僕のために
夜がねむれなかったと言いはしない
この極端なうつくしさを
僕たちはだまって
いつまでも心にじっと耐えていたら　どうだろう
(短い間をおいて、歌はためらいがちに続けられた)
世間の恋人たちをみるがよい

やっと告白がはじまると
もう彼らは嘘言《うそ》を強いられているのだ

また深い静寂が流れた。何がこのような静寂を作り出すかわからなかった。少したって、人々は身動きを始めた。隣人同士がぶつかったり、詫《わ》びを言ったり、咳《せき》をしたりした。ざわざわした群集の雑音にすべてがのまれそうになった。その時、突然、また彼女の声が響いた。きっぱりした、幅の広い、押出すような肉声だった。

おまえは僕を孤独にする　僕が手ばなすことのできるのは
どうやらおまえだけらしい
たまゆら　おまえの面影が見えたとおもえば
いつのまにかそれは風のそよぎに変っている
なごりも残らぬ物のにおいになってしまう
ああ　胸に抱きよせたすべては一切あとかたもなく消えていってしまった
しかし　ただおまえの姿だけがいつも心に甦《よみがえ》って来るのだ
一度も僕はおまえに手をふれぬものだから　僕はおまえをしっかり持っているのだ

誰がこのような歌を予期しただろう。人々は歌の声に押しひしがれたように、しばらくじっと立っていた。歌い終った時、彼女の声は何年も前から、今日の瞬間をはっきり知っていたかのような、不動な確信に貫かれていた。

僕はかつて、なぜアベローネはあのような大きな感情の熱量を神にむけなかったか、不審でたまらなかった。僕は彼女が自分の「愛」からすべて受動的な要求を取除こうと念じていたのをよく知っている。誠実な彼女の心は、神はただ愛の一つの方向であって、愛の目的でないことを見抜いていたのだ。彼女は神から答えられる愛までも恐れたのだろうか。神のようなすぐれた愛の対象は、僕たちのような平凡な人間の緩慢な行為をあくまで我慢して、あらゆる心の底を傾けるまで静かに待ってくれる、長い忍耐があるのを気づかなかったろうか。いや、彼女はキリストを避けようとしたのかもしれぬ。神への長い道中で、キリストのために引止められるのを恐れたのかもしれぬし、キリストのために自分が「愛せられる人」にならねばならぬのを極度に警戒したのかもしれぬ。そのような訳から、たぶん彼女はジュリ・レヴェントロオを嫌ったのだろうか。

どうもそうだったらしいと僕には思われてならぬ。神の仲介者キリストの前に、メヒチルトのような素朴な純情の女や、アヴィラのテレーズのような激しい激情の女や、「リマの清い薔薇《ばら》」と呼ばれた一婦人のような心の痛手に耐えた「愛の女性」たちが、ただ従順にキリストの愛を受けて、つまずきながら中途でぬかずいてしまったのを考えてみると、どうやら僕はそれを信じてよいらしい（訳注　メヒチルトはドイツの十三世紀の尼僧である。アヴィラのテレーズは「聖テレジア」と呼ばれた婦人であろう。リマの清き薔薇と呼ばれる女性についてはよくわからない）。

ひよわな人々にとって救済者であったものが、このような意志の強い女たちの心には、かえって不当な障害になってしまったのだ。長い無限な神への道を唯一《ゆいいつ》の目標と定めたのに、最後の天国の入口で、再びキリストの姿が現われ、それが懈怠《けたい》な心の休息所になって、最後の「男性」として、彼女たちの心をかき乱すだろう。そして屈折度の強いレンズのように、キリストは彼女たちのすでに心を平静な平行な光となった心を再び焦点に強く結ぶに違いない。すでに天使たちの群れがただ神のものと信じきっていた彼女たちの魂は、かくして憧憬《どうけい》の泉の枯れかかった乾燥の中でぱっと一瞬に燃え尽きてしまうのだ。

（*愛されることは、ただ燃え尽きることだ。愛することは、長い夜にともされた美しいランプの光だ。愛されることは消えること。そして愛することは、長い持続だ）

（＊原注　原稿欄外への書きこみである）

　どうしたら神と、直接な、つつましいつながりを作ることができるか、アベローネは晩年そのことばかりを静かに考えようとしたらしかった。僕はアマリエ・ガリツィン公爵夫人の深い内面的な観想を思わすような手紙が、アベローネにもありそうな気がするのだ。しかし、それが数年来互いに親密な心を通わせていた人にあてられたとすれば、そのような手紙をもらった人はあまりな彼女の変化にひどく苦しんだかもしれぬ。が、アベローネ自身は――僕は彼女が常に恐れたのは、立派な一つ一つの実証がありながら、それをまるで無縁なもののように見過してしまい、いささかも隠微な精神の変化に気づこうとせぬ、妖怪《ようかい》じみた、無気味な変身だったと思うのだ。

誰がなんと言おうと、僕は聖書にある「放蕩息子《ほうとうむすこ》」の伝説は、あくまで他人の愛を拒もうとした人間の物語だと考えている。子供の時分から、家じゅうの人々は彼を愛した。彼はそうして大きくなった。子供心の幼さに、彼は世間はそうしたものと思いこみ、温かな人々の愛情に知らず知らずに狎《な》れてしまっていた。

しかし、少年になった日から、彼はその習慣を捨てようと決意したのだ。彼は別段はっきりそれを宣言したわけではないが、一日家の外をほっつき歩いたり、なじみの犬さえぷっつり伴わなくなったのは、おそらく家畜までが自分を愛するのを避けるためだったに違いない。彼らの目にもやはり注意やおせっかいや期待や配慮が見えたのだ。彼はあらゆるものの前で、もはや相手を喜ばしたり悲しませたりせずに、何一つ行為することができなくなったのだ。その時の彼の関心は、何ものにも心を乱されぬ静かさにあったろう。朝早く、野原の道を歩く時、不思議な純粋さで心が無関心な静けさに澄みきってくることがあった。彼は黙って駆け出した。彼は時間や呼吸をどこかへ忘れてしまったようにみえた。朝が目をさまし始める静かな自然の一時《ひととき》よりも、彼の心は軽ろやかに躍っていた。

やがて訪れるであろう自分の秘密な未来の生活が、絵のように彼の前に拡《ひろ》げられた。

知らぬまに、彼は小道からそれて畑の中を走っていた。彼は両手を拡げて走った。すると、その幅だけ、同時に幾つもの方向を自分のものとして征服することができるのだった。彼はどこかの生籬《いけがき》の陰などに寝そべってみた。誰も彼をわずらわすものはない。木の枝の皮を剝《は》いで笛を作ってみたり、小動物をめがけて石を投げつけたり、前かがみになって、甲虫に回れ右させたりなどして遊んだ。このような無心な遊びは、人の運命とはまるきり無関係なものだ。大空が静かな自然の上を包むように、彼の頭上を包んだ。

やがて午後になって、次から次へさまざまの空想が湧《わ》いてきた。彼はトルトゥガ島のブカニイル（訳注　ブカニイルは十七世紀の後半、西インド諸島の水域を荒した海賊団の名である。彼らはハイチ、トルトゥガなどの島々を占拠した）になってみた。そこにはなんの屈託な義務もないのだ。彼はカンペーシュを包囲したり、ヴェラ・クルーズを占拠したりした。軍隊になることも、馬上の指揮者になることも、海上の艦船になることも、ちょっとした気持の持ち方で自由自在にできるのだ。何かの思いつきでふと膝《ひざ》をついただけで、彼はデオデト・フォン・ゴツォンになることができ、悪竜を退治し、淋漓《りんり》たる汗を流すのだった。このような英雄的行為は自慢たらしい、少しも恭順のみえぬ所業だと人々が噂《うわさ》するのが聞えたりした。自由な空想は何一つ細部の省略を許さない。しかし、どのようなたくさんの空想が押寄せて来ても、ふと彼は一羽の鳥に返るのどかな余裕を忘れていなかった。鳥はなんでもよい、別に決りはないのだ。しかし、本当の小鳥と違って、彼はやはり家路をたどらねばならぬ時刻が迫ってきた。

彼はあわてていろいろなものを脱ぎ捨てたり忘れたりするのに忙しかった。上手に何もかも忘れることが必要なのだ。根ほり葉ほり尋ねられたら、とんでもない失敗をしそうで彼は心配だった。彼はぐずぐず傍目《わきめ》をしながらゆっくり歩いて帰った。しかし、とうとう、わが家の破風《はふ》が見えだした。いちばん高い窓が彼を見つけた。誰だか窓ぎわに立っている人があるらしい。一日、幼い主人の帰りを待っていた犬どもが、植込みをくぐって走りよってきた。犬どもは彼を追いたてるようにして、自分の小主人に押戻そうとするのだ。家の中へはいると、もっといけなかった。特有な家の匂《にお》いが、もうほとんど万事を決定してしまうのだ。些細《ささい》なつまらぬことが少しぐらい変ろうと、全体から見れば、彼は結局人々が考えていたままのこの家の息子に違いなかった。家の人々はつまらぬ彼の過去と自分らの勝手な希望を結びつけ、すでに彼の生涯の略図をこしらえてしまっているのだ。彼は一家のものの共有物のようであった。夜も昼も、人々の愛の暗示に取囲まれ、人々の信頼と猜疑《さいぎ》にはさまれ、もはや何をしても賞讃《しょうさん》と非難の目からのがれることができなかった。

だから、どんなに注意深く階段を歩いても、それがなんの役にも立たぬのだ。家族はみんな居間に集まっている。そして、ドアが開くと、一斉にこちらへ視線が集まるのだ。彼はわざと物陰に隠れて、何か声をかけられるのを待っていた。しかし、それからが全くたいへんなのだ。みんなが彼の手をとってテーブルまで連れてゆく。そこにいる限りの人々が、ランプの前に好奇な目を光らせて身をのりだす。人々はひどく有利な立場にいた。めいめいは暗いランプの灯影《ほかげ》にいて、明りはただ彼にだけ集まるのだ。あらゆる羞恥《しゅうち》が一人彼を包むのだ。彼はできたら、人間の顔をなくしてしまいたいと思った。彼はこの家にいつまでとどまるだろうか。人々から与えられた曖昧《あいまい》な生活の輪郭をなぞって、顔形まで彼らに似て、一生を過してしまうのだろうか。彼の意志の神経的な誠実さと家族の人々のみえすいた虚偽（それがどのくらい人々自身をそこなっているかもしれぬのだ）とにはさまれて、とうとう彼の体は引裂かれてしまうのだろうか。心弱くあきらめかねた家族の人々を、彼は容赦なく傷つけるような人間になるのを断念するだろうか。

いや、彼はやはり家を捨てるに違いない。たとえば、人々が忙しそうに彼の誕生日の食卓を飾っている時、彼は飛び出してゆくだろう。いやなわだかまりをきれいに解くつもりで、人々が自分勝手な臆測《おくそく》から選び集めた贈物の数々をよそに、彼は永久にこの家を立ち去るのだ。やがて彼は、この時すでに人を愛してはならぬと強く心を固めていたことに思い当るに違いない。それは「愛される」という恐ろしい地獄へ誰をも突き落さぬ配慮だったのだ。数年後、彼は再びそれを思い出した。しかし、あらゆる決心と同じく、それは到底守ることのできぬ決心だった。彼はやはり孤独の中で愛した。再びまた愛した。そして、彼は常に自分のすべての生命を傾け、相手の自由に言いようのない苦しい心づかいを払うのだった。愛の対象を自分の感情の光で明るく透明に照らすことを、彼は徐々に学んだ。熱と光の氾濫《はんらん》の中で対象をすっかり焼き尽してはならない。かくて、愛人の姿が次第に美しく透明なものに輝き、広大なはるかな展望が打ち開けてくるうれしさに、彼は心からうっとりした。彼の無限な所有の欲望の前に広いはるかな精神の展望が繰拡げられたのだ。

自分もそのような清らかな光に照らし出されたいと、彼は夜ごとに憧憬の涙を流したりした。しかし、自分に身を寄せる恋人と「愛の女性」とはまるで違うのだ。ただの恋人はまだ愛の女ではない。ああ、わびしい夜々。彼は自分のあふれる愛情の贈物を、一つ一つまた自分の手で受取るほかはなかった。そのうえ、無常なはかなさを付け添えて。己れの願いが相手の婦人に聞きいれられることをいちばん恐れたというトルバドゥルの詩人たちを思い出して、彼は切ない心に泣いた。せっかくたくわえたすべての金銭を惜しみなく女たちに与えてしまったのは、彼もまたこのあさましい体験を回避するためにほかならなかったのかもしれぬ。彼は一日一日、自分の愛に相手が身をもたしかけてくるのが不安になった。彼は無礼な支払によって、わざと相手を辱《はず》かしめたつもりなのだ。男の体を明るい光のように浸透して、はるかな遠い道を開いてゆく「愛の女性」に、いつか出会うだろうと、彼はもう信じることができなかった。

貧困が日ごとに新たな冷酷さで彼をいじめ、彼の頭が悲惨の巣となり、全身がぼろぼろに押揉《おしも》まれた時――真っ暗な艱苦《かんく》が彼をさいなみ、仕方なくその闇《やみ》を探る一種の目のように、体一面汚ない吹き出ものの穴があいた時――彼の体がまるでよごれた汚物のように腐ってしまい、ついには塵芥《じんかい》の中に打捨てられ、自分の不潔さにわれとわが身が震えた時――そんな時さえ、よく考えてみると、自分の愛に答えられることが彼のいちばん恐ろしい恐怖だった。腕と腕とがからみあって二人が抱き合う時、あらゆるものが滅ぼされてしまうのだ。その言いようのない悲惨に比べると、もはやどのような暗黒もかえってたわいないもののように見えた。翌朝、女のかたわらで目をさますと、彼はすでに未来の荒々しい美しい夢がわびしく消え去ってしまったのを知らねばならなかった。ぶらぶら町を歩くと、新しい危険に立ち向う気力がすっかり失われてしまったのを知らねばならなかった。そして何度も何度も、口がすくなるまで、ベッドの中で「きっと死なない、死なない」と誓約しなければならなかったのを彼は思い出した。彼がどん底まで落ちながら、辛うじて生命だけ長らえたのは、おそらくこの無気味な記憶の我執だったかもしれぬ。あくまで執拗《しつよう》に、いやらしい記憶は、払っても払っても彼にまつわりついてきた。あくまで彼の心に食い入ろうとした。とうとう彼はそれを認めねばならなかったのだ。そして、彼がどこかの牧人として暮すようになって、ようやくそれらの過去は静かな眠りについた。

そのころの彼の生活を誰が描くことができるだろう。そのころの日々の耐えがたい長さをはかない人生の短かさで受けとめ、それを必然なものとして描写する力量を、いったいどの詩人が持つだろう。彼の痩《や》せちぢこまった、マントを着た姿と、無限に拡がる夜の大きな闇とを、同時に映してみせる芸術がいったいどこにあるだろう。

病後少しずつ回復してゆく人のように、この時彼は、自分がごく平凡な、当り前な、全く無名な人間の一人でしかないことを、いまさらのように感じた。彼は生存への愛のほか、一切どのような愛も持たなかった。羊たちの低俗な愛情などに、彼はひどく無関心になっていた。雲間をもれた明るい日ざしのように、羊たちは彼のまわりに散らばって、緑の牧場をのどかに色どっているにすぎないのだ。無心な羊たちが草を追うて移ってゆくあとから、彼はただ黙々と世界の草原を歩いていった。異国の旅行者たちがアクロポリスで見た牧人は彼だったかもしれぬ。たぶん彼はしばらく地方の牧人たちに交っていて「七」と「三」†の獲得に死力を尽しながらついに「十六線の星」に敗れてしまった高貴な一族の遺跡が化石時代の跡のように痛々しく残っている姿を見たとしてもよい。僕はオランジュで田舎びた凱旋門《がいせんもん》によりかかった彼を想像することができる。あるいはまたアリスカンの墓地（訳注　南仏アルル近傍にある古跡、道をはさんで中世紀の墓が続いている）の物陰に立って、彼の視線が墓石の間を飛んでゆく一匹の青い蜻蛉のあとをぼんやり見ている姿が、僕の目に映ってくる。アリスカンの墓石は復活した人々の墓のように静かな口を開いていた。

†訳注　これについてはリルケ書簡集の中に次のような説明がある。――ボオ地方は南仏プロヴァンスの風光

明媚の土地であって、放牧地として著名である。十四世紀から十五世紀にかけて、この地方を支配した有名な王族があった。しかし、化石時代がこの王族をおおいつくしたといってよいかもしれぬ。彼らの生活はそのまここに化石となって残っているからである。銀灰色をおびた峻厳なこの地方一帯の風物の中には、雨風に削られた城が今も残っている。アルルの近くで、風物全体が一つのすばらしい自然のドラマであるといってよかった。丘陵や廃墟や部落が、そのまま打捨てられて再び岩になっているようだ。そして、そのあたり一帯が牧場になっている。オランジュの円形劇場。アクロポリスの廃墟。そこを牧人は羊の群れといっしょに、静かな悠久な時間の中を通りすぎる。偉大な廃墟の今も何かほとぼりの冷めきらぬ余燼の中から、彼らは大空の雲の影のように通りすぎるのだ。プロヴァンスの王族の例にもれず、ボオ地方の君主も迷信を信じていた。彼ら一族の繁栄は豪奢をきわめたものだった。婦人たちは女神かニュンフのごとく、男子はみな英雄的半神のようだった。戦さごとに財宝や奴隷や王冠がふえていった。一時、彼らは「エルサレムの王」と称したこともあった。しかし、彼らの紋章は大きな矛盾を包蔵していたのだ。「七」という数の力を信ずるものには、「十六」という数が最も危険な敵だった。しかるに、ボオの王族は十六条線の星を紋章にしていたのである。彼らはバルタザル王の後裔であると信じ、東方の諸王や牧人たちを導いたという星を紋章にしたのだろう。この王族の繁栄は神聖な「七」の数が紋章の「十六」を打破ることだった。彼らは常に都市や村落や修道院などを七という数にまとめていた。しかし、ついに「七」が敗れて、この王族は滅びてしまったのである。

しかし、それはどうでもよい。僕は彼の姿以上のものが見えるのだ。僕には彼の生活が見えてくる。すでに彼は、その時から神への遠い愛の道を踏み出していた。僕はその静かな、はるかな仕事がわかるのだ。是が非でも自分を押えてじっと耐えなければならぬ、と一度堅く決意した彼に、再び心の押えきれぬ切なさがあふれてきた。しかも、彼は今愛の受容を願っているのだ。彼の心は長い孤独を経て、美しい夢と確信をのせていた。彼の心は、今こそ神が透明な美しい光明の愛で自分を包んでくれると信じた。しかし、そのような美しい愛に守られることを念じながら、絶えずはるかな天地になじんできた彼の感情は、しきりに神への無限な距離を思っていた。わが身を広い空間に投げて神に任せようと、そんな思いにかられる夜があった。大地の下にくぐりこみ、心の澎湃《ほうはい》たる上げ潮にのせてそれを高く押上げる力が、自分に恵まれたような、力強い、思いがけぬ示現に満ちた刹那《せつな》があった。彼は初めて何かすばらしい言葉を聞き、熱にうかされたように、この新しい言葉で詩を書こうとする若者かもしれなかった。しかも彼は、まず何よりもこの言葉がどんな困難な言葉であるかを知覚する驚愕《きょうがく》を持たねばならぬ。意味もない短い文章を二つ三つ書くだけに、すでに長い生涯をかけねばならぬということさえ、彼はまだ気づかなかったのだ。彼は徒歩競走の選手のように、ただまっしぐらに言葉の中へ飛びこんでいった。しかし、言葉の抵抗は案外強いのだ。すぐと彼の足のあがきは鈍ってしまった。このような初歩の修業ほど人間の心をつつましくするものはないだろう。人間はかつて「賢者の石」を見つけた。しかし、彼は今、偶然なにわか造りの黄金を絶えず忍従の卑《いや》しい鉛へ還元しなければならぬのだった。かつて広漠な空間にわが身を解き放った彼が、虫けらのように出口も方向もわからぬ、狭い、暗がりの廊下を這《は》い歩くのだ。しかし、そのような努力と苦しみを通り抜け、真実な愛を学んで、彼は初めて、自分のこれまでに注いだと信じていた愛がいかに疎懶《そらん》な卑俗な愛であったかに気づいた。愛をこつこつ育ててゆこう、少しずつ愛を実現させてゆこうと、今まで一度も真剣に着手したことがなかったのだから、どうして何もない愛から立派なものが生れることができたろう。

この時になって、彼の心には大きな変化が起った。彼ははるかな神に近づこうとする日々の苦しい仕事に、ほとんど神を忘れてしまったらしい。そしていつかやがて神の手から授けられるのは、ただ「一人の人間の魂をわずかに我慢してくれる神の忍耐」だけだと思った。人々が何か重大なもののように考える運命の偶然など、彼はもうきれいに忘れてしまっていた。喜びも悲しみも、すべて付随的な甘味や苦味を失ってしまい、まるで純粋な、栄養的な成分だけになったのだ。彼の存在の根からは堅固な越冬性の植物が生え、豊かな歓喜を枝いっぱいにみなぎらしていると言ってよかった。彼は自分の内部生命をつちかうものを取入れるのに一所懸命だった。彼は何一つ見のがさぬように気をつけた。すべてのものの中に彼の愛があり、すべてのものの中に彼の愛が少しずつ成長することを、彼はもはや疑わなかったのだ。彼の激しい内部的な覚醒《かくせい》は、かつてなし得なかったままのびのびになっているいちばん大切なものを、ぜひ今から取返そうと決意した。彼はまず幼年時代のことを思い出した。静かに落着いて考えれば考えるほど、それは仕残された不完全なものに見えるのだ。幼年時代の追憶にはすべて曖昧なおぼろげなものがくっついていた。しかもそれが遠く過ぎ去った過去であるために、かえってこれから訪れる未来の世界のように思われたりするのだ。もう一度自分の幼年時代を現実に引寄せてみたいという悲しい願いに、なぜ「放蕩息子」がふるさとの土を再び踏んだかの理由があるだろう。彼がそのままふるさとにとどまったかどうかは知らない。僕たちはただ、彼が一度ふるさとへ立ち帰ったのを知っているのだ。

この「放蕩息子」の伝説を物語った人々は、ここで再びふるさとの家がどんなであるかを僕たちに回想させようとした。彼が家を捨ててからまだわずかの年月しか経《た》っていないのだ。ほんの指折り数える程度の、家族の者なら誰でもすぐ何年だとっさに言えるくらいの時の流れなのだ。犬どもは老いたが、まだ生き残っていたし、記事には明らかに一匹の犬が彼をみて吠《ほ》えたと書かれている。そして、人々の日課の手が一斉に休む。家族の顔が窓に並んでいる。年寄った顔や成人した顔。何か共通なおもざしの相似が彼の胸に痛いような悲しみを与えた。老いさらばえた一つの顔の中に、急に、一筋認知の光が青白く流れた。果してそれは認知だったろうか？——ただ認知だけだったろうか？——おそらくそれは一つの宥恕《ゆうじょ》かもしれなかった。しかし、宥恕だとすれば、いったい何を許さねばならぬのだろう？——いや、あの表情はやはり愛だったのだ。それは偽らぬ愛の表情に違いなかった。

さて彼は、「放蕩息子」は、ただ生きる道に忙しく、まだここに愛が残っていようとは予期していなかった。その場のさまざまのありさまの中から、彼の身ぶりだけが伝説につたわっているのは、当然な帰結だろう。彼のしぐさは誰も見たことのない、途方もないものだった。彼は人々の足もとに身を伏せて懇願した。僕を愛してはいけないと涙を流した。人々はびっくりして、半信半疑のまま、彼を助け起さねばならなかった。人々はやがて彼の気違いじみた行為を自分勝手な解釈で許した。彼は自分の行為がせっぱつまった一途《いちず》さであるにかかわらず、人々がすべて誤解して平気な様子を見ると、おそらく言いようのない安堵《あんど》と解放を感じたに違いない。たぶん、彼はふるさとにとどまることができただろう。彼は人々の愛が自分を本当に愛していないのを、一日一日確かめることができたのだ。人々はめいめいの愛にただ一種の虚栄を感じているだけだったのだ。そして、お互いに愛を競っているらしかった。そんな人々の一所懸命な姿を見て、彼はかえって微笑を止めることができなかった。人々がいかに彼を愛することができないかがすでに明らかだったから。

彼がどのような人間であるか、人々はちっとも知らなかった。すでに彼を愛することは、途方もなくむずかしい行為になっていたのである。ただ神だけが僕を愛することができるのだと、彼はそんなことをほのかに思った。しかし、神はまだなかなか彼を愛そうとはしないらしかった。

訳者あとがき

なぜなら、貧しさは内部から射《さ》すうつくしい光である

僕は『マルテの手記』を訳して、つくづくこのような小説を書かねばならなかったリルケを不幸な作家だとおもった。無慙《むざん》で、気の毒で、はたから見ていられぬという痛ましいおもいがした。作家はむしろ何の屈託もなさそうに、平気であやまちを冒してくれた方が、いくら気安いかもしれぬと僕は考えたりした。作家が一生かかってたった一つしか書けぬという種類の小説があるが、『マルテの手記』はそうした希有《けう》な小説の一つだった。厳密にいえば、むろん作家にとって一作一作は繰りかえしのない抜きさしならぬ一回勝負にちがいないが、僕はいまそれを言っているのではない。一生にたった一つしか書けぬたぐいの小説は、すべて言いようのない深いかなしみで僕らのこころの底を打つ。そして、そのような小説を書かずにいられなかった作家を何ゆえかたいへん不幸な人間だとおもわすのである。

マルテ・ラウリツ・ブリッゲという人物はデンマークの作家オプストフェルダーをモデルにしたものであった。しかしリルケは、オプストフェルダーというほとんど無名な作家は二、三印象派ふうな小説を書いた異色ある小説家らしいが、僕は彼のことをあまりよくは知って

いない――ただ不思議に僕がつよくこころを惹《ひ》かれたのは、彼がパリで非常に孤独な生活をしていたこと、めずらしい文学的才能をもちながら十分それを伸ばしきることができず三十歳になるかならずに死んでしまったことなどである、と言っていた。小説家としてヤコブセンに傾倒したリルケが、おなじデンマークの青年作家を小説の主人公にえらんだことは彼らしい師への目だたぬ敬礼であったかもしれぬ。リルケは自由にマルテの性格をつくり出し、ただ自分の孤独なパリの生活のあらゆる悲しみを書いてみようとしたのだ。

リルケはこの作品の成立について非常にくわしく語っているが、それによると、最初は一人の少女を相手にしてパリで知りあったマルテという一無名作家の想《おも》い出を物語るというふうなごく手がるな構想だった。彼は対話体の小説を書きだしたのである。一九〇四年、リルケはローマの仮寓《かぐう》でこの小説の最初の一行を書いた。しかし、マルテの日記や遺稿を自分は所持していて大切にしまっているのだと言い、少女がぜひそれを見たいなど言いだしたとき、リルケの筆はだんだん渋りがちになったらしい。リルケは何彼と言いのがれながら、それも一日一日くるしい小説の筆をすすめていたが、とうとう最後に、思いきって直接『マルテの手記』という形式で正面からこの題材にぶつからねばならぬと決心したのである。

「僕自身を入れる屋根がどこにもないのだ。雨は容赦なく僕の目にしみるのだ」というのがマルテの孤独なわびしい生活だった。一個のちいさなトランクと一箱の書物のほか、何の持ちものもない異邦人。ひろいパリに一人のよるべも一人の知人もない孤独。マルテは「家もない。家に伝わる道具もなければ、犬もない」と書いた。しかし、これはそのままリルケのとぼしい生活だったろう。リルケのパリの生活はまったく無名な孤独の底の生活だった。オテル・ロピンにいたころは、偶然コクトーもおなじアパートに住んでいたが、彼はほとんど誰とも行き来をしなかった。一方、当時のコクトーは名声と若年の血気にまかせて乱暴な生活の絶頂だったらしい。彼は後年『おもいでの人々』のなかでこんなことを言っているのである。「毎晩、おそくまで、いつも隅の窓の一つにあかりがとぼっていた。僕はずっと後になって初めてそれが誰の部屋だったかを知ることができた。あの夜ふけのランプはロダンの秘書をしていたリルケの部屋だったのだ。僕はすでに世のなかを知りつくしたつもりでいた。そして、無知な、僭越《せんえつ》な、くだらぬ青春の日をすごしていた、名声が僕をそこないはじめていたのだ。僕は無名や失意よりもなお始末にわるい名声がある一方に、すべての名声よりもいっそう偉大な失意の時代があることを知らなかった。リルケのとおい友情がこの夜ふけのわびしいランプの光をとおして、他日どのようななぐさめを与えてくれるか、まだ僕はすこしも気づかずにいた」と。

だが、リルケの生活はまるで吹きっさらしの広場へ投げだされたような何の保護もない生活だった。精神的な孤独と貧しさのどん底といってよかった。わびしい悲しさが彼の生活には牡蠣《かき》殻《がら》のように堅くくっついていた。

「無気味な死の恐怖のために夜半ベッドの上に起き上がったことも一度や二度ではなかったのだ。少なくとも起きてすわっていることが何か生きているしるしであり、死んだ人間はすわることもできぬだろうと、僕は真面目《まじめ》にそんなはかない言い訳を考えていた。そのころの僕は、いつも異境のただ偶然に与えられた部屋の中で起き伏ししていたのだ。病気にでもなると、異境の冷酷な部屋は、かかりあいになったり巻添えをくったりするのを恐れるかのように、容赦なく僕を孤独へ突き放した。僕は一人すわっていた。おそらく、僕はひどくおっかない顔をしていたのに違いない。僕に親しく話しかける勇気が、部屋の家具や道具類にはどうしても出てこぬらしかった。わざわざ僕がともした黄ばんだ明りさえ、僕にむいてわざと知らん顔をした。人けのない部屋のランプか何かのように、ただぼんやりあたりを薄黄色に照らすだけなのだ。僕の最後の希望は、もうこうなってくると、窓が一つ残っているばかりだった。あの窓の外にはきっと僕の味方になってくれるものがあるだろう、不意に襲いかかった死の窮乏の中から僕を救ってくれるものがあるだろう、と僕はそれだけを念じた。しかし、やがて僕の目が窓にむいた瞬間、僕はなぜか窓がふさがれていて壁のように塗りつぶされていることを願ったのだ。僕は窓の向うへ行っても、やはり同じように救いがないこと、窓の外にもやはりただ僕の無限な孤独が続いているだけなことが、はっきりわかるのだった。」

これも『マルテの手記』の一節である。コクトーはリルケの部屋の夜ふけのランプに純粋な孤独のうつくしさを見たのかもしれぬが、おそらくその黄ばんだひかりはベッドの上に起きあがったリルケの背後にかかる言いようのない怪異な影ぼうしを投げていたにちがいない。先にも引用したように、雨は容赦なく目にしみるとマルテは書いたのである。「すべてのものが僕の心の底に深く沈んでゆく。ふだんそこが行詰りになるところで決して止らぬのだ。

僕には僕の知らない奥底がある。」というのも、やはりマルテの悲しい述懐だった。マルテは毎日ただ当てもなしにパリの街区をあるく。公園をぶらぶらする。図書館や美術館で所在のない時間を消す。しかし、マルテはそのような貧しいパリの日常を「病気」のように堪えねばならぬのだ。街上をあるけば、彼の眼にうつるのは、野菜の車をひっぱってただむやみに「花野菜」と叫んでゆく盲目の男である。舞踏病の奇妙な発作をもった老人のすがたである。街かどのショーウインドーのかげで、手のなかからちびた鉛筆をそろそろ押しだして買ってくれという乞食《こじき》の老婆《ろうば》である。公園の柵《さく》のそばに立って新聞を売るまあたらしい麦稈帽《むぎわらぼう》のめくらである。その他、その他。パリの陋巷《ろうこう》の生活の悲しさと疲労がマルテのこころを病源菌のように蝕《むしば》むのだ。少年時代の故郷のおもいでのかずかずが昨日のことのように甦《よみがえ》ってくるし、祖先や近親の誰彼の生活断片が古いきずぐちのように痛みだす。はては中世の不幸な国王の運命や聖書の「放蕩《ほうとう》息子」の伝説まで、自分の犯した罪のようにうずいてくる。そして、美術館のうすくらがりで見た一枚の古画や国民図書館の広間であけた一冊の書物が、彼のこころに巨大な怪鳥のつばさのような黒い不吉なかげを落す。

リルケはあるときの手紙に「僕が日常周囲のものを受けいれる受けとりかたは、すべてをあとかたもなく吸収しつくすというひどくふうがわりな方法であるらしい。事物の諸印象は僕の血液のなかに溶け、何か得体のしれぬものと一つになり、すっかり形をうしなってゆくみたいだ。たとえば、植物の吸収の仕方がきっといちばんこれに近いだろう。しかし植物には静かにながれている樹液というものがあるから、吸収したものを何の不安もなしにあのようなうつくしい花のすがたに変容させることができるのである。しかし、なまあたたかい人間の血液の場合はどうなるかなど考えだすと、僕はひどく不安な気がして一刻の安堵《あんど》もならぬ」と書いていた。マルテの血液にもパリの風や雨が容赦なくしみこみ、パリの埃《ほこり》や日光が溶けて一つになるのだ。きたない人間の吐く息も、どすぐろい煤煙《ばいえん》も、病院の不安な薬品のにおいも、裏街の悪臭も、あらゆるものがマルテのなかに吸収されてしまう。が、外界の雑多なものが溶けてしみこむにつれて、不思議に彼の血液は樹液のような純粋な清澄《せいちょう》なものになるらしかった。それは与えうるかぎりあたえつくしたあとの、極端な孤独と貧しさの底からうまれてくる奇態な生活の豊富さだった。だからそこには、言いしれぬせつない無邪気さが深い生活の根からわいてくるのだ。

「僕はローマのある庭園でみたアネモネの花をおもいだした。一日、このアネモネはあかい太陽のひかりのなかで腹いっぱい咲きみだれていたので、もう夜になってしまってから花びらをとじることができぬらしかった。すっかり暗くなった草地のうえで、一輪のアネモネの花がまるで狂ったように咲きみだれて、吸っても吸ってもひたひたと押しよせてくる果てのない夜闇《よやみ》を一所懸命にちいさな花冠で受けとめようとしている。あたりのアネモネたちをみれば、花をひらくのにもちゃんとした正常な度合いを忘れてはいなかった。夜がくるとみんな花びらをふたたび堅くとじあわしているのだ。僕はおろかなローマのアネモネの花かもしれぬ。僕のこころもあんなふうにいじらしく外部へ咲きこぼれてしまったのかもしれぬ。僕にはもう何ひとつ拒むことができぬのだ。僕はあらゆるものに引きまわされ、僕のこころはいつもうかうかと勝手に外部の喧騒《けんそう》について走りだそうとする。たとえば何か一つの騒音がきこえたとすると、僕はたわいもなくそれの虜《とりこ》となり、僕自身がすぐさまその騒音になろうとするのだ……」（ルウ・アンドレアス・ザロメへの手紙）

むろん、これはリルケのかなしい心情を打ちわった言葉にちがいないが、また同時にマルテの運命的な「受苦」を説きあかす鍵《かぎ》とみることができるのである。マルテは真実リルケの血をわけた分身とみてよいだろう。だが、小説の人物とその作家をどこまでつなぎ合わすことができるか、どこから切りはなさねばならぬか、ということは最もむずかしい批評の問題にちがいない。リルケはルウ・アンドレアス・ザロメに「どの点まで僕とマルテが重なりあっているか、それをはっきり区別して考えることのできるのは、おそらくあなただけでありましょう。マルテは僕の精神的危険のなかから生れた人物にちがいありませんが、彼がある意味において僕の身がわりとして没落したのであるか、もしくはそれと反対に、僕が彼の手記を書くことによってかえってこのような運命の急湍《きゅうたん》に立たねばならぬ羽目におとされたのか、どちらが果してほんとうの事実でしょう？　僕はこの小説を書いてしまってから、まるで死にそこねた人間のようにぼんやりしています。どこにもこころの拠《よ》りどころがありません。何も手につかず、ひょっとすると僕はもう一生何も書けなくなったのでないかとおもいます」と書いた。

リルケはこの小説に着手したとき、作家としてまったく最初からやりなおす意気ごみで取りかかっていた。彼はいままでの作品や経験を振りきって、すっかりあたらしく生れかわった人間として出発するつもりだった。今度の小説は抜きさしならぬ厳格な散文を目ざしている。僕のきびしい作家修業であり一つの新生命を切りひらくものと考えている、この苦しい峠がこえられたらどしどしいろんな小説を書いてみせるだろう、などリルケは言っていた。そして「僕は最初の振りだしへ立ちもどらねばならぬ」と友人への手紙に書いたりした。前掲のルウ・アンドレアス・ザロメあての手紙はこの小説の内部をひらく最も重要な鍵だとおもうが、リルケはそのなかで、こんな回想も書きつけているのである。

「この小説が結末にちかづくにつれて、これが一つの峠になるのだという感じがますます強くなってきました。僕は自分にこの小説が高い山の分水嶺《ぶんすいれい》になるのだと言ってきかせたのです。さて、いよいよ小説ができてみると、残念ですがせっかく骨を折ってあつめた水がすっかり以前の麓《ふもと》の方へながれおちてしまったのです。僕は一人からからに干からびた砂の上に残されていました。砂の上に取りのこされただけだとまだいいのですが、どうやらマルテは僕をぼろぼろにつかい耗《へ》らしてしまいました。マルテは彼の没落のなかへ僕の生涯のあらゆる力と財産をつぎこんだらしいのです。僕のものは何も彼《か》もすべてマルテの手ににぎられマルテの懐《ふとこ》ろにしまいこまれているにちがいありません。マルテの絶望はよほど手ごわいものだったとみえ、彼は容赦なく僕のものまで全部はたいてしまったのです。いま僕は何かあたらしいものに出くわしたとしても、すぐそこに一種きずあとのようなものがあるのに気づきます。そのくもりは、僕よりまえにマルテの手が触れたあとかたにちがいないのです。そうだとわかると、もう僕は何ものにも親しみを感じることができないで、途方にくれてしまいます」

マルテの手記、これを書きあげるとすっかりあたらしい散文の方法をつかむことができるのだ、とリルケは非常な意気ごみを持っていた。そうして、彼はつぎつぎに取りかかる作品の素材をたのしげに思いうかべたりした。しかし『マルテの手記』は作者にとって結果はまことに不幸な作品だったと言わねばならぬ。芸術の神は嫉妬《しっと》ぶかいという言葉があるが、完《かん》璧《ぺき》な作品はいつもこのように無慙な代価を要求するのである。この小説を書きあげたリルケは次第に『マルテの手記』がもう自分の最後の作品であるというふうなことを考えはじめた。もはや何も書けぬというわびしい諦《あきら》めが、むしろほっと重荷をおろしたような安堵を感じさせた、と彼は告白したのである。彼は医者にでもなってしずかな田舎でくらしたいとまじめに考えたりした。しかし、リルケはどうしても文学をすてることができなかった。そして、晩年、彼は『ドゥイノの哀歌』や『オルフォイスにささげる十四行詩』などの、高い、峻厳《しゅんげん》な、むしろ非人間的とおもわれるような絶対の境地をきりひらいたのだ。そのとき、リルケは『マルテの手記』の苦しかった時代をおもいだしたのだろう――「ヴァレリイは初期の作品を発表してから突然二十五年間も沈黙をまもっていたことがある。彼は数学に没頭していた。ようやく一九一九年ごろから、ふたたび詩を書きだしたが、このとき以後彼の詩の一行一行には僕たちに窺《うかが》い知れぬ長い沈黙の深い陰翳《いんえい》がきざみこまれていた」と言った。リルケも『マルテの手記』を書いてから十五年にちかい歳月を、すこしばかりの短い詩を書いたほかはほとんど翻訳の仕事についやしてしまったのである。すでにスイスの山奥のとぼしい生活にも非常な経済的困難をおぼえながら。十年二十年、文字どおりほんとうに沈黙する勇気をもつ作家は、すでにそれだけで高邁《こうまい》な真実な作家であると言ってよいのかもしれぬ。

僕は『マルテの手記』の難解さは独自な詩想や観念の深めかたにあるとおもうが、それとならんで、リルケが鏤骨《るこつ》した「すきまのない散文構成」からくるむずかしさを見おとしてはならぬ。リルケはこの小説で、あくまで「手記」という形式を厳密にまもりとおしたのだ。『マルテの手記』は文字どおりに一つの遺稿であった。日記、断片的感想、書きつぶしの手紙の残片、散文詩めいた文章、過去の追想、備忘ノートの切れはし、眼前の触目的風物、こういうものが雑然と一見何の順序も脈絡もなしに書きこまれているのだが、それら行間から浮びあがってくるマルテという一無名作家のすがたには絶対に抜きさしならぬ究極のものがあった。リルケもこの一点だけは不動なかたい自信をかけていたらしい。「どの程度まで読者がこれらの断章からまとまった一人の人間生活を考えてくれるか、僕は知らない。僕がつくり出したマルテという青年作家の内部の体験は途方もない大きなひろがりを持っているのだ。彼の手記は根気よくさがしたらどれくらいあるかちょっと見当もつかない。ここで僕が一冊の書物にまとめたのは、わずか全体の幾割かにすぎぬだろう。机の引出しをさがしてみるとどうやらこれだけ見つけることができた、まず差しあたって、ただいまはこれだけでまあ我慢しておこうというぐあいの小説なのだ。こんな小説は芸術的にみれば大へんまずいでたらめな構成にちがいないが、直接人間的な面からみて結構ゆるされる形式だとおもっている」

実際、リルケの語ったところによると、せっかく書いた原稿で散逸してしまった部分があるらしい。リルケは前後七年の歳月をこの大部でもない小説のためについやしたのだった。そして、リルケがこの小説の出版後もやはり時々おもいだしたように『マルテの手記』の一部らしい断章を書いたのが残っているといわれる。リルケは晩年、しばしば手紙のなかで「僕のマルテ」と書いているが、その言葉のひびきにはいちばん親しい実在の友人をよぶような深い感情があふれていた。「しかし僕たち二人は（リルケ自身とマルテをいう）何か二人だけの見えぬ秘密の糸でかたくむすび合わされていたのだ。二人きりの見えぬ秘密な部分というのは、よくわからぬけれども、まだ十分なおりきらぬ傷口などの病的に敏感すぎる癒合部らしかった」と、リルケはこんな言葉でその微妙な仔細《しさい》を述べたのである。

ゲーテはエッカーマンとの対話のなかで話が『ウェールテルのかなしみ』におよんだとき、「この作品をわたしはペリカンのように自分の心臓の血でそだてた。わたしの胸のなかのあらゆる結ぼれが、あらゆる感情と思念とが、ここに書きつくされているのだ。多分書こうとおもえば、この材料から十巻の長編小説だって書けたかもしれぬ。わたしはいつも口ぐせにいうことだが、この小説は出版されてからたった一度しか読みかえしたことがない。わたしはもう再読してはならぬと考えている。ウェールテルのかなしみは言わば火箭《ひや》のようなものだ。わたしはむやみに近づくことが無気味だし、あの小説のような病的な状態をふたたびとおらねばならぬのが怖いような気がする」と言った。これはゲーテの晩年に近いある日の告白だが、しかし彼はすでに『ウェールテルのかなしみ』の出版当時、作品が多くの青年たちに争って読まれ、ウェールテルの着ていた紺の上着と黄色いチョッキが流行したり、あらゆる少女がロッテのように愛されることをねがったなど言われたりすると、そのような軽薄な通俗化に眼をつぶっていることができなかったのだ。ゲーテは「多感の凱歌《がいか》」という戯曲風なザティーレを書いて、ウェールテルの末期《まつご》の眼にうつる自然の壮麗さや人間感情のせつなさが、どのように俗衆の誤解のなかで無慚《むざん》によごされてしまうか、どのように悲しい不具にされてしまうか、を弾劾《だんがい》したのである。全ヨーロッパをおおいつくしたという「ウェールテル病時代」のやりきれなさをもっとも嫌悪《けんお》したのは、ゲーテその人だったにちがいない。僕はこのような一つ二つの事実のうしろに、作品の通俗化からあくまで自己の純粋さをまもりとおそうとした芸術家の必死な心がまえをみるのである。

リルケもやはり『マルテの手記』が簡単に絶望のかなしさと没落のうつくしさを書いた小説だとする俗説とたたかわなければならなかった。『マルテの手記』のまぎれもないテーマは、どういうふうにして人間は今日のような世のなかに生きることができるかだと、いつもリルケは繰りかえして言っているのである。人間の決意がこんなにあやふやになり、愛がこんなにいいかげんなものになり、人間が死に対してこんなに無能力になってしまったことは、ほとんど従来その例がないくらいだ。いま人間はどのようにして生きてゆくことができるか、というのがマルテの必死なもがきだった。僕らは迂闊《うかつ》に、マルテのこころの指向が絶えず大きな肯定を目ざしているのをみのがしてはならぬ。この小説は、マルテという不幸な青年作家のいたましい敗北と没落を書いたものにちがいない。決して「こころを打ちくだかれた人間の絶望の書」ではないのである。旧約聖書には、天使を見たものは死なねばならぬと書いてある。マルテの没落はすこしもそれと変らぬ「はげしい死」だったのだ。『マルテの手記』のなかにうつくしくかがやいているリルケの精神は、否定的な生活の根底を掘りくずすようなものではなかった。しかし、作品の底からにじみ出てくるマルテの遣《や》り場のない絶望感と没落のかなしい運命とは、やはり純真な年少者のたましいに非常な誘惑だったにちがいない。むしろ、それははなはだ危険なものかもしれぬ。リルケは『マルテの手記』の読後感を書きおくってきた読者の手紙にこたえて、「あなたはあまりマルテの気持に同化されてはなりません。マルテのかなしい絶望感がすぐそのままのかたちで読者のこころの底に食いいってくるのは、あのような暗い救いのない気持の下に、たいへん純粋な、ほとんど無邪気とさえみえる、はげしい生活のちからが流れているせいなのです。むろん、偶然にそれが『没落』という枠のなかへおさめられている点は、見のがしてはならぬことかもしれません。いま僕は偶然にといいましたが、厳密に考えれば考えるほど、マルテの没落そのものはほんとうのテーマにとってごく偶然なものでしかないとおもうのです」と書いていた。マルテのかなしい敗北は大して小説の重要な部分ではありませんとリルケはかさねて言い、僕がもっとも大切だとおもうのはマルテのような無慙な絶望と貧しさの底にすら、まだもろもろの偉大な精神が非常に親密な気やすさで人間生活と密接にふれあっているということなのですと言うのだ。リルケはまた『マルテの手記』の一読者に、この小説からあなたの運命のアナロジーをさがしてはいけませんと書いた。「そんなつまらぬ誘惑にさそわれて、あなたがうかうかとこの小説の方向とパラレルに走ろうとすれば、きっと無慙に打ちくだかれるにちがいありません。言わばこの小説は、小説の早いながれを押しきって溯上《そじょう》しようと意志する精神にだけ、深い意味をもつ小説です」と彼はおしえている。しかもリルケはこの手紙の最後の数行で、ゲーテの『冬のハールツの旅』のような作品をお読みなさいとすすめたのだ。「何というすばらしい詩でしょう。この作品の無礙《むげ》な自由さはどうでしょう。と同時にまた、きびしい韻律へのこのような大胆な服従がどこにありましょう。こういう文学を僕はあなたにおすすめしたいのです」僕らはこのリルケの言葉のせつない意味の底をよく考えてみなければならぬ。

僕は思いきってリルケの長い手紙の一節を最後に引用してみよう。リルケについて、リルケの作品や思想について、僕らはいろいろな文学者や批評家の解説を読んだが、いちばん大切なものをつかまえて清らかにすみきった言葉で語っているのは、いつもリルケ自身の素直な感想であった。僕は『マルテの手記』のあとがきとして、この手紙の一節よりも立派な文章はほかにないと信じるのである。

「数千年のむかしから人間は生や死のことばかり(僕たちは一応神には触れぬことにしましょう)考えてきたのですが、この最も究極的な、厳密にいってほとんど唯一《ゆいいつ》の課題でありいちばん大切なものにむかうと(僕らには生と死のほかに、何のなすべきことがありましょうか)いまなお僕らはまるで新入生のようにどぎまぎして、むやみに恐れてみたりつまらぬ言いわけをしてみたり、大へんみじめな醜体をさらしてしまいます。こんなことがいったいいつまで続けばよいのでしょう。『マルテの手記』は深い内部の負託によって書かれた小説ですが、僕はかかる根本的な不審をあの作品のなかですっかり吐いてしまうことができなかったのを恥じています。生と死とは、結局わからぬものでしょうか。それを疑いだすと、僕の不審は次第に愕然《がくぜん》たるおどろきに変り、やがて一種言いようのない不安になってしまいます。僕はこの不安のかげに非常に親近なもの、何か極度に親近なあるものが隠れているのを知っています。しかしその親近なものは、僕の感情では熱いか冷たいかすら判断にくるしむていの、思いきりつよく内部へむかって押しつめられたものらしいのです。僕は数年まえのことですが、『マルテの手記』を読んでおそろしい小説の誘惑に打ちまかされようとしたある読者に、だいたいこんな意味のことを書きおくりました。僕は『マルテの手記』という小説を凹型《おうがた》の鋳型《いがた》か写真のネガティブだと考えている。かなしみや絶望や痛ましい想念などが、ここでは一つ一つ深い窪《くぼ》みや条線をなしているのだ。しかし、もしこの鋳型からほんとうの作品を鋳造することができるとすれば（たとえばブロンズをながしてポジティブな立像をつくるように）多分たいへんすばらしい祝福と肯定の小説ができるにちがいない。それは最も明確な面をもった、最も安定した『至高の幸福』になるだろう。こんなことを僕は手紙に書いたのです。僕らは言わば神のすぐ背後に来ているのです。神々の荘厳《そうごん》な顔容を拝むことができぬのは、僕らの眼がかえって神々のご神体そのものによってさえぎられているせいかもしれません。すでに僕らは求めているほんとうの作品のすぐ身ぢかにせまっているのですが、やはり作品の裏手へまわったらしいのです。僕はしかし、神々の聖顔も僕たちの顔も、いまはそれがぴったり一つにかさなっておなじ方向をみているのだ、とおもって心をなぐさめています。こんなことになってしまった以上、どうしたら僕らは、もう一度神のまえに出てここまで引きかえしてくることができるでしょうか」（一九一五年十一月八日、L・Hにあてたリルケの手紙）

ルウ・アンドレアス・ザロメは「マルテはすでに単なる没落でなく、むしろ誰も知らぬ天国の片すみへの言わば奇態な暗黒の昇天にほかならぬ」というリルケの言葉を引用して、たくみに比喩《ひゆ》的説明をあたえていた。すなわち彼女はこういうのである。マルテの苦しみは、あたかもかたつむりが奇形な瘤《こぶ》のように殻をくっつけてあるいているすがたにほかならぬ。しかも、かたつむりから殻をとり去ることは、無条件にただ死を意味するだけだ。かたつむりの殻はかなしい。かたつむりは奇形な殻がなくなって、うつくしい完全なすがたに返る日を夢みているかもしれぬ。しかし、せつないかたつむりの生のいとなみは、かなしい殻をいつまでもしっかり身につけ、奇態な渦巻模様をせっせと大きくしてゆくしか方法はないのである。マルテの生活は、かなしい殻を負うてあるいてゆくかたつむりの生涯だった。結局それは絶えざる「受苦」であり、「殉教」であり、同時にまた暗黒の人知れぬ「昇天」であったのだ。

解説

富士川英郎

『マルテ・ラウリッツ・ブリッゲの手記』(Die Aufzeichnungen des Malte Laurids Brigge, 1910) はリルケが書いたただ一つの長編小説である。といってもこれは普通の意味での小説ではない。この書はマルテ・ラウリッツ・ブリッゲという若いデンマークの詩人が、そのパリにおける孤独と惨落の生活のなかで、人知れず、ひそかに書きためた手記という形式をとっているが、言い換えれば、これは詩人の一種の内面記録とでもいうべきものなのである。そこにはいわゆる小説らしい一貫した筋の運びも、眼につくような構成もなく、ただ、マルテの書いたいろいろな覚え書や回想や冥想録《めいそうろく》のようなものが、別に秩序もなくそこに並べられていて、全体がひとつの大きな断片《フラグメント》といったような趣を呈している。もちろん、リルケはこの手記を書くにあたって、これにフィクションとしての体裁を与えようとする配慮をまったくしなかったというわけではない。第一、デンマークの若い詩人というマルテは当然リルケ自身ではないし、この手記のなかで回想されているマルテの幼年時代は、リルケの幼年時代とは違うのである。従ってこの『マルテの手記』をリルケの自伝の一種と見なすことは当を得ていないが、それにも拘《かかわ》らず、リルケとマルテの間の距《へだた》りは、他の小説の主人公とその作者の間の距離よりもずっと少ないのである。マルテはいわばリルケの分身なのであって、リルケはマルテのなかに生きようと試みている自分の姿を投影しているのだと言うことができるだろう。この意味でカタリーナ・キッペンベルクがリルケとマルテを同一視することを却《しりぞ》けながらも、一方で、「リルケは自分が抱いたことのない意見や、遂げたことのない発展を、たった一度でも、マルテに述べさせたり、遂げさせたりしたことはないと思われる」と言っているのは、たしかに面白い説であると思う。

リルケがこの『マルテの手記』を執筆したのは一九〇四年から一〇年に至る六年間のことである。この間の彼の生涯における重大な出来事としては、一九〇二年の秋、それまでのヴォルプスヴェーデにおける妻子との家庭生活を解散して、はじめてパリに移り住み、そこで孤独な下宿生活に入ったことと、彫刻家ロダンに接して、その人と作品から強い影響をうけたことなどが挙げられるだろう。

一九〇二年の秋、パリに移り住んだリルケが、はじめて近代都市の生活の渦のなかにまきこまれながら、そこで貧困と死と惨落についてのさまざまの避けがたい体験を重ねたことは、その当時彼が妻のクララやその他の知友にあてて書いた手紙によって、明らかにこれを知ることができる。そして例えば一九〇三年七月十八日付でルー・アンドレアス・サロメにあてそれを述べた手紙、あの、「私は言いたいのです。愛するルーよ、パリは私にとってあの陸軍幼年学校と同じような体験であったのです。あの頃、ひとつの大きな、ものおじた驚きが私を捉《とら》えたように、いまこのパリでも、なんとも言いようのない混乱のままに人生と呼ばれているすべてのものへの恐怖が、また私を捉えました。子供たちのなかのひとりの子供であったあの当時、私はそのなかで孤独でした。そしていまパリで、私は人々の間でどんなに孤独だったことでしょう。どんなに絶えず出会うすべてのものから拒《しりぞ》けられていたことでしょう。馬車は私のなかを突きぬけて行きました。そしてそのうちの急いでいる馬車などは、少しも私をよけようとしないで、軽蔑《けいべつ》しきって、私のうえを走っていったのです。まるで古い水がたまっている泥濘《ぬかるみ》のうえを越えてゆくように」という言葉ではじまる有名な手紙などを読むと、一九〇四年の二月にリルケが『マルテの手記』を執筆しはじめるに先立って、少なくともその半年ぐらい前から、彼の内部で既にいかに「マルテの世界」が形成されつつあったかが知られるのである。『手記』の執筆までには、ただこの世界のなかで苦しんだり、冥想に耽《ふけ》ったりするマルテという人物を想定することだけが残されていたのだと言ってもいいだろう。

ところで一方、その頃のリルケはそうした孤独と不安の生活のなかにあって、それに押流されようとするわれわれを支えてくれる唯一《ゆいいつ》の拠所《よりどころ》となるものが、「物」としての芸術作品であるということをロダンから教わっていた。「物」としての芸術作品は「あらゆる偶然から離れ、すべての曖昧《あいまい》さから遠ざかり、時間から解き放たれて……持続するものとなり、永遠に存在するもの」となっているのである。そしてこういう芸術作品を造りだすことによって、ひとははじめてその生の不安から脱し、「存在」の世界に参与することができるというのが、リルケの得た信念であるが、この信念と、そのようにして「存在」の世界に参与しようとする努力や焦心がまた、いわば『マルテの手記』をその背後から支えている動力となっていることも疑いがないのである。

見られる通り、『マルテの手記』はまずこのデンマークの若い詩人がパリの街を彷徨《ほうこう》するところからはじまっている。彼がそこに見たものは、生の衝動というよりはむしろ死の衝動にかられて、うごめいているような市民の群れだった。彼はまずそこで行路病者や、塀にそっと手をふれつつ重たい体を運んでゆく妊婦を見た。街にみなぎっているヨードフォルムと油脂と不安の匂《にお》い。電車や自動車のけたたましい騒音。火事場の息もつまるような不気味な一瞬の沈黙。マルテはときに瀕死《ひんし》の病人をのせて、狂気のように市民病院へと目ざして駆けつけてゆく馬車に驚かされ、あるいは言語に絶した往来の雑踏を逃れてやっとあるミルクホールのなかに入ってみると、彼の坐《すわ》ったテーブルに差向いで前から坐っていた男が、にわかに痙攣《けいれん》をおこして、その場で死んだりする。きたならしい便所の鉄管が蠕動《ぜんどう》する腸のようにぐにゃぐにゃと曲って、垂れ下がっている、無慙《むざん》な廃屋。リュクサンブール公園の塀によりかかって叫んでいる盲目の夕刊売り、乞食《こじき》、不具者、敗残の人々の群れ。しかも、マルテはこれらの悲惨な諸相からどうしても逃れ出ることができないのである。それらはまるで彼を待ち伏せていたかのように、都会のあらゆる隅々から、いつともなく、ふいに彼の前に立ち現われ、水が地面にしみこむように彼の内部にしみこんで底止するところを知らない。「どういうわけか知らないが、何もかもいままでよりも心の奥深くに入りこんで、いつもとどまっていた場所にとどまらない」のである。このようにマルテが外界のもろもろの刺激や印象に対して、ほとんど完全に受動的であるということは、彼の存在を規定する重要な特色であるが、それにも拘らず、マルテは一方では都会のそうしたもろもろの惨落の相を回避することなく凝視して、そのなかに真に「存在するもの」を見ようとする強い決意をもっている。そして手記の冒頭でまず、「僕は見た、病院を。僕はよろめき倒れるひとりの男を見た……僕はひとりの身ごもった女を見た」というふうに「見る」ということを強調し、また、「僕は言っただろうか、見ることを学んでいると？　そうだ、僕はそれを始めている。まだうまくはゆかないが、僕は自分の時間をそれに利用したと思っている」とも言っているが、『マルテの手記』の第一部の前半は、パリの惨落の相を彼が見まいとしても、それが否応《いやおう》なしに彼の内部に入りこんでくるという、いわば受動的な受苦としての「見ること」と、反対にそれらの惨落を凝視しようとする能動的、積極的な「見ること」とが、交錯するうちに展開されていると言ってもいいだろう。

ところで『マルテの手記』はその第一部の後半に至って、いつのまにか幼年時代の追想のようなものとなっている。前にも述べた通り、手記のこの部分はリルケの個人的な経験と最もかけはなれており、マルテの幼年時代がそこで展開されている環境も、そこでの出来事も、その大半はフィクションである。リルケはその材料をデンマークやスウェーデンの種々な記録、特にドイツのハーゼルドルフで繙読《はんどく》したシェーナイヒ・カロラート伯爵《はくしゃく》家の記録などからとってきたらしいが、しかし、そこで述べられている事実や情景はリルケ自身の幼年時代のそれとは異なっているとしても、幼いマルテがその周囲の大人の世界に対してもった感情には、リルケ自身のそれがかなり反映しているように思われる。例えばそこには自分たちの親しみ馴《な》れた習慣の世界のなかに安住して、昔から受けつがれている既成の概念の世界から一歩も出てゆこうとしない人々がいる。そこには予《あらかじ》め単純に悲しいと決められてしまったこと、嬉《うれ》しいと決められてしまったことがあるだけで、マルテもしばしばそれと調子をあわせてゆくことを強いられるのである。おそらくそのような瞬間ほど、幼いマルテが大人の世界のなかでの孤独を身にしみて感じたことはほかになかっただろう。そしてマルテは、その孤独を時おりわずかに母と分ちあう喜びをもったとはいえ、例えば夜など、孤独のベッドのなかで、「なにかしら余りに大きなもの、厳しいもの、近いものに対するような不安」や「大きな、名状しがたい不安」に襲われ、はげしい恐怖におののくのをどうすることもできないのである。いわばこれはマルテが生や実存の不安を感じた最初の瞬間であったと言ってもいいが、それがいま永い年月をへたのちに、パリの客舎での彼に再びよみがえってきたことは、ちょうどリルケ自身が、その幼年時代、殊《こと》にザンクト・ペルテンの陸軍幼年学校に在学していた間に体験した、「ひとつの大きな、ものおじた驚き」や恐怖に、パリの下宿において再び捉えられた事実と照応していると言うことができるだろう。

『マルテの手記』の第一部が概して「見ること」をその主要な課題としていたとすれば、第二部では「死と愛」についての省察がその中心のテーマとなっていると言ってもいい。ここではもう現実のパリが現われることはあまりない。パリはわずかにリュクサンブール公園の盲目の新聞売りや貧しい女たちや、隣室のノイローゼの大学生のことなどが語られるときに現われているが、マルテの父親の死と、その紙入れのなかから発見されたクリスチャン四世の死に関する文章について語られているあたりから死、あるいは「死の恐怖」についての省察や冥想がつづけてなされるようになる。そしてその対象はグリーシャ・オトレピヨフや豪勇カルル大公の最後などのように、主として読書のなかに求められているが、マルテにとってはそのような書物のなかの記述もなまなましい現実とあまり異なるところがないのである。ついで手記の第二部の後半では、失われた恋人を追ってひたすらに憧《あこが》れ、ついにはその恋人を追い越して、尽きない嘆きをただ無限に向って嘆いているような、いわゆる「愛する女たち」のことがくりかえし説かれ、サフォーやベッティナやマリアンナ・アルコフォラードやエロイーズやガスパラ・スタンパなどの名があげられる。また、マルテの叔母であり、彼のひそかな思慕の対象でもあったアベローネもそのような「愛する女」のひとりとして現われるが、ここには愛についてのマルテに(そして同時にリルケに)特有の思想が述べられていると言ってもいいだろう。そしてそれはやがて『聖書』のなかの蕩児《とうじ》についての独自な解釈を語る最後の一節へとわれわれを導いてゆくのである。だが、この一節は実は『聖書』の蕩児の解釈として面白いのではなくて、マルテ自身が踏んできた過去の道程の象徴として、あるいはマルテがそこまで達しようと願った一種の理想の境地を語っているものとして興味が深いのであって、この意味でこの一節は『手記』を終結するのにふさわしい一節、いわば全体の象徴的な要約とも言うべきものになっているのである。

『マルテの手記』は原書で三百ページばかりあるが、これを読むのは必ずしも楽な仕事ではない。リルケ自身がこの書において「堅牢《けんろう》で、隙間《すきま》のない散文」を書こうとしたと言っているが、これらの濃密で、鋭敏な感覚にみちみち、時に独特の執拗《しつよう》な論理に従って展開されてゆくさまざまの観察や追憶や冥想の類をつぎつぎに読みすすめてゆくのは、確かに骨の折れることだろう。だが、この手記がリルケのさまざまな著作のなかでの最も重要なものの一つであることは言うまでもないとして、同時にまた、ドイツの散文の歴史においても、この手記はひとつの特異な位置を占めているのである。十九世紀の人々がもっていた安定した現実感の喪失とそれにもとづく既成の価値体系や習慣や秩序の崩壊、われわれの立っている足もとの地面がにわかに崩れ去ってゆくような恐怖と孤独感、もしもこのようなものから出発した作品が、二十世紀文学を形成するある重大部分をなしているとすれば、『マルテの手記』はホーフマンスタールの『チャンドス卿《きょう》の手紙』とともに、その先駆的な作品に数えられるからである。パリという近代的大都市のなかに投げだされたマルテには、バラバラになって相互のつながりを失ってしまった外界の事物が、そのどんな小さな、みすぼらしいものでも、異様な重要性をもって迫ってくる。そしてマルテはもはやこれらの事物を統《す》べる主体ではなく、反対に事物が彼を捉えて、彼を使役したり、浪費したりするのである。いわばそこには事物が人間の自我を支配し、主体が客体となり、客体が主体となってしまったような、顛倒《てんとう》した世界が現われていると言ってもいいだろう。そしてマルテはそのことを語って、「なお暫《しばら》くの間、僕はこうしたことをすべて書きしるしたり、語ったりすることができる。けれども僕の手が僕から遠く離れてしまう日がやってくるだろう。そして僕が書けと命じても、手は僕の考えてもいない言葉を書きつけるだろう。異なった解釈の時がやってこよう。どんな言葉も他の言葉に接続しないで、すべての意味が雲のように解体したり、雨のように落ちたりするだろう」と言っているが、こうした「異なった解釈の時」、まったく新しい奇体な次元の世界は、やがて一九一〇年から二〇年代へかけて現われた多くの表現主義作家たちによって、その詩や散文のなかで扱われることになるのである。

表記について

新潮文庫の文字表記については、原文を尊重するという見地に立ち、次のように方針を定めました。

一、旧仮名づかいで書かれた口語文の作品は、新仮名づかいに改める。
二、文語文の作品は旧仮名づかいのままとする。
三、旧字体で書かれているものは、原則として新字体に改める。
四、難読と思われる語には振仮名をつける。

なお本作品集中には、今日の観点からみると差別的表現ととられかねない箇所が散見しますが、著者自身に差別的意図はなく、作品自体のもつ文学性ならびに芸術性、また著者がすでに故人であるという事情に鑑み、原文どおりとしました。

（新潮文庫編集部）

リルケ
高安国世訳

若き詩人への手紙・若き女性への手紙

精神的苦悩に直面している青年に、苛酷な生活を強いられている若い女性に、孤独の詩人リルケが深い共感をこめながら送った書簡集。

富士川英郎訳

リルケ詩集

現代抒情詩の金字塔といわれる「オルフォイスへのソネット」をはじめ、二十世紀ドイツ最大の詩人リルケの独自の詩境を示す作品集。

高橋健二訳

ゲーテ詩集

人間性への深い信頼に支えられ、世界文学史上に不滅の名をとどめるゲーテの、抒情詩を中心に代表的な作品を年代順に選んだ詩集。

ゲーテ
高橋義孝訳

若きウェルテルの悩み

ゲーテ自身の絶望的な恋の体験を作品化した書簡体小説。許婚者のいる女性ロッテを恋したウェルテルの苦悩と煩悶を描く古典的名作。

ゲーテ
高橋義孝訳

ファウスト（一・二）

悪魔メフィストーフェレスと魂を賭けた契約をして、充たされた人生を体験しつくそうとするファウスト——文豪が生涯をかけた大作。

高橋健二編訳

ゲーテ格言集

偉大な文豪であり、人間的な魅力にもあふれるゲーテ。深い知性と愛情に裏付けられた言葉の宝庫から親しみやすい警句、格言を収集。

Title : DIE AUFZEICHNUNGEN DES MALTE LAURIDS
BRIGGE
Author : Rainer Maria Rilke

マルテの手《しゅ》記《き》

新潮文庫　リ－1－3

Published 2001 in Japan
by Shinchosha Company

昭和二十八年六月十日発行
平成十三年九月二十日五十四刷改版
令和元年十一月五日六十一刷

訳者　大《おお》山《やま》定《てい》一《いち》
発行者　佐藤隆信
発行所　株式会社新潮社

郵便番号　一六二―八七一一
東京都新宿区矢来町七一
電話　編集部(〇三)三二六六―五四四〇
　　　読者係(〇三)三二六六―五一一一
http://www.shinchosha.co.jp

価格はカバーに表示してあります。

乱丁・落丁本は、ご面倒ですが小社読者係宛ご送付ください。送料小社負担にてお取替えいたします。

印刷・株式会社三秀舎　製本・株式会社植木製本所

ISBN978-4-10-217503-3 C0198